Max Aub

Die besten Absichten

Aus dem Spanischen
von Eugen Helmlé

GATZA
bei Eichborn

Die Originalausgabe erschien 1954 unter dem Titel:
Las buenas intenciones bei Tezontle in Mexiko

Umschlaggestaltung: Groothuis + Malsy/Gilmar Wendt
unter Verwendung einer Abbildung von Chaim Soutine
Satz: Fuldaer Verlagsanstalt GmbH, 36003 Fulda
Druck und Bindung: Wiener Verlag, Himberg
ISBN 3-8218-0636-2

Verlagsverzeichnis schickt gern:
Eichborn Verlag, Kaiserstraße 66, D-60329 Frankfurt am Main

Für
Benito Pérez Galdós

Dem jungen Agustín Alfaro spielt das Schicksal übel mit. Um seine Mutter zu schonen, verschleiert er einen Seitensprung ihres Mannes, und unversehens sieht er sich als Familienoberhaupt und »Vater« eines Sohnes, der eigentlich sein Bruder ist . . . Immer tiefer verstrickt er sich in die Folgen seiner »guten Tat«.

Das Unvermeidliche geschieht: er entdeckt seine Liebe für die Mätresse seines Vaters, seine Frau. Sie flieht, versucht in Barcelona eine Arbeit zu finden und wird schließlich eine mondäne Dirne, das reine Bild Agustíns im Herzen, der sie bis zu seinem Tode suchen wird.

Mit den Abenteuern und Mißgeschicken dieses tragischkomischen Antihelden gelingt Max Aub das Porträt einer ganzen Gesellschaft: Spanien am Vorabend des Bürgerkriegs.

Max Aub wurde 1903 in Paris geboren, als Sohn einer Französin und eines Deutschen. In den zwanziger Jahren ist er mit dem Vater als Handelsvertreter in Spanien unterwegs und findet hier seine Wahlsprache. Als Kulturattaché im Dienste der Republik wird Aub zu einer wichtigen Instanz für die spanischen und französischen Künstler und gibt z. B. Picasso den Auftrag für sein berühmtes Wandgemälde *Guernica*. Von 1939 bis 1942 in französischen und algerischen Konzentrationslagern interniert. Im mexikanischen Exil entsteht sein Hauptwerk *Die magischen Labyrinthe*. Er starb 1972 in Mexiko.

Erster Teil

1 Agustín Alfaro war das, was man einen »guten Jungen« nennt, außerdem einziges Kind, sein größtes Verdienst. Er war schon gutmütig auf die Welt gekommen. Nie hatte er seinen Eltern Kummer gemacht, nie war er der Schule ferngeblieben, ohne es zu sagen: er war keine Leuchte, und das verlangte auch niemand von ihm. Die Familie stammte zwar aus Segovia, doch Erinnerungen hatte der junge Mann nur an Madrid, wohin er mit den Seinen, kaum dem Kindesalter entwachsen, verzogen war. Der Vater, Don José María, war Handelsvertreter. Ursprünglich war er Bäcker gewesen, aber die Dinge liefen nicht so, wie sie sollten, und er machte Pleite, unter anderem, weil er am liebsten mit Freunden einen trank und schwatzte, weil an einem Tag der Teig nicht beizeiten fertig war, an einem anderen ein ganzer Ofen Brote verbrannte, ja, eines Sonntags schlief er sogar in der Backmulde ein, aus der man ihn fast bewußtlos herauszog. Er war ein schöner Mann, mit kräftiger Muskulatur, auf die er nicht wenig stolz war, einem großen Schnurrbart, dichtem, gutverteiltem Haar, fröhlich und, wie er selber sagte, herzensgut. Alle Welt glaubte es und er natürlich erst recht. Einer seiner Freunde, ein Mehlhändler aus Albacete, machte ihm den Vorschlag, in Madrid als Vertreter für ihn zu arbeiten, da er überzeugt war, daß sein Humor, sein sympathisches, etwas burschikoses Wesen und sein flinkes Mundwerk einen guten Verkäufer aus ihm machen würden. José María zweifelte nicht daran, und so zog die ganze Familie in die Hauptstadt, wo sie in der Calle de Mesón de

Paredes eine bescheidene Wohnung mietete. Der Mann hatte sich bald eingelebt, und nach zwei Jahren war er ein waschechterer Madrider als die im Viertel Embajadores Geborenen. Bei Señora Camila verhielt es sich anders: für sie gab es nichts, was Segovia gleichkam, keine Stadt war schöner, und man konnte ihr nicht leicht widersprechen, wenn sie – vielleicht öfter als angemessen – den Alcazar, die Kathedrale, den Aquädukt und Don Juan Bravo, den Helden von Villalar, über den grünen Klee lobte. Ihr einziger Fehler waren ihre leichte Schwerhörigkeit und zwei Warzen auf der linken Wange, die sich im naturgegebenen Laufe der Jahre hinter ein paar rauhen Haaren verschanzten.

Agustín liebte seine Erzeuger abgöttisch; er machte sein Abitur, und als der Augenblick gekommen war, über seine Zukunft zu entscheiden, beschloß er, seinem Vater bei den Vertretungen zu helfen. Da für den Verkauf des Mehls und der anderen Müllereierzeugnisse das Familienoberhaupt genügte, suchte man in anderen Handelszweigen nach Erwerbsquellen, und so widmete sich Agustín mit Sachkenntnis dem Verkauf von Spielsachen aus Ibi und Stoffen aus Salamanca. Samstags und sonntags bekam er sein Taschengeld, und als er achtzehn war, seinen eigenen Haustürschlüssel.

Nach langem Hin und Her zogen sie in die Calle de Atocha um und verdoppelten die Anzahl ihres Dienstpersonals. Sie hatten jetzt zwei Dienstmädchen, worauf Doña Camila den größten Wert legte; wegen des Ansehens, nicht wegen der Arbeit, denn die ließ sie sich unter keinen Umständen aus der Hand nehmen, da sie daran gewöhnt war; im Gegenteil, sie mußte jetzt auch noch mit hundert Augen auf die Dienstboten achtgeben.

Am 8. April 1924 – Agustín sollte dieses Datum niemals vergessen – erschien in der Wohnung der Eheleute Alfaro eine junge Person mit einem Säugling im Arm. Ihr ungeschminktes Gesicht wirkte ziemlich unscheinbar, aber ihre Figur verdiente höchstes Lob. Sie verlangte die Hausfrau zu sprechen, und ohne sich bei langen Vorreden aufzuhalten, erzählte sie, daß Agustín – der junge Señor Agustín – sie verführt habe und der Vater des hübschen Babys sei, das sie im Arm trug. Hübsch war es in der Tat. Doña Camila war ganz außer sich. Ihr Mann weilte gerade in Albacete, und die arme Großmutter wußte nicht, was sie tun sollte. Es war drei Uhr nachmittags, und ihr Sohn würde erst nach dem Abendessen heimkommen, denn es war der Tag, an dem Don Paco seine Freunde empfing (obgleich ihr von diesem Augenblick an Zweifel über die Orte kamen, an denen ihr Sohn, wie er lautstark zu versichern pflegte, seine Freizeit verbrachte).

Die Unterhaltung mit Remedios – so hieß die junge Person – hatte ihre akustischen Schwierigkeiten, obgleich die Besucherin über das Gebrechen der Hausherrin schon Bescheid zu wissen schien. Aber in der Aufregung vergaß sie immer wieder die Schwerhörigkeit der Gesprächspartnerin, und diese riß die Augen weit auf, für alle, die sie kannten, ein untrügliches Zeichen, daß vollkommene Stille um sie war. Die junge Person, die Temperament besaß, nahm das schlecht auf und behauptete ohne Umschweife, daß Agustín, um sein Ziel zu erreichen, nicht gezögert hatte, ihr die Ehe zu versprechen. Doña Camila, die die wirklich Herzensgute in der Familie war, aber noch nie durch überragende Intelligenz geglänzt hatte, war ganz gerührt, obgleich sie sich nichts anmerken ließ, wegen der Schicklichkeit. Andererseits hatte sie immer davon geträumt – ohne daß diese Träume klare Formen annahmen, denn schließlich war dafür nach ihrer Ansicht noch Zeit genug –, daß ihr Sohn sich mit einem Fräulein aus gutem Hause vermählen würde: das heißt mit der Erbin eines seiner großen Kunden. Die Besucherin nun, das fiel sofort auf, war ein Mädchen aus dem Volke. Die gute Frau ergab sich schließlich in ihr Schicksal, entzückt von dem Erzeugnis der Schamlosigkeit ihres Sohnes – allerdings nicht ohne ein leichtes Ziehen in der Herzgegend, als sie sah, wie ihr noch formloser Traum von Altar, weißem Schleier, Bankett und langen Reden sich in nichts auflöste. Remedios machte einen guten Eindruck, obgleich sie nur Büglerin war und ihre Eltern nicht kannte. Es wurde vereinbart, daß Doña Camila am Abend mit Agustín sprechen und daß er ihr noch am gleichen Tag oder am nächsten Morgen persönlich, vielleicht in Begleitung seiner Mutter, seinen Entschluß mitteilen würde, der nur darin bestehen konnte, das Verhältnis zu legalisieren. Völlig beruhigt ging Remedios weg, während die Hausmädchen durch das laute Sprechen genau informiert, sich weniger über die Heldentaten des jungen Mannes wunderten, als man erwarten konnte, da dieser sie bei jeder Gelegenheit einzeln oder zusammen betatschte. Ungeduldig erwarteten sie die Rückkehr des jungen Herrn, in der Hoffnung, sich an der Szene zu ergötzen: sie kamen nicht auf ihre Kosten, denn Doña Camila schloß sich mit ihrem Sprößling ins eheliche Schlafgemach ein, so daß sie vom Eßzimmer aus nicht lauschen konnten.

Agustín war ganz verdutzt, als er von dem Besuch Remedios' erfuhr: er kannte die junge Frau nicht im entferntesten. Seine Mutter wurde wütend und schimpfte ihn einen undankbaren Kerl, einen Taugenichts, einen Waschlappen, ja, sie ließ sich, um ihr Geschlecht zu verteidigen, zu Schimpfwörtern hinreißen, die sie sonst nie in den Mund nahm: er könne sich doch nicht weigern, einem Kind seinen Namen zu geben, das ihm wie aus dem Gesicht geschnitten sei und das wie er ein Muttermal unter der rechten Achselhöhle habe. Unser junger Mann, der aus allen Wolken fiel, wurde nachdenklich. Gewiß, er hatte Abenteuer gehabt, aber nie mit einer jungfräulichen Büglerin. Er wiederholte seine Unschuldsbeteuerungen, und seine Mutter, zornig über so viel Unverschämtheit, jagte ihn aus dem Schlafzimmer, wobei sie sich vornahm, am andern Morgen zu jenem

Mädchen zu gehen, das sie bereits als ihre Schwiegertochter ansah.

– Oder willst du mir vielleicht weismachen, du wüßtest nicht, daß sie in der Calle del Peñón 16 wohnt?

Nachdenklich ging Agustín aus dem Zimmer seiner Mutter, und da es erst halb neun war und die Calle del Peñón ganz in der Nähe lag, beschloß er, den Stier bei den Hörnern zu packen.

Remedios wohnte an dem genannten Ort. Er brauchte nicht lange zu suchen: In der Portiersloge des langgestreckten, niedrigen Hauses, das sicher einmal eine Herberge gewesen war – abgebröckelte Mauern, mit Rost bedeckte Gitter, ein schlechtgepflasterter Hof –, erzählte das Mädchen, von Freundinnen und Klatschbasen umgeben, zum drittenmal die Begegnung mit seiner zukünftigen Schwiegermutter. Agustín blieb einen Augenblick stehen, um zuzuhören, und rief dann zornentbrannt:

– Dann ist dieses Kind also der Sohn Agustín Alfaros?

Agustín ist ein kleiner Mann, jedoch nicht übel von Person, immer schwarz gekleidet: die Farbe gefällt ihm, sie steht ihm gut. Die Harmonie seines Gesichts wird von einer Stirn gestört, die etwas zu hoch ist, vielleicht wegen der Geburtszange, die ihn zur Welt brachte. Das übrige, Augen, Nase, Kinn, Mund, ist gut proportioniert und wird von einem sehr gepflegten Schnurrbart unterstrichen. Er ist ein unauffälliger Junge, gut erzogen, der eine sehr klare Vorstellung von Anständigkeit und Ehrbarkeit hat; im Augenblick ist er außer sich, vor allem weil man die Geschichte seiner Mutter erzählt hat, die ihm das Liebste ist auf dieser Welt und in der andern, die ihn wenig kümmert. Zum erstenmal in seinem Leben packte ihn der Zorn, und gewaltig schwoll ihm der Kamm. Bei seiner drohenden Frage drehen sich alle Frauen um, und eine antwortet schlagfertig:

– Ja. Und was noch?

– Ich bin nämlich Agustín Alfaro.

Die alte Paca, die schon viel erlebt hat und der der Leibhaftige in Person keine Angst einjagen würde, wenn er vor ihr auftauchte, der es aber auch nicht an einer gesunden Logik fehlt, antwortet:

– Soviel ich weiß, verbietet Ihnen niemand, sich so zu nennen, wie es Ihnen Spaß macht.

– Gewiß, aber dieses Mädchen ist heute nachmittag zu mir nach Hause gekommen und hat erzählt, ich sei der Vater dieses Kindes.

– Ich?

– Ja, Sie, wenn Sie, wie ich annehme, Remedios sind.

– Sie sind nicht Agustín Alfaro.

– Soll ich Ihnen meinen Ausweis zeigen?

Gleich nachdem Agustín begonnen hatte, seine Unschuld zu beteuern, war ein kleines Mädchen weggelaufen, in ein Zimmer eingetreten, in dem eine junge Frau mißmutig Wäsche bügelte, und kam bald darauf triumphierend mit einem Foto zurück, das in einem hübschen, mit kleinen weißen, roten und blauen Muscheln verzierten Rahmen steckte.

– Hier ist Agustín Alfaro!

Er warf einen zerstreuten Blick darauf, und der Atem stockte ihm. Aus dem Foto schauten lächelnd, auf dem gleichen Esel sitzend, die junge Remedios und sein Erzeuger, Don José María Alfaro. Die Verblüffung, die sich auf Agustíns Gesicht abzeichnete, war so groß, daß die Frauen, die ihn ansahen, ihm für den Fall eines Falles einen Stuhl hinschoben. Und das war gut so. Er brachte kein Wort hervor und zeigte nur mit dem Finger auf das Foto – wahrscheinlich bei einem Kirmesfest aufgenommen – und auf den Mann mit dem Strohhut überm Ohr.

– Kennen Sie ihn?

Agustín wußte nicht, was er antworten sollte, eine ganze Welt brach für ihn zusammen. Sein Vater! Ihm das anzutun! Dann betrog er also seine Mutter? Na gut! Sei's drum;

aber daß er unter seinem Namen Kinder in die Welt setzte, das war doch die Höhe!

– Kennen Sie ihn?

– Ob ich ihn kenne? Er ist mein Vater!

Er hatte es nicht sagen wollen, aber die Worte waren ihm herausgerutscht. Das war ein schönes Spektakel: Ausrufe, spitze Schreie, Durcheinander, Kommentare, Hin und Her, Tohuwabohu. Der Lärm zog zehn Personen an, die Neugierigen nicht mitgerechnet, die von der Straße gekommen waren. Señora Paca, die nie den Kopf verlor, nahm die Hauptpersonen mit in ihre Wohnung – die am nächsten lag – und ließ die Neugierigen laut reden oder sich über das Ereignis lustig machen.

Der Fall wurde zuerst einmal unter den Frauen besprochen, da der junge Mann noch ganz benommen war. Die Paca gab die Ehre für unwiderruflich verloren, nicht aber die Moneten, und die würden sie diesem Schurken schon abknöpfen, diesem Strolch, diesem schamlosen Vater des hier anwesenden sympathischen jungen Mannes. Remedios weinte über ihre verpfuschte Zukunft und beklagte sich laut über das menschliche Los.

– Und du? fragte die Paca, die jeden duzte, und wandte sich an Agustín.

– Was wirst du tun? Steh nicht so rum wie nicht recht gescheit.

– Ich?

– Ja, du.

– Eh . . .

– Trink ein Gläschen Anislikör.

Zwei Schlucke hintereinander. Der süßliche Geschmack, den er verabscheute, gab ihm ein wenig seinen klaren Verstand zurück.

– Es meiner Mutter sagen hieße sie töten.

– Also?

Remedios schluchzte in einer Ecke auf.

– Und du sei jetzt ruhig, sonst wird deine Milch noch sauer. Die Schuld dieses kleinen Engels ist es ganz bestimmt nicht, wenn es Männer gibt, die Schufte sind.

– Es ist mein Vater, Señora Paca.

– Ja, aber auch der Vater dieses Kindes, das jetzt keinen hat. Was wirst du deiner Mutter erzählen?

– Ich?

– Ja, du.

– Ich weiß nicht.

– Das ist vielleicht eine Lösung. Und dein Vater?

– Er ist in Albacete.

– Hätte er nur alle Messer dieser ehrbaren Stadt im Halse stecken.

– Was würden Sie denn tun, Señora Paca?

– Ich?

– Ja, Sie.

– Ich weiß nicht.

– Na, sehen Sie?

Das Kind weinte, man brauchte Windeln. Die brave Nachbarin legte sich ins Fenster und schrie mit lauter Stimme danach. Man brachte schnell welche, und die Mutter wickelte das Baby frisch, wobei sie Tränen vergoß und schniefte.

– Also, was sollen wir tun?

Agustín stand auf und bat die beiden Frauen zu warten und ihm zu vertrauen: er würde mit seinem Vater reden und Remedios nicht im Stich lassen. Genau in diesem Augenblick bekam sie einen Nervenzusammenbruch, und unser Mann nutzte die Gelegenheit, um auf die Straße zu kommen und Herr zu werden über seinen Zorn.

Der Himmel war über ihm eingestürzt, und er wußte nicht, wie er sich aus all diesem Schutt wieder herauswühlen sollte. Vor allem aber, was sollte er seiner Mutter sagen? Denn jetzt konzentrierte er all seine Liebe auf die kleine, taube Doña Camila. Das erste, was er an diesem Abend tun konnte, war, daß er so spät wie möglich nach Hause kam, vielleicht würde sie schon schlafen. Am nächsten Morgen sähe man dann weiter.

Unser Mann – er war jetzt plötzlich einer geworden – sagte nichts, er verteidigte sich, so gut es ging: durch Ausflüchte, leise gesprochene Worte, damit die Alte sich nicht ihrer Unsinnigkeit bewußt wurde. Plötzlich fand er die rettende Lösung:

– Warten wir bis Samstag, wenn Vater zurückkommt.

Die Großmutter erklärte sich mürrisch damit einverstanden: sie war voller Ungeduld, den Säugling in ihren Armen zu halten. Aber aus Zweckmäßigkeit fand sie diese Lösung nicht schlecht und schlug vor, den ersten Zornesausbruch, den sie von ihrem Mann erwartete, auf sich zu nehmen:

– Ich werde es ihm sagen.

– Nein, Mutter. Das sind Männersachen. Ich werde ihn am Bahnhof abholen. Unterwegs werde ich mit ihm reden.

– Wie du willst, mein Junge. Ich werde euch voller Ungeduld erwarten.

– Mach dir keine Sorgen, er wird schon verstehen . . .

– Sieh dich vor, er ist immer so leicht aufgebracht, und was du mit diesem armen Mädchen getan hast, ist einfach eine Schande.

Agustín brachte keinen Bissen hinunter.

2 Der Eilzug hatte bloß fünf Minuten Verspätung. Agustín wartete auf seinen Vater inmitten einer Schar von Hoteldienern, die die Namen ihrer Pensionen ausriefen – jene der renommiertesten Hotels begnügten sich damit, das goldene Monogramm auf ihrer Mütze zur Schau zu stellen. Gewöhnlich gefiel Agustín das Treiben auf dem Bahnhof Atocha, der dort unten in seinem Loch lag; das Pfeifen der

Züge, der Kohlengeruch der Lokomotiven, die Noblesse, die die bunten Etiketten den Koffern verleihen. Er war ein wenig gereist und hoffte noch mehr zu reisen. Ein Eisenbahnwagen ist etwas, das man mit zwanzig Jahren sehr ernst nimmt. Er zwang sich in diesem Gedränge zur Aufmerksamkeit, damit ihm sein Schurke von Vater nicht durch die Lappen ginge. Er fürchtete schon fast, er sei durchgewitscht, als er ihn auftauchen sah, galant den Koffer eines Revuegirls tragend, das er, sagen wir zufällig, auf der Reise kennengelernt hatte.

– Was tust du denn hier? Das ist mein Sohn.

– Angenehm.

– Hör zu, Papa. Gib den Koffer einem Träger.

– Und die Muster?

– Gib ihm den Gepäckschein, damit er sie nach Hause bringt.

Wir haben miteinander zu reden.

– Ist was passiert?

– Du wirst schon sehen.

– Deine Mutter?

– Mama geht es gut.

– Also?

– Warte, gleich. Señorita, darf ich Ihnen ein Taxi besorgen?

– Sie sind sehr liebenswürdig.

Sie verfrachteten das bemalte Mädchen, das begriff, daß sein Begleiter sein Versprechen nicht einlösen konnte, in einen Renault und gingen die Treppe hinauf.

– Hör mal, deine Art, mit mir umzugehen, gefällt mir ganz und gar nicht.

– Dann warte nur, sie wird dir bald noch weniger gefallen . . .

– Schau mal, du . . .

– Du hast doch einen Augenblick Zeit? Wollen wir hier eine Tasse Kaffee trinken?

Sie hatten den großen Platz überquert und setzten sich auf die Terrasse des Hotels Nacional.

– Na, dann schieß los.

– Nun, wenn ich dir die Wahrheit sagen soll ... es wird nicht sehr leicht sein.

Tausend Gedanken gingen Don José María durch den Kopf, die meisten hatten mit Geschäften zu tun, andere – wenige – mit einer möglichen Dummheit seines Sohnes. Er hatte Vertrauen zu ihm und war ein wenig stolz auf seine Zuverlässigkeit, obgleich er ihn insgeheim bedauerte, weil er so solide und wohlanständig war.

– Haben die Burillos nicht bezahlt?

– Doch.

– Also? Vielleicht ... Weibergeschichten?

– Ja, aber nicht ich, sondern du.

– Dieser hier, weißt du, der trug ich nur den Koffer, das ist alles, man muß im Leben halt galant sein. Wie kannst du es wagen?

– Bitte, Papa, keine Szene. Es ist schon schwer genug für mich, kompliziere also die Dinge nicht noch mehr.

– Sprich endlich.

– Kennst du eine Büglerin namens Remedios, die in der Calle del Peñón wohnt?

– Ich?

Der Mann las in den Augen seines Sohnes, daß Ausflüchte zwecklos wären, und gab es zu:

– Ja und? Willst du mir vielleicht eine Moralpredigt halten? Über das Alter bin ich längst hinaus, und vergiß bitte nicht, daß du immer noch mein Sohn bist ... Oder hast du ... ?

– Aber leider wollte es der Zufall, daß dieses Mädchen zu uns ins Haus gekommen ist ...

– Ins Haus? Zu uns?

Don José María wurde bleich.

– Ja, und sie hat erzählt, das Kind sei von mir.

– Wem?

– Mama.

– Und du, was hast du gesagt?

– Ich? Nichts.

– Es gibt nichts Schlimmeres auf der Welt als die Frauen, sie kümmern sich um Dinge, die sie gar nichts angehen, diese Teufelsweiber. Ich frage mich nur, warum wir ihnen so viel Bedeutung zugestehen. Aber siehst du, mein Sohn, es ist unsere eigene Schuld. Dummköpfe sind wir, die ihnen alles geben ... und was ist das nicht alles ... Wären wir, wie wir sein sollten, würden nur wir befehlen, sonst keiner! Aber nein ...! In jeden Dreck müssen sie ihre Nase stecken! Was hatte dieses Weib bei uns zu suchen? Ja, sag mir das! Na? Ist es etwa meine Schuld, wenn ... Wo hatte sie überhaupt unsere Adresse her, diese ...? Ein Glück, daß ich so vorsichtig war und deinen Namen angegeben habe, stell dir vor, sie hätte nach mir gefragt, das wäre was geworden! Du hast doch deiner Mutter nichts gesagt, oder?

– Ich? Nichts.

– Um so besser. Danke, mein Sohn. Ich wußte, daß ich auf dich zählen kann.

– Gut, und was tun wir jetzt?

– Wie, was tun wir jetzt? Sag mal, du kennst mich wohl nicht! Auf der Stelle, aber buchstäblich auf der Stelle werde ich zu dieser dummen Kuh gehen und ihr den Kopf waschen!

– Und du glaubst, sie gibt klein bei?

– Das wollen wir sehen. Die weiß noch nicht, mit wem sie es zu tun hat!

– Ja, aber vergiß bitte nicht, daß Mutter sehr angetan ist von dem Mädchen und daß sie ganz verrückt ist nach dem Kleinen.

– Das wird ihr schon vergehen.

Der Mann, überzeugt von seiner großen Welterfahrung, zwirbelte seinen Schnurrbart.

– Du vergißt, daß sie glaubt, ich sei der Vater des Kindes.

– Na und?

– Wie, na und? Sie wird einen Höllenzauber machen, wenn ich das Mädchen nicht heirate.

– Auch das läßt sich in Ordnung bringen.

– Wie?

– Man sollte wirklich nicht meinen, daß du mein Sohn bist.

Don José María wollte nicht ernsthaft über die Lage nachdenken und war sicher, daß alles in Ordnung kommen würde, indem er Remedios eine Rente zahlte und das Kind nach Canillejas schickte zu einer Amme, die ihm schon einmal bei der Lösung eines solchen Problems geholfen hatte. Er war wütend, als er sah, daß die Schwierigkeit diesmal weder bei dem Mädchen noch bei dem Kind lag, sondern in der Tatsache, daß er auf die dumme Idee gekommen war, sich für seinen Sohn auszugeben, anstatt sich den erstbesten Namen zuzulegen.

– Hör zu: geh jetzt nach Hause und sag deiner Mutter, daß ich vom Bahnhof aus zu Francisco Lora mußte, um ihm einige wichtige Papiere zu bringen. Es stimmt übrigens auch.

– Und was gedenkst du zu tun?

– Das geht dich nichts an.

– Ich denke doch.

Don José María betrachtete seinen Sohn und wußte nicht, wie er sich aus der Affäre ziehen sollte; der Boden brannte ihm unter den Füßen.

– Es ist besser, wenn ich mit dir gehe. Mutter wird nämlich wissen wollen, ob ich mit dir gesprochen habe.

– Ja, hast du vorhin nicht gesagt, daß sie von nichts weiß?

– Gewiß, aber ich habe ihr gesagt, daß ich dich am Bahnhof abholen werde, um dir zu sagen, daß ich Remedios ein Kind gemacht habe. Um zu erfahren, ob du damit einverstanden bist, daß ich Remedios heirate . . .

– Verflucht! Da sitz ich ja ganz schön drin!

– Mir scheint, schön drin warst du schon . . .

Agustín war selber erschreckt über seine Worte. Sprach er wirklich mit seinem Vater? Wie konnte er es wagen? Bis jetzt war ihm nicht klargeworden, wie sehr seine Gefühle für ihn sich gewandelt hatten, daß er jeden Respekt vor ihm verloren hatte. Es schmerzte ihn, er senkte ein wenig den Kopf und murmelte:

– Verzeih.

Don José María kochte das Blut: eine schöne Ohrfeige wäre fällig gewesen. Die linke Hand juckte ihm, denn der brave Mann war Linkshänder. Aber welches Recht hatte er, seinen Sohn zu ohrfeigen?

– Dann glaubt deine Mutter also, daß . . . ? Meinst du nicht, es wäre besser gewesen, ihr die Wahrheit zu sagen?

– Mama?

– Ja.

– Es wäre ihr Tod.

– Nicht doch.

– Hättest du den Mut dazu?

– Ich? Nein. Aber du… ich an deiner Stelle, vielleicht…

Er wollte sagen: »Ich hätte das nicht so hingenommen«, aber er wagte es nicht; er hatte einen »durch und durch ehrenhaften« Sohn.

– Das kann doch nicht dein Ernst sein. Das hieße, ihr ganzes Leben zerstören; sie ist doch so stolz auf . . .

– Auf was?

– Auf dich. Stets führt sie deinen Namen im Mund, um dich als Beispiel anzuführen.

– Verdiene ich das etwa nicht? Bin ich nicht ein guter Vater, ein guter Ehemann? Was will sie mehr?

Agustín antwortete nicht. Er schüttete Wasser über sein Stück Zucker und ließ es im Glas vergehen.

– Du verzeihst mir nicht, stimmt's? Hör zu, mein Sohn, du mußt das verstehen, das sind Männersachen.

– Glaubst du?

Agustín faßte sich wieder, und als ob er dem, was er gerade gesagt hatte, keine Bedeutung beimesse, fügte er in neutralem Ton hinzu:

– Also gut, was tun wir?

– Wir werden mit Remedios reden.

– Jetzt?

– Je früher, desto besser.

3 Gleich nachdem ihr Sohn zum Bahnhof gegangen war, zog Doña Camila ihren Schal über und sagte zu dem Dienstmädchen:

– Wenn mein Mann oder mein Sohn vor mir zurückkommen, so sagen Sie ihnen, ich sei in die Calle del Peñón gegangen, sie werden schon Bescheid wissen . . .

Die gute Frau traute nämlich dem Frieden nicht. Sie kannte ihren Mann und nahm an, daß die Neuigkeit, die Agustín ihm mitteilen wollte, gar nicht nach seinem Geschmack wäre und daß er womöglich sofort zu dem Mädchen ginge, um dort reinen Tisch zu machen. Sie hingegen war zu allem bereit, nur nicht auf ihren Enkel zu verzichten. Ein einziges Kind hatte ihr nicht genügt, aber alle ihre Hoffnungen waren zunichte gemacht worden, als sie ein Jahr nach ihrem Umzug nach Madrid im Gedränge einer Fronleichnamsprozession zu Fall kam – »wegen der unerträglichen Hitze«, wie sie zu sagen pflegte – und eine Fehlgeburt hatte. Und so war das erste, was José María sah, als er, von seinem Sohn gefolgt, nicht sehr selbstsicher die Wohnung der Büglerinnen betrat, seine glückselige Gattin. Er sperrte vor Verblüffung Mund und Nase auf, ein

Umstand, den Doña Camila ausnutzte, um ihn mit ihrem strahlendsten Lächeln zu fragen:

– Hat dir der Kleine alles erzählt?

Petra, die Freundin Remedios', die bügelte, während diese dem Kind die Brust gab, ließ von ihrer Arbeit ab, das heiße Bügeleisen in der erhobenen Hand. Die junge Mutter, aus einer natürlichen Scham heraus, hielt wie zur Verteidigung die Hand vor die Brust, während der Verantwortliche nichts weiter hervorbrachte als:

– Ja, ja . . .

– Seid ihr zu Hause gewesen?

– Nein, sagte Agustín.

– Aha! Du konntest also nicht früh genug deinen Enkel sehen?

Sieh ihn dir an, Mann, sieh ihn dir an! Du kannst stolz sein! Er gleicht dir wie aus dem Gesicht geschnitten.

Eine richtige Operettenszene. Petra stellte ihr Bügeleisen ab und ging in den Hof, da sie fand, man sollte die Hauptbeteiligten allein lassen, aber schon kam Paca herein, für den Fall eines Falles. Doña Camila fuhr fort:

– Das ist Remedios.

Sie sahen sich an. José María stand Todesqualen aus. Er warf die Zigarette weg, die er sich umsichtig angesteckt hatte, bevor sie ins Haus gegangen waren, spuckte aus, machte kehrt und ging hinaus. Seine Frau, etwas verstört, lief ihm nach, nicht ohne vorher zu sagen:

– Machen Sie sich keine Sorgen, er ist ein guter Mensch, es wird schon alles werden, nur keine Angst . . .

Schon brach Remedios in Tränen aus und klagte:

– Ach, mein Gott! Ach, mein Gott!

Paca nahm den Sprößling in die Arme und bemühte sich, ihn in den Schlaf zu wiegen, indem sie ihn kräftig schaukelte; Agustín wußte nicht, was er tun sollte.

– Nun flenn mal nicht so, sagte Paca zu Remedios. Daran hättest du vorher denken müssen.

– Ja, wie denn? sagte sie zu dem jungen Mann.

– Marschieren Sie doch gleich hinterher, bevor es zu spät ist.

– Es ist besser, wenn er es ihr sagt.

– Was soll er ihr denn sagen, Mensch, was denn? Ich kenne diesen Waschlappen besser als irgend jemand. Der kann doch nichts, als Gott und die Welt mit seinem Geschmuse anschmieren. Sie hätten bloß mal sehen müssen, wie der mich eingewickelt hat, und dabei ist das bestimmt nicht einfach! Daß er so allein sei... Und daß seine Mutter... Er gab sich für ein Opfer aus! Der arme Kerl! So groß und so unglücklich!...

– So unglücklich? fragte Agustín verblüfft.

– Wissen Sie, was er erfunden hat, um von diesem Unglückswurm das zu bekommen, was er wollte, ohne ihr den Ehering an den Finger zu stecken? Nie, nie werden Sie das erraten! ... Seine Mutter sei aussätzig, und er könne niemanden mit nach Hause nehmen! ... Nein, ich sage Ihnen ja... Aber bei ihm bestehe keine Ansteckungsgefahr, weil er geimpft sei!... Geimpft gegen die Scham, jawohl!...

Unterdessen bemühte sich Doña Camila von der Calle de la Magdalena bis zur Calle de Atocha, ihren Mann zu überzeugen. Der machte den Mund nicht auf und hing düsteren Gedanken nach:

Sie wird den Mund nicht halten, nein, sie wird den Mund nicht halten! Was soll ich ihr bloß erzählen? Im Augenblick, auf der Straße, nichts; unter anderem, weil ich keine Lust habe, mich schreiend über dieses Thema zu unterhalten. Aber wir sind jetzt bald zu Hause. Was für eine Geschichte soll ich ihr erzählen? Die Frauen sind der Ruin der Männer. Los, José María, es reicht schon, spar deine Kampfreden für ein andermal. Was soll ich tun? Erde, verschling mich! Und wenn ich sie unter eine Straßenbahn stieße? Ich könnte auch weglaufen und nicht wieder nach Hause kommen... Ruhe, Alter, Ruhe! Du hast schon ganz andere Dinge erlebt und dich immer gut aus der Affäre gezogen.

Aber was für Streiche wird mir mein Dummkopf von Sohn noch spielen?

Die gute Doña Camila fuhr fort, ihrem Mann plausible Gründe herunterzuleiern, damit er den jungen Leuten verzeihe.

– Hör zu, José María, solche Dinge passieren alle Tage. Ich habe mich erkundigt, und ich glaube, daß sie ein anständiges Mädchen ist. Du weißt eben nicht, wie die Jugend von heute ist, sie hat mehr Gelegenheiten als früher. Es gibt heute eine Freiheit, die es zu unserer Zeit noch nicht gab...

Er hätte sie am liebsten umgebracht. Was mochte währenddessen in der Calle del Peñón vorgehen? Womöglich würden sie ihm noch zu Hause auf den Pelz rücken.

– Mir hätte etwas anderes auch besser gefallen. Aber hast du den Kleinen gesehen? Ein richtiger Engel! Und sie haben ihn José María getauft, wie du!

Der Mann konnte nicht mehr; er stellte sich vor seine Frau und schrie sie an:

– Nun sei endlich mal still, du dumme Kuh!

Und er machte sich mit Riesenschritten davon. Die gute Frau blieb wie versteinert stehen, sie konnte kein Glied mehr rühren, dann begannen ihr die Tränen über die Backen zu laufen, um die Warzen herum. Schließlich ging sie langsam, traurig, besiegt nach Hause. Dort ließ sie sich, ohne auch nur ihren Schal auszuziehen, in einen Schaukelstuhl fallen und weinte weiter. In diesem Zustand fand sie ihr Sohn, der zuerst glaubte, daß sie die Wahrheit wisse. Er fand bald heraus, daß dem nicht so war.

Die Tränen seiner Mutter brachen Agustín das Herz. Er hatte sie schon öfters weinen sehen, aber immer aus Gründen, gegen die er kein Mittel wußte: zum Beispiel, als Cäsar überfahren wurde. Sie wohnten noch in der Calle Méson de Paredes, und die Hausbesitzerin hatte das Halten von Hunden erlaubt. Oder beim Ableben von Freundinnen oder Verwandten der Freundinnen. Ganz zu schweigen von dem großen Kummer, den sie hatte, als sie erfuhr, daß man den Sohn einer ihrer Schwestern, die in Valencia wohnte, während des Streiks von 1917 ins Gefängnis geworfen hatte. Agustín hatte damals die mütterlichen Ergüsse ganz natürlich gefunden, aber im Augenblick hätte er alles darum gegeben, damit sie aufhöre, durch die Nase die Feuchtigkeit ihrer Wangen aufzusaugen.

– Siehst du, Junge, dein Vater ist nun mal so. Immer gradlinig, er kann eben nicht akzeptieren, was nicht seinen Grundsätzen entspricht. So war auch seine Familie: arm, aber anständig. Er hat mich vor unserer Hochzeit nicht berührt (es stimmte zwar nicht, aber die brave Frau dachte, daß es gut ins Bild passe). Du darfst ihn nicht verurteilen, er ist der beste aller Männer. Mein Gott, ich weiß nicht, wie das noch enden wird. Was meinst du, wenn ich mit Don Cándido darüber redete?

Don Cándido, der Pfarrer von Almudena, ist der Beichtvater Doña Camilas.

– Nein, Mutter, es lohnt sich nicht.

– Wieso, es lohnt sich nicht?

– Das wollte ich eigentlich nicht sagen. Mach dir bitte keine Sorgen; wir werden schon eine Lösung finden.

– Glaubst du?

– Ich bin sicher. Und je später es die andern erfahren, um so besser ist es.

Agustín hatte niemanden, dem er sich anvertrauen konnte. Gewiß, er hatte Freunde, aber wie sollte er ihnen diese lächerliche Geschichte erzählen, die an sich zwar nicht grotesk war, die sich aber, mit allem Ernst erzählt, unweigerlich anders anhören würde. Er stand auf, um wegzugehen.

– Wohin gehst du?

– Ins Café.

Doña Camila antwortete nicht, sie war zutiefst verletzt von der Haltung ihres Sohnes, die sie für Sorglosigkeit hielt; er hingegen, daran gewöhnt, nicht zu lügen, ging ins Café. Eine absurde Idee war ihm durch den Kopf gegangen, und er wollte von ihr loskommen. Diese Idee war folgende: um der Seelenruhe seiner Mutter willen mußte er Remedios heiraten oder wenigstens seiner Mutter vormachen, er habe sie geheiratet. Auch die Familienehre spielte dabei eine gewisse Rolle, ohne daß er sich dessen bewußt wurde.

4 Schließlich hatte er keine Braut und war auch niemandem Rechenschaft schuldig: wichtig war nur das Glück seiner Mutter. Zudem wäre es eine gründliche Lehre für seinen Vater, wenn er Remedios heiratete, so daß er bestimmt nicht wieder in diese schlechten Gewohnheiten verfallen würde (Kann man das »schlechte Gewohnheiten« nennen, fragte er sich voller Bitterkeit). Es wäre ja nur für einige Zeit, und er hatte das ganze Leben vor sich. Ein Ausweg ließe sich schon finden; er würde allein leben, für sich, aber selbstverständlich bei Remedios. Und die Alte wäre selig, wenn sie sich um den Kleinen kümmern dürfte.

Er war vor einem Hemdengeschäft stehengeblieben und betrachtete mit abwesendem Blick die Reihen mit Hemden und Unterhosen, die aufgehängten Krawatten, die künstlerisch angeordneten Unterhemden, die Manschettenknöpfe und die Krawattennadeln, die wie Verzierungen zwischen den Wäschestücken lagen. Das Ganze war gekrönt von einer langen Reihe Ledergürtel. Don Arturo, der Besitzer von *Perle von Atocha*, begrüßte ihn von der Schwelle seiner Ladentür.

– Na, Agustín, können Sie sich nicht entschließen?

– Guten Tag, Don Arturo.

– Gefällt Ihnen das gestreifte nicht? Ich hab sie gerade hereinbekommen, es sind Popelinhemden.

– Nein, vielen Dank.

– Wie Sie wollen, wir stehen immer zu Ihren Diensten.

Agustín setzte langsam seinen Weg fort bis zur Calle Amor de Dios und ging in die Bar, wo er nach dem Essen seine Freunde zu treffen pflegte. Der Wirt stammte aus Segovia, er war ein Freund der Familie. Der Vater saß vor einem Glas.

– Hast du mich gesucht?

– Nein.

– Setz dich.

Don José María zwirbelte seinen Schnurrbart, dann hob er langsam die Hand, kratzte sich den schon etwas kahlen Schädel.

– Na?

– Nichts.

– Du siehst, alles in Ordnung.

– Wieso denn das?

– Du hast also nichts begriffen?

– Offen gestanden, nein.

– Das ist doch klar wie Quellwasser: ich werde ernstlich böse und widersetze mich förmlich der Heirat. Und kein Mensch spricht mehr von der Geschichte.

– Glaubst du, daß Mutter sich damit abfinden wird?

– Es wird ihr nichts anderes übrigbleiben.

– Und Remedios?

– Das, mein Junge, ist nicht deine Sache. Laß mich nur machen: ich weiß schon, wie man mit gewissen Personen reden muß und wo sie der Schuh drückt. Und vergiß nicht, daß man nicht sein ganzes Leben lang ein Muttersöhnchen bleibt. Was trinkst du?

– Kennst du die . . . dieses Mädchen schon lange?

– Hör zu, Kleiner, misch dich nicht in Dinge ein, die dich nichts angehen. Was trinkst du?

– Ein Bier.

– Hast du deine Mutter gesehen?

– Ja.

– Und?

– Sie weint ununterbrochen.

– Das wird vorbeigehen.

Aber zur Überraschung Don José Marías ging es nicht vorbei.

Sie weinte nicht, nein – das war schnell vorbeigegangen –, aber sie zeigte eine unerwartete Hartnäckigkeit und kam immer wieder darauf zurück, so daß das Leben allmählich unerträglich wurde.

José María beschloß also – so war er nun mal –, Remedios aus Madrid zu entfernen oder sie wenigstens zu veranlassen, in ein anderes Viertel zu ziehen, ohne eine Adresse zu hinterlassen. Aber auch das mißglückte ihm. Man setzte seinen Vorschlägen ein klares und deutliches Nein entgegen und verlangte Geld für den Unterhalt des Babys. Am gleichen Abend fand er seine Frau verklärt, lächelnd, liebenswürdig, glücklich. Er sah sie verwundert an, wagte aber nicht, sich Illusionen zu machen. Als es Nacht wurde, hielt Doña Camila es nicht mehr aus; im Schlafzimmer, als sie endlich in dem gediegenen Nußbaum lagen, in dem sie schliefen, gab sie den Grund ihrer Freude preis:

– Du also auch? Und du hast es die ganze Zeit über für dich behalten?

– Ich weiß nicht, wovon du sprichst.

– Nichts, Lieber, nichts. Es ist alles in Ordnung.

– Würdest du dich bitte etwas deutlicher ausdrücken?

– Ich habe dich heute nachmittag in der Calle del Peñón gesehen, du kamst aus dem Haus.

– Was hast du denn dort gewollt?

– Das gleiche wie du: den Kleinen besuchen. Sieh her, was ich für ihn mache.

Und mit einer Leichtigkeit, die ihres Anlasses würdig

war, warf sie die Decken zurück, ging zum Spiegelschrank, öffnete fieberhaft einen Pappkarton und holte Hemdchen, Leibchen, ein Häubchen heraus, alles von bester Qualität, die sie heimlich, wenn sie allein war, strickte und nähte.

– Gefallen sie dir?

– Hör zu, Camila, hör nun ein für allemal mit dieser Geschichte auf. Agustín darf das Mädchen nicht heiraten, und zwar aus dem einfachen Grunde, weil sie eine Dirne ist (trotz allem kam ihm das Wort nur schwer von den Lippen).

– Das ist nicht wahr.

– Du läßt dir was vormachen, aber ich nicht. Und ich bin heute nachmittag nicht dort gewesen, um den Rotzjungen zu sehen, wie du etwa glaubst, sondern um ihr Geld anzubieten, damit sie endlich verschwindet.

– Das wirst du nicht tun.

– Ach, glaubst du? Außerdem kann ich dir versichern, daß dieses Kind nicht von Agustín ist.

– Sieh mal, wir leben jetzt seit dreißig Jahren zusammen, und wir haben uns nicht schlecht vertragen. Ich kenne dich, ich weiß, daß du ein Ehrenmann bist, aber ich verstehe nicht, was in dieser Sache in dich gefahren ist. Mir reicht's jetzt allmählich.

– Womit reicht's dir?

– Mit deiner Haltung . . .

– Mit meiner Haltung? Mit welcher Haltung denn, los, sprich.

– Mit deiner bornierten Haltung.

Es war das erstemal, daß die brave Frau sich eine solche Kühnheit erlaubte. Außer sich über das Wort, das sie gerade gesagt hatte, verbesserte sie sich.

– Verzeih bitte, ich weiß nicht mehr, was ich sage.

Sie ist wie ihr Sohn – dachte José María – die gleichen Reaktionen.

– Aber ich mache dich darauf aufmerksam, fuhr die Frau fort, daß es nicht nach deinem Kopf gehen wird, und wenn du dich noch so stur anstellst. Remedios ist ein anständiges Mädchen, und mein Enkel ist mein Enkel. Er ist übrigens auch der deine, und niemand wird ihn mir wegnehmen. Du kannst tun, was du willst, sogar einen Skandal heraufbeschwören, wir werden schon sehen, wer als erster aufgibt. Du kennst mich nicht.

Nein, er kannte sie nicht. Der Gedanke, daß sie jetzt Großmutter war, verzehnfachte ihre Kräfte. Wenn ich ihr jetzt die Wahrheit sage, dachte der Mehlvertreter, ist sie imstande und hält mich für einen Lügner. Da habe ich mir wirklich eine schöne Geschichte eingebrockt. Das wird mir nicht wieder passieren.

5 Seit dem Tag, an dem sein Vater zurückgekommen war, verbrachte Agustín die meiste Zeit außer Haus. Doña Camila fand es normal, daß er mit seinem Vater nicht zusammensein wollte. Sie unterließ es nie, morgens früh schon zu ihm ins Zimmer zu gehen und ihm alle Arten von Trost zu spenden. Sie erzählte ihm vier- oder fünfmal hintereinander die Streiche des Kleinen und wunderte sich immer wieder darüber, daß er nicht zu Remedios ging.

– Gott verzeih mir, aber hör nicht auf deinen Vater. Ich habe mit Don Cándido gesprochen, und obgleich dein Vater ein Ketzer ist, will er ihm einmal gründlich Bescheid sagen.

Das hat gerade noch gefehlt, dachte Agustín. Zwei Häuser weiter unten wartete er auf Don José María und begleitete ihn ein Stück auf seinem Weg zur Arbeit.

– Was sollen wir tun?

– Alle Frauen umbringen.

– Aber bis es soweit ist und du die Initiative ergreifst, glaube ich . . .

– Was glaubst du?

Wie immer war Don José dafür, nichts zu tun und abzuwarten, bis die Dinge sich von selber einrenkten.

– Aber Mutter ist imstande, sie eines Tages zu uns in die Wohnung zu nehmen.

– Das kommt unter keinen Umständen in Frage. Lieber gehe ich.

– Sag das nicht; du weißt genau, daß du das nicht tun würdest.

– Nein?

– Nein. Ich habe eine andere Idee.

– Was für eine?

– Nun . . . Mama vormachen, ich hätte Remedios geheiratet.

Der ehemalige Bäcker sah seinen Sohn mit einem forschenden Blick an und schloß dabei halb die Augenlider.

– Sprichst du im Ernst?

– Ganz im Ernst.

– Bist du dir klar . . .

– Worüber? Es wäre die beste Lösung.

– Würdest du es wagen?

– Wenn es Mutter froh macht, ja.

– Glaubst du, daß das Mädchen einverstanden ist?

– Warum nicht?

Mein Sohn ist verrückt – dachte José María –, aber wenn es ihm Spaß macht, warum nicht? Mir ist es vollkommen egal, und ich habe dann endlich meine Ruhe.

– Und wo werdet ihr wohnen?

– Ich weiß nicht. Irgendwo, nur nicht zu Hause.

– Bist du dir klar . . . ?

Er sprach den Satz nicht zu Ende und dachte, daß er Dankbarkeit zeigen müsse; er tat sein Bestes, um ein gerührtes Gesicht zu machen, und küßte seinen Sohn.

Agustín ging zu Remedios. Das Kind schlief. Petra konnte ihre Arbeit nicht im Stich lassen, und so gingen sie auf den Hof. Remedios war eine mittelgroße junge Frau mit schwarzen, kleinen, lebhaften Augen und dichtem Haar, das seinen Glanz keiner Brillantine verdankte. Ihre dunkle Haut glänzte ebenfalls, vielleicht wegen der ständigen Hitze der Bügeleisen; sie war schlank und durch die Mutterschaft aufgeblüht. Eine anmutige Nase, fast ein Stupsnäschen, und ein etwas großer Mund entstellten ihr Gesicht keineswegs, da es wohlproportioniert und jugendlich war.

– Hören Sie zu, Sie wissen, was der Kleine für meine Mutter bedeutet . . .

– Um nichts in der Welt werde ich ihn hergeben. Ich will auch Madrid nicht verlassen, weil ich hier auf ehrliche Weise mein Brot verdiene, und ohne Ihren Vater . . . ausnützen zu wollen, bin ich sicher, daß es meinem Sohn an nichts fehlen wird.

Sie betonte die Worte, um klarzumachen, daß ihr Entschluß unwiderruflich sei.

– Ich bin vielleicht einen Augenblick schwach gewesen, oder wie immer Sie es nennen wollen, aber mein Sohn ist mein Sohn, und er geht mir in jedem Falle vor.

– Darum geht es nicht.

– Sind Sie nicht gekommen, um mit mir über den Kleinen zu sprechen?

– Ja und nein.

– Dann wissen Sie jetzt Bescheid.

– Aber sehen Sie doch, Remedios, so kann es nicht weitergehen. Zu Hause ist ständig dicke Luft.

– Ist das vielleicht meine Schuld?

– Nein, selbstverständlich nicht. Aber lassen Sie mich reden.

Paca stand in der Tür und horchte.

– Sollen wir nicht einen kleinen Gang machen?

– Ich kann jetzt nicht.

– Was ich Ihnen vorzuschlagen habe, ist sehr ernst, und es stört mich, daß man uns zuhört.

– Wird es lange dauern?

– Ich glaube nicht.

– Na schön, gehen wir.

Sie traten auf die Straße.

– Ich weiß nicht, wie sie darüber denken werden.

– Keine Phrasen, zur Sache.

– Gut: ich schlage Ihnen vor, meiner Mutter weiszumachen, wir hätten geheiratet.

Remedios blieb mitten auf dem Bürgersteig stehen und sah Agustín fest in die Augen.

– Was sollen diese Scherze?

– Es ist kein Scherz, Remedios, ich spreche im Ernst.

– Das ist doch unmöglich.

– Warum denn?

– Ja sind Sie sich im klaren, daß das ganze Haus Bescheid weiß? Stellen Sie sich das Gerede vor! Außerdem . . . aber Sie sind ja meschugge! Sie und ich . . . ? Nein, nein . . .

– Dann machen Sie einen anderen Vorschlag, aber vergessen Sie bitte nicht, daß meine Mutter auch weiterhin glauben soll, daß der Kleine . . . unser Kind ist.

– Aber . . . Und wir? Ich meine Sie?

– Ich werde mich schon arrangieren.

Sie betraten eine düstere Kneipe und setzten sich an einem Marmortisch einander gegenüber.

– Lieben Sie Ihre Mutter so sehr?

Agustín war nahe daran, ihr die gleiche Frage zu stellen, aber er hielt sich zurück, weil er sich erinnerte, daß sie ihre nie gekannt hatte.

– Sie ist das einzige, was ich auf der Welt habe.

– Haben Sie schon darüber nachgedacht, wie das gehen soll?

– Nein. Ich wollte zuerst mit Ihnen darüber sprechen. Sind Sie einverstanden?

Remedios senkte den Kopf und murmelte:

– Weiß Ihr Vater Bescheid?

– Ja.

Sie ergriff mit ihren rauhen Fingern vorsichtig ihre Kaffeetasse und trank einen Schluck. Sie war in Gedanken versunken, und auf dem Rückweg bekam Agustín nur Einsilber aus ihr heraus; sicherlich war sie mit ihren Gedanken sonstwo. Als Remedios in ihr Zimmer trat, warf sie sich aufs Bett und weinte.

6 Die Sache war nicht so einfach, wie Agustín es sich vorgestellt hatte, zunächst einmal, weil Paca, die in den Plan eingeweiht wurde, sich heftig widersetzte:

– Begreif doch, Mädchen, die wollen dich nur reinlegen. Sie werden dich von hier fortholen, und wenn sie das fertiggebracht haben, kennen sie dich nicht mehr. Sie werden dir dein Kind wegnehmen, und dann kannst du dich zum Teufel scheren. Außerdem, wie kannst du nur daran denken, mit einem jungen Mann zusammenzuleben? Nein, Mädchen, nein. Glaub mir, ich kenne die Welt, mich kann man so leicht nicht täuschen.

Selbstverständlich hätte Remedios ihr antworten können, daß das gar nicht so sicher sei, daß es ein öffentliches Geheimnis sei, daß Don Rafael, El Gorra genannt, ihr Hörner aufsetzte, mit Serafina, aber wozu? Paca schwor auf diesen Wicht, der früher einmal Novillero war und nun von diesem Ruf zehrte, im Fahrwasser der mehr oder weniger berühmten Toreros schwimmend, denen er, manchmal als Schwertknappe, tausend Gefälligkeiten erwies. Schließlich verdiente Paca genug mit ihren künstlichen Blumen, damit es ihrem Luftikus von Mann an nichts fehlte.

Doch wenn sie die Sache genau bedachte – sie kam immer wieder auf den rettenden Ausweg zurück, der sich ihr im Augenblick anbot –, gelangte Remedios schließlich zu der Überzeugung, daß der Vorschlag Agustíns eine gute Lösung war. Gewiß, das Angebot hatte sie überrascht, aber sie hatte nie den geringsten Zweifel an der Aufrichtigkeit des jungen Mannes gehabt, den Petra, ihre Freundin, nicht leiden konnte.

– Du gefällst ihm eben, das ist alles.

– Du bist ja verrückt.

Da sie in einem Zimmer schliefen, war es jeden Tag, morgens und abends, das gleiche Lied:

– Er wird dir noch ein Kind machen, wie sein Vater. Wie der Vater, so der Sohn, Mädchen. Aber sag bloß nicht, ich hätte dich nicht gewarnt.

Petra war eine kleine, dunkelbraune, argwöhnische Person, lebhaft wie Quecksilber, unermüdlich bei der Arbeit und von unversöhnlichem Haß auf die Männer, den eine düstere Geschichte rechtfertigte; sie hatte einen Stiefvater gehabt, der sie in jenem Heim untergebracht hatte, in dem sie Remedios kennenlernte. Vom ersten Tag an waren sie sich sympathisch; es war offensichtlich, daß ihre Abneigung gegen den Plan Agustíns zu einem großen Teil von ihrer Furcht herrührte, sich von Remedios trennen zu müssen, die sie als ihre Schwester betrachtete.

Als sie aber sah, daß Remedios mit dem Handel einverstanden war, änderte sie ihre Absicht und stimmte ihr zu. Da keine Rede davon sein konnte, die Komödie so weit zu treiben, daß sie zum Traualtar gingen, wurde beschlossen, daß Remedios und Agustín sich eines schönen Morgens mit der überraschenden Neuigkeit ihrer soeben geschlossenen Ehe in der Calle de Atocha vorstellen sollten. José María hatte bei dieser Geschichte seine letzte Szene zu spielen: zuerst aufgebracht sein, um schließlich großmütig zu verzeihen. Das Schwierigste käme hinterher. Man müßte sich nämlich hartnäckig weigern, bei den Großeltern zu wohnen; hier wurde Petra, die Remedios nicht im Stich lassen könnte, als Grund vorgeschoben. Man kam schließlich überein, daß die Jungvermählten in einem anderen Stadtteil wohnen sollten, damit kein Nachbar – und keine Nachbarin – Doña Camila aufklärte.

So geschah es denn auch. Die einzige Überraschung war das Schauspiel, das Don José María den Pseudo-Eheleuten darbot, als sie, gefolgt von Petra mit dem Sprößling im Arm, bei Señor und Señora Alfaro eintraten: er trug einen Karabiner auf dem Rücken und über der Brust eine glänzende Schärpe in den Nationalfarben; er war gerade von der Truppenschau der Bürgerwehr zurückgekommen.

Doña Camila fiel in Ohnmacht, als sie die Neuigkeit hörte, so daß die prächtige Szene ihres Gatten hinfällig wurde, eine Szene, vor der der Sohn die meiste Angst gehabt hatte.

Nachdem die Ohnmacht vorbei war, herrschte nur noch eitel Freude, deren Hauptgegenstand, wie sich denken läßt, der Enkel war. Doña Camila protestierte lautstark gegen die heimliche Hochzeit, die sie um so viel Freuden gebracht hatte, aber schließlich fand sie alles in Ordnung, da ihr Mann seine Einwilligung gegeben hatte. Wie nicht anders zu erwarten, wünschte sie lebhaft, daß Remedios bei ihr wohnen sollte. José María versuchte ihr begreiflich zu machen, daß das junge Paar lieber allein sein wolle, aber die brave Frau ließ sich nur mit Mühe und vielen Argumenten überzeugen und erst, nachdem es ihr auch die Neuvermählten laut schreiend versichert hatten. Sie erreichte nur, daß sie nicht nach Cuatro Caminos zogen, wie es ursprünglich ihre Absicht gewesen, und sie mußten ihr versprechen, daß sie und Remedios schon am nächsten Tag nach einer näher gelegenen Wohnung suchen würden. Petra sollte ihre Arbeit aufgeben und Remedios im Haushalt helfen. Bis dahin hatte noch keiner daran gedacht, daß die Büglerinnen ihre Arbeit aufgeben könnten; der Entschluß Doña Camilas fand ihre Zustimmung. Agustín, der nichts anderes im

Sinne hatte als die Seelenruhe seiner Mutter, hatte angenommen, daß er bei der »Büglerin« wohnen würde. José María hingegen hatte das Problem nicht einmal im Traum bedacht. Remedios war von der Wendung der Dinge so verblüfft, daß sie nicht an die Zukunft dachte; die Perspektive, sich in Begleitung ihrer Schwiegermutter eine Wohnung anzusehen, quälte sie: die Verdächtigungen Petras kamen ihr wieder in den Sinn und ließen ihr keine Ruhe. Und wenn es wirklich so war, daß sie Agustín gefiel? Es bestand zwar kein Grund zu dieser Annahme, aber sie kramte in ihren Erinnerungen auf der Suche nach einem Hinweis. Es fiel ihr nichts ein; der junge Mann war immer zurückhaltend gewesen.

Von der Calle de Fúcar bis zur Calle de Carretas, von der Calle del Hospital bis zur Plaza de Santa Cruz liefen die beiden Frauen alle Gassen ab, die zur Calle de Atoche führten, ohne Ergebnis.

Sie kamen müde zurück, zogen ihre Mantillas aus und stellten ihre Schuhe auf die Schwelle des Hauses.

7 Doña Camila öffnete ihren Schrank und zog bestickte Bettlaken hervor.

– Sieh her, mein Kind, seit fünfundzwanzig Jahren liegen sie nun schon hier . . .

Sie konnte nicht sagen, wie sie es sich so oft vorgestellt hatte: »Sie sind für die Hochzeit meines Sohnes.« Die Kehle schnürte sich ihr zusammen, und ihre Augen füllten sich mit Tränen, als sie wieder einmal daran dachte, wie verschieden die Wirklichkeit von ihren Träumen war.

– Vielen Dank, Señora . . .

– Sagst du immer noch Señora zu mir?

– Ich schäme mich . . .

– Man braucht sich doch nicht zu schämen, wenn man jemanden Mutter nennt.

Nun weinte Remedios, obgleich es gar nicht ihre Art war, auf diese Weise ihre Freude oder ihren Kummer zu zeigen. Zum erstenmal ging dieses Wort über ihre Lippen, und an wen war es gerichtet!

Schließlich fanden sie eine Wohnung in der Calle Echegaray. Sie gefiel niemandem, aber sie nahmen sie doch, weil sie des Suchens müde waren. Doña Camila, weil sie nicht mehr gut Treppen steigen konnte und die Wohnung im Erdgeschoß lag; Remedios, weil es ihr gleichgültig war und sie nur den einen Wunsch hatte, so schnell wie möglich die Calle del Peñón zu verlassen, wo das Leben unerträglich wurde (Paca hatte im letzten Augenblick moralische Skrupel bekommen und prophezeite ihr nur Unglück). Agustín sagte zu allem ja. Die einzige, die protestierte, war Petra, weil die Dienstmädchenkammer das kleinste und dunkelste Zimmer war, das man sich vorstellen konnte; die Küche war ebenfalls keine Pracht, sie ging auf einen Innenhof, der eher nach einem Kamin als nach sonstwas aussah. Die Wohnung bestand aus zwei großen Zimmern mit niedriger Decke – da es ein Zwischenstock war –, die auf die Straße gingen. Auf Anweisung Doña Camilas beschlossen die beiden Frauen, das Schlafzimmer und das Arbeitszimmer Agustíns daraus zu machen; gegenüber der Diele führte eine Glastür ins Eßzimmer; im Hintergrund lagen die Küche, das Zimmer Petras und ein Abstellraum. Doña Camila meinte, daß die Wohnung ausreiche, solange der Enkel klein sei oder »bis andere kämen«. Außerdem war es die sauberste und billigste, die sie in der Nähe der »Großeltern« gefunden hatten.

Um die Wohnung zu möblieren, ließ man die Geschäftsbeziehungen Agustíns spielen. Das Kaufhaus Rodríguez gab ihm fünfzehn Prozent Rabatt. Bei der Auswahl der Möbel war Doña Camila tonangebend. Sie war einfach nicht davon zu überzeugen, daß das Paar Einzelbetten bevorzugte.

– Für mich sind Eheleute, die in zwei Betten schlafen, nicht verheiratet.

Auf dieses Argument fanden weder Remedios noch Agustín etwas zu erwidern. Auf jeden Fall wurde beschlossen, daß Petra bei Remedios schlafen solle und der junge Mann in dem Bett jener, die wohl oder übel als das Dienstmädchen galt. Das Arbeitszimmer machte keine Schwierigkeiten; Agustín brachte seinen Aktenschrank und seinen Arbeitstisch mit in die neue Wohnung. Das einzige, was er kaufte – auf Kredit –, war eine Schreibmaschine. Dazu einige Stühle, das war alles. Das größte Problem war die Steppdecke: Doña Camila wollte sie den jungen Eheleuten unbedingt zum Hochzeitsgeschenk machen und wählte liebevoll und sorgfältig eine aus blauem Satin aus. Remedios war nicht schrullig, aber sie empfand eine instinktive Abneigung gegen diese Farbe.

– Vielleicht, weil der Himmel mich nicht sonderlich verwöhnt hat... Sie wollte sie gegen eine rosafarbene umtauschen; Agustín widersetzte sich: es hätte seine Mutter gekränkt.

– Klar, du brauchst sie ja nicht zu sehen.

Seit ihrem fiktiven Hochzeitstag sagten sie Du zueinander.

– Du mußt das verstehen, es macht ihr Freude.

– Laß mich nur machen.

– Aber vor allem, bereite ihr keinen Kummer.

Ob es ihr Kummer machte oder nicht, sie sagte es nicht, aber die Bettdecke wurde gegen eine andere, rosafarbene umgetauscht.

8 Das Leben ging recht und schlecht weiter. Agustín erstickte in Petras winzigem Zimmer. Nach dem Frühstück ging er weg, und er redete nicht mehr als nötig, um sich nach der Gesundheit der beiden Frauen zu erkundigen. Er hatte zwar versucht, seine Mahlzeiten im Restaurant einzunehmen, um sowenig wie möglich zu Hause zu sein, doch seine Mutter machte es sich zur Gewohnheit, das Mittagsmahl in Gesellschaft ihres »Enkels« einzunehmen, so daß er sich damit abfinden mußte, im Kreise der Familie zu essen. Wer fast immer fehlte, war sein Vater. Doña Camila schrieb das seiner Abneigung gegen Agustíns Ehe zu; sie fand für alles eine Erklärung, wenn sie nur ihre Zeit damit zubringen konnte, auf den Jungen aufzupassen. Stolz fuhr sie ihn aus.

– Weißt du, was man zu mir gesagt hat? Klar, die Leute haben sich nach ihm umgedreht! In der Calle de Preciados ist eine Dame stehengeblieben, um mich nach seinem Alter zu fragen; sie wollte einfach nicht glauben, daß er erst acht Monate alt ist . . . Mein König! Mein kleiner Engel! Mein Prinz! Mein König von Spanien! Er wird mindestens einmal Ingenieur werden oder Abgeordneter!

– Er hat die Augen eines Senators, versicherte José María, der gekommen war, um seine Frau abzuholen, im Scherz.

– Oh, du kannst dich ruhig lustig machen, du wirst schon noch sehen.

Am Abend aßen sie alle drei schweigend zu Nacht, dann schloß sich Agustín in sein Arbeitszimmer ein. Er machte seine Abrechnung, trug seine Bestellungen ein, schrieb einige Briefe, begann eines der von zu Hause mitgebrachten Bücher zu lesen, die seine Mutter von einem Onkel geerbt hatte, der vor zehn Jahren in Valencia gestorben war.

– Gehst du noch aus? fragte ihn Remedios, als wolle sie ihn dazu auffordern, es zu tun.

– Nein, ich habe noch zu arbeiten, antwortete er jedesmal, wenn er vom Tisch aufstand. Gute Nacht.

Eine Stunde später klopfte Remedios an die Tür des Arbeitszimmers.

– Herein.

– Brauchst du etwas?

– Nein.

– Gute Nacht.

– Gute Nacht.

Und sie schloß die Tür hinter sich.

Agustín las so die *Episodios Nacionales* von Pérez Galdos, einige Bände von Pi y Margall, andere von Costa, die Romane Antonio de Truebas, die *Geschichte der Girondiner*, zwei Bücher über die Französische Revolution, eins von Thiers und eins von Louis Blanc, die Geschichte Spaniens von Pater Mariana.

Er ging so selten wie nur möglich aus, weil er fürchtete, seinen Freunden zu begegnen; er hatte schon genug mit seinen Geschäftsfreunden, mit denen er täglich in den verschiedenen Kaufhäusern und Läden, in die seine Geschäfte ihn führten, zusammenkam. Durch eine Indiskretion des Leiters der Möbelabteilung vom Kaufhaus Rodríguez war die Neuigkeit seiner Hochzeit bekanntgeworden. Glückwünsche und Schulterklopfen zerrten an seinen Nerven. Er war nicht wieder zu der Tertulia [wöchentliche Zusammenkunft einer Gruppe von Freunden, einem Stammtisch ähnlich. A.d.Ü.] Don Pacos gegangen. Er machte jetzt immer einen Umweg, um nicht an dem Laden des braven Aragonesen in der Calle del Príncipe vor dem *Teatro de la Comedia* vorüber zu müssen. Anfangs tröstete er sich, indem er dachte, man glaube, er sei nach Béjar oder nach Alcoy verreist – wo er zweimal im Jahr hinfuhr –, aber dann . . .

Während er sich auf dem schmalen Feldbett hin und her wälzte, das man mit Müh und Not in dem winzigen Zimmer untergebracht hatte, in dem er fast erstickte, fragte sich Agustín, ob sich sein Opfer überhaupt gelohnt habe. Das schlimmste war, daß er niemandem die Schuld in die

Schuhe schieben konnte: die Initiative war von ihm selber ausgegangen. Natürlich hätte Remedios seinen Vorschlag ablehnen können. Aber was dann? Wie lange sollte dieses Leben wohl dauern? Die Lüge peinigte ihn, aber auch, warum soll es nicht gesagt werden, der Mangel an Frauen, weil ihm seit seiner »Hochzeit« gar nichts anderes übriggeblieben war, als Remedios treu zu bleiben. In Wahrheit verhielt es sich so, daß er nicht gern allein in die Calle de Jardines ging. Ohne Freunde wollte er nicht auf die Suche nach einer flüchtigen Gefährtin gehen, und vor allem verabscheute er es, sich von einer Hure, die in einem Türeingang stand, abschleppen zu lassen. Es war für ihn einfach unmöglich, Ramón oder Jacinto oder beide abzuholen, um mal »dorthin zu gehen«, da beide von seiner »Ehe« wußten und es komisch finden würden, wenn ausgerechnet er nach zwei Monaten Eheleben sie dazu verleitete, ins Bordell zu gehen.

So fing er ein Verhältnis mit Consuelo, der Nachbarin aus dem dritten Stock, an. Sie war eine stattliche Frau, zumindest durch die Anzahl der Kilo, die sie nicht ohne Anmut mit sich herumtrug; die rundliche Gattin eines Federfuchsers im Außenministerium, der daran gewöhnt war, geduldig die Launen seiner besseren Hälfte zu ertragen, und nicht den Mut aufbrachte, sich gegen die aufzulehnen, die er bewunderte. Sie behandelte ihn wie einen Diener.

Natürlich dauerte es nicht lange, bis Remedios und Petra von diesem Verhältnis wußten, hauptsächlich, weil die skandalöse Nachbarin nicht gerade durch Diskretion glänzte und ihre Umgebung gern das Gewicht ihrer Überlegenheit spüren ließ.

– Als ich in San Sebastian war ... Als ich in Alicante war ... Als der Marquis de Torrecilla mich entführt hat ... Als ich meinen Brillantring gekauft habe ... Diese Hosen sind genau die gleichen, die auch die Infantin trägt ...

Wenn ich Ramón oder Jacinto begegne, was soll ich ihnen sagen? Ich werde nicht darum herumkommen, sie einzuladen. Was soll ich erfinden, um sie nicht meiner Frau vorzustellen? Diese Gedanken wurden ihm zum Alptraum, und nachts, in seiner Einsamkeit, war er mehr als einmal versucht, alles zum Teufel zu schicken. Er stellte sich eine Szene mit seiner Mutter vor. Er erklärte ihr, daß er sich geirrt habe, daß mit Remedios nicht auszukommen sei, daß sie sich nicht verstünden. Aber wenn er sie dann am nächsten Morgen so demütig, so eingeschüchtert sah, mit ihm redend, als läge sie vor ihm auf den Knien, überkam ihn ein unsägliches Mitleid; abgesehen davon wäre es undenkbar gewesen, Doña Camila ihre täglich größer werdende Liebe zu ihrem »Enkel« auszureden, eine Liebe, die sie dazu trieb, jeden Morgen ein wenig früher zu kommen.

– Ich kann nicht mehr schlafen, sagte sie, wenn ich an die Freude denke, ihn bald wiederzusehen.

Sie schien kleiner geworden, als hätte sie sich in diesem lebensspendenden Lichte verdichtet.

Eines Tages sagte der Sprößling »Papa«. Mit einem Blick, in dem Angst und Kummer lag, bat Remedios Agustín um Verzeihung.

Es war José María, der dieser Situation, wenigstens zeitweise, ein Ende bereitete. An einem späten Novemberabend des Jahres 1925, gegen zehn Uhr, erschien der Mehlvertreter in der Calle Echegaray, voll des Weines, der in seinen Poren glänzte, von den Augen gar nicht zu reden. Petra öffnete die Tür, und der dicke Wachtmeister der Bürgerwehr kam ins Eßzimmer, wo Remedios gerade die Strümpfe ihres »Mannes« stopfte.

– Hallo, meine Hübsche. Wir haben uns schon lange nicht mehr gesehen.

Er ging auf sie zu und streichelte ihr das Kinn.

– Na, erinnerst du dich nicht mehr an mich? Glaube nicht, daß ich dich vergessen hätte. Auch die schönen

Augenblicke nicht, die wir miteinander verbracht haben. Wie geht es meinem Jungen?

Remedios zitterte wie Espenlaub.

Sie wollte aufstehen, aber sie konnte nicht: die Knie versagten ihr den Dienst. Petra war an der Tür stehengeblieben; José María drehte sich nach ihr um.

– Was hast du hier zu suchen? Auf der Straße warten sie auf dich.

– Geh nicht weg, flüsterte Remedios.

– Warum nicht? Oder verachtest du jetzt etwa den Vater deines Sohnes?

Von dem Stimmengewirr angezogen, kam Agustín, der in seinem Arbeitszimmer Zahlen untereinanderschrieb, herein.

– Guten Abend, Vater.

– Guten Abend, Pantoffelheld.

Der junge Mann machte einen Schritt vorwärts, worauf der Schnurrbärtige einlenkte:

– Schon gut, schon gut. Ich sehe, daß ich zuviel bin. Na, dann noch viel Spaß.

Und mit dem allzu sicheren Schritt des Betrunkenen, der auf seinen Gang achtgibt, ging er hinaus und warf die Tür zu.

Agustín setzte sich Remedios gegenüber; er hatte die Ellenbogen auf den Tisch gestützt und wagte es nicht, sie anzusehen. Er starrte auf einen Brotkrümel, der dem Wischtuch entgangen war. Er sah aus wie ein kleiner Schwamm, und wenn man ihn anschaute, ohne zu blinzeln, wurde er unheimlich groß, schon war er ein Felsen an einem menschenleeren Strand. Ein granatapfelfarbener Strand mit gelblichen Blumen und kleinen Grünspechten.

Remedios hatte sich immer noch nicht von ihrem Schreck erholt. Sie zitterte am ganzen Körper, alle Glieder taten ihr weh. Sie konnte nicht weinen, die Schluchzer blieben ihr in der Kehle stecken, erstickten sie. Agustín wußte nicht, was er tun sollte, und trommelte auf das Wachstuch, das den Tisch bedeckte. Petra, die hinter dem Kerl hinausgegangen war, kam zurück und sagte einfach:

– Warum geht ihr denn nicht schlafen?

Agustín stand ohne ein Wort auf und ging wieder in sein Arbeitszimmer. Er blieb Stunden in seinem Sessel sitzen und versuchte nachzudenken, aber ohne Erfolg; er war unfähig, einen Gedanken zu fassen. So konnte »es« nicht mehr weitergehen, es mußte etwas geschehen, aber was?

9 Remedios war es, die am nächsten Morgen einen Vorschlag machte:

– Ich gehe weg.

– Wohin?

Sie machte eine unbestimmte Gebärde.

– Irgendwohin.

– Mit dem Kleinen?

– Klar.

– Und meine Mutter?

– Du hast schon genug getan.

Agustín fand das auch. Aber was sollte er tun? Zu seinen Eltern zurückgehen?

– Du wirst schon weitersehen. Wir finden immer Arbeit.

– Das ist keine Lösung.

– Doch, es ist eine. So können wir jedenfalls nicht weitermachen.

Der Meinung war auch Agustín, aber er hütete sich, es zu sagen; er wußte übrigens nicht genau, warum.

– Laß mich nachdenken.

Um zu sehen, ob die frische Luft ihn inspirieren würde, machte er einen Spaziergang zum Retiro. Seit Jahren war er nicht mehr dort gewesen, die Alleen und die Bäume waren ganz neu für ihn. Was tun? Er wunderte sich über das Vorhandensein der Bäume. Es gab Bäume in Madrid. Was tun?

– Alfaro!

Bei diesem Anruf drehte er sich um: es war ein junger Pfarrer. Das Gesicht kam ihm bekannt vor, aber der Name war ihm entfallen.

– Mensch, Zarnazo!

Sie umarmten sich. Gonzalo Zarnazo war ein alter Schulkamerad. Als seine Mutter starb, war er nach Deusto verzogen, und ein Onkel aus Bilbao nahm sich seiner an, ein reicher, wunderlicher Mann, der sich für alles, was die Kirche betraf, leidenschaftlich begeisterte und der – wie man sich erzählte – einige der Kirche gehörende Güter verwaltete; offensichtlich hatte Gonzalo die Soutane genommen. Er war ein hübscher Junge mit grünen Augen.

– Ich habe dich sofort wiedererkannt.

– Weißt du . . . wenn du mich nicht angesprochen hättest . . .

Der kleine Pfarrer hatte ein ausgezeichnetes Gedächtnis, das ihm ein glänzendes Studium am Seminar erlaubt hatte.

– Du hast dich nicht verändert.

– Meinst du?

Sie gingen langsam weiter.

– Man könnte glauben, der Himmel hätte dich geschickt.

– Warum?

– Das werde ich dir gleich erzählen.

Und Agustín, dem die Kleidung, die sein ehemaliger Schulfreund trug, Vertrauen einflößte, erzählte ihm ohne die geringste Scheu alle Einzelheiten seiner Odyssee. Bei keinem anderen, ihm noch so Vertrauten, hätte er das getan. Zarnazo gehörte einer anderen Welt an.

Der kleine Pfarrer hörte ihm aufmerksam zu, ohne ihn zu unterbrechen. Dann fragte er ihn:

– Gehst du noch in die Kirche?

– Nein.
– Hast du den Glauben verloren?
– Ohne es zu merken. Aber was rätst du mir?
– Soll ich nicht besser mit deiner Mutter sprechen?
– Auf keinen Fall.
– Es wäre das beste und das nobelste.
– Ihr Leben wäre zerstört.
– Ihr lebt alle im Stande der Todsünde.
– Du kannst dir wohl vorstellen, daß das mein geringster Kummer ist.

Gonzalo sah ihn aufmerksam an:

– Ich verstehe. Das beste wäre, wenn diese Frau aus eurem Leben verschwände: aus dem deinen, dem deines Vaters, dem deiner Mutter.

– Aber begreifst du denn nicht, daß meine Mutter nur für dieses Kind lebt?

– Doch, aber es könnte schließlich sein, daß sie eines Tages die Wahrheit erfährt, und das wäre noch schlimmer.

– Vielleicht hast du recht.
– Deine Mutter wird Trost finden.
– In der Religion?
– Selbstverständlich. Denn ich nehme an, daß sie . . .
– Ja.
– Und du, empfindest du nicht das Bedürfnis zu beten, dich von allem zu befreien, was dich bekümmert? Denn ob du es willst oder nicht, was du soeben getan hast, war eine Beichte. Alle diese Dinge und noch schlimmere geschehen nur, weil der Sinn für Moral abhanden gekommen ist, den nur die Kirche geben kann. Wenn dein Vater ein guter Katholik wäre . . .

– Ich kenne schlimmere.

– Das will ich gar nicht leugnen: die Sünde ist überall, und der Teufel lauert selbst den Besten auf, aber wenn man ihn nicht verjagt, wird er am Ende die Welt beherrschen. Danke dem Himmel für diese Begegnung, die von der Vorsehung gefügt wurde. – Er war überzeugt von dem, was er sagte, und wiegte sich in Illusionen – Du mußt das Übel mit der Wurzel ausreißen, Agustín, furchtlos ins Fleisch hineinschneiden, selbst wenn es zuerst weh tut. Aber dann wirst du sehen, welch ein Trost dir zuteil wird. Der Schmerz führt uns zu Gott, und hier ist das Heilmittel. Deine Mutter wird sich in das Unvermeidliche schicken, sie wird verstehen und verzeihen. Übrigens ist deine einzige Sünde deine übergroße Liebe zu deiner Mutter, du hast also nichts zu befürchten. Was dieses Mädchen und deinen Vater betrifft, so werden sie durch die Reue wieder auf den rechten Weg kommen. Man darf nicht zurückweichen, sondern muß immer vorwärts gehen, furchtlos, die göttliche Wahrheit in der einen Hand, den heiligen Respekt vor den spanischen Traditionen in der anderen.

– Ich habe dich nur um einen Rat gebeten.

– Es gibt keinen anderen Weg als den, den ich dir zeige. Vielleicht findest du jemanden, der dieses Mädchen irgendwo unterbringt.

– Wir werden noch darüber sprechen.

– Ich komme morgen bei dir vorbei. Um welche Zeit bist zu Hause?

– Komm doch zum Mittagessen oder zum Abendessen, wann du willst.

– Wo wohnst du?

Agustín machte eine gewaltige Anstrengung: er wollte das, was er allein in Ordnung bringen mußte, nicht anderen überlassen; er gab dem kleinen Pfarrer eine falsche Adresse in der Nähe von Cuatro Caminos an.

– Ich werde um ein Uhr da sein. Jetzt muß ich noch einen Besuch in der Calle Alfonso XII machen. Ich bin schon etwas spät dran, aber ich bedaure es nicht. Leb wohl, möge Gott mit dir sein; er verläßt die Seinen nie.

Als er zehn Schritte weiter war, drehte er sich um und grüßte ihn lächelnd mit der Hand. Er dankte dem Herrn:

wie leicht ist es doch, Gutes zu tun, wenn einem alles klar ist! Und das Mittagessen bei Suárez Anda würde sicherlich ausgezeichnet sein.

Remedios ging zu Paca. Ihre Rückkehr in die Calle del Peñón war ein kleines Ereignis. Alle machten ihr Komplimente über ihr gutes Aussehen. Dabei hatte sie an diesem Morgen Ringe um die Augen, die allerdings kein Hindernis waren für die drei Kilo, die sie zugenommen hatte.

– Señora Paca, was soll ich tun?

– Ist er dir zu nahe getreten?

– Wo denken Sie hin? Sie kennen ihn nicht. Er ist herzensgut wie keiner. Aber sein schamloser Vater war wieder hinter mir her.

– Na, weißt du, das hätte ich am wenigsten geglaubt.

– Was raten Sie mir?

– Laß alles zum Teufel fahren und komm wieder hierher zurück. Dein Zimmer ist noch nicht vermietet.

– Doña Camila tut mir leid.

– Gut, Kleines, dann mußt du eben selber wissen, was du tust . . .

Paca sah Remedios fest in die Augen.

– Wie hast du bis jetzt gelebt?

– Wie eine Prinzessin.

– Wenn dieses alte Schwein nicht wäre, hättest du also nichts dagegen, so weiterzuleben wie bisher?

– Offen gestanden, nein.

– Du bedauerst also, das schöne Leben aufzugeben?

– Ja, Señora.

– Du bist nicht zufällig verliebt in diesen herzensguten Jungen?

– Ich? Wo denken Sie hin! . . .

– Ich habe schon ganz andere Dinge erlebt! Wenn du auf mich hörst, schick alle Männer zum Teufel, keiner ist den Strick wert, mit dem man ihn aufhängen sollte.

– Sie haben bestimmt Kummer gehabt.

– Ich? Oh, nein. Andere vielleicht, und ein Faulenzer, den ich gut kenne und dessen Schweinereien ich endlich satt hatte . . .

Das beste ist, du ziehst einen Schlußstrich unter die ganze Geschichte und kommst hierher zurück, um Röcke zu bügeln; du wirst wie eine Königin leben und brauchst dich nicht mehr um Hosen zu kümmern, die den Kummer nicht wert sind, den sie uns machen.

Es dauerte noch keine zwei Minuten, bis Paca ihr die ganze Wahrheit ausführlich und in allen Einzelheiten erzählte und ihr erklärte, wie sie von dem Verhältnis Serafinas mit ihrem Rafael Wind bekommen hatte und wie sie der Frau mit der flachen Seite eines Corridadegens eine gehörige Abreibung verpaßt und sie zur Krönung des Ganzen bei den Haaren gepackt hatte, zur großen Belustigung der Nachbarschaft, die eine ganze Woche lang darüber sprach. Sie setzte den Ex-Novillero vor die Tür, der seitdem am Hungertuch nagte und sich die Zeit damit vertrieb, seiner Verflossenen, die nichts mehr von ihm wissen wollte, Botschaften zu schicken.

– Er hat sich hundsgemein benommen, aber er wußte nicht, mit wem er es zu tun hatte. Gut, die Rechnung habe ich bezahlt. Aber jetzt ist es aus. Sie sind alle undankbar, die begreifen nicht einmal, daß man ihnen alles gibt, während sie dir nur das geben, was ihnen paßt, oder nicht einmal das, sondern nur, was ihnen Spaß macht. Die Männer denken nicht an den nächsten Tag: Das gefällt mir, das nehme ich mir und hinterher: Ich kann mich nicht erinnern, daß ich dich je gesehen habe. Wer hätte das von Rafael gedacht? Du hast ihn ja gekannt. So verliebt, so aufmerksam, so nett. Gewiß, er war etwas leichtsinnig, aber das bringt schließlich der Beruf mit sich. Ach, der Strolch! Ich hätte mißtrauischer sein sollen! Wenn man es mit Rindvieh zu tun hat . . . Im Augenblick grämt er sich zu Tode und spielt mir eine Komödie vor; aber glaube ja nicht, ich wüßte nicht, warum: wegen der »idems«, wie die Galizier zu den Penunzen sagen.

Für Paca sind nämlich alle, die nicht aus Madrid sind, Galizier.

– Mir kann keiner was vormachen. Und du, mach dir bloß keine Sorgen: Komm zurück, und du wirst ein schönes Leben haben. Laß die Männer. Du hast ein Kind. Was willst du noch mehr? Es ist das einzige, wozu sie taugen, und du bist ja schon bedient. Daher, *requiescat in pace.* Soll ich der Hausbesitzerin Bescheid sagen?

– Lassen Sie nur, Señora Paca, das hat noch Zeit.

– Und vergiß nicht: alles Scheißkerle. Und es gibt keine Ausnahme, sie bestätigen alle die Regel. Erst umschmeicheln sie dich, dann legen sie dich ins Bett und dann . . .

– Aber Sie . . .

– Ich? Du kennst mich nicht, oder besser gesagt, du kennst mich ja: wenn ich einmal »genug« sage, dann können alle Heiligen aufmarschieren, da rüttelt keiner mehr dran. Es heißt, mein Vater sei Aragonier gewesen . . . Wenn er es nicht war, verdiente er es zu sein.

Es war einfach nicht möglich, mit Paca über etwas anderes zu reden, und Remedios kehrte in die Calle Echegaray zurück, ohne eine Lösung gefunden zu haben.

10 Remedios legte gerade ihre Mantilla ab, als Agustín eintrat.

– Warst du ausgegangen?

– Nur um Besorgungen zu machen. Gibt es was Neues?

– Nichts.

– Hast du bei den Alvarez die Bestellung entgegengenommen?

– Ich war nicht in der Gegend.

»Um etwas zu tun«, wie sie sagt, hilft Remedios Agustín seit einiger Zeit bei der Arbeit und sortiert die Briefe. Sie lernt Schreibmaschineschreiben und wundert sich, wie leicht das ist.

– Essen wir?

Sie gingen zusammen ins Eßzimmer, wo Doña Camila dem Säugling gerade das Fläschchen gab. Die Abendpost brachte eine Neuigkeit: Agustín hielt Remedios einen Brief hin. Er kam von der Firma aus Ibi, die er vertrat, man bat ihn – wenn es ihm möglich sei –, für ein paar Tage nach Saragossa zu fahren, um eine Übereinkunft zu erzielen mit einem Geschäftsmann, der seine Zahlungen eingestellt hatte und über fünfzigtausend Peseten schuldete, eine sehr beachtliche Summe für den Klempner. Selbstverständlich würde die Firma die Unkosten übernehmen und ihm eine Provision zahlen.

– Willst du hinfahren?

– Natürlich.

Er gewann damit Zeit, und vielleicht würde er einen Ausweg finden, wenn er eine andere Umgebung zu sehen bekam.

Er kam in Saragossa an, nachdem er zuvor im Zug gegessen hatte, stellte sein bißchen Gepäck in einem Hotel in der Calle Jaime I ab und ging dann in die Calle de la Torre Nueva, wo sich das Geschäft Don Prudencio Palomeques befand. Die Angelegenheit war verwickelter, als alle angenommen hatten. Alle, das heißt die Vertreter von zehn oder zwölf Gläubigern unter dem Beistand zweier Advokaten. Die Gutwilligkeit des Kaufmanns stand außer Zweifel, aber, wie ein katalanischer Handlungsreisender sagte: »Das änderte nichts an der Sache«. Don Prudencio war ein schon etwas bejahrter Mann, der einen grauen Staubmantel trug und den das Gewicht seiner Verzweiflung zu Boden drückte. Die Schuld lag bei seinem ehemaligen Freund Oliverio Fita, der ihm Konkurrenz machte. Die Hauptsache verschwieg er, die Tragödie seiner Tochter oder besser seines Schwiegersohnes, der im Baugeschäft tätig war und alles, was er besaß, aufgezehrt hatte. Keiner der Gläubiger wollte den alten Mann zum Bankrott zwingen, nicht etwa aus reiner Menschenfreundlichkeit, sondern weil sie dabei nicht auf ihre Kosten gekommen wären. Es war eine angesehene Firma mit langjährigen, zahlungskräftigen Kunden; bei strengster Verwaltung konnte man sie nach vielen Monaten wieder flottbekommen. Die Frage war nur, wen man an die Spitze des Geschäfts stellen sollte. Agustín vertrat den größten Gläubiger. Ohne lange nachzudenken, gab unser Mann zu verstehen, daß der Posten ihn unter Umständen interessiere. Alle waren damit einverstanden und sahen die Angelegenheit schon als erledigt an. Außer Agustín, der sich eine Bedenkzeit ausbat, die ihm sofort gewährt wurde.

Je länger er darüber nachdachte – auf seinen Spaziergängen über den Corso oder bei einem Glas Bier in einem Lokal an der Plaza de la Independencia –, um so besser schien ihm diese Lösung. Er würde Remedios und den Kleinen herkommen lassen. Seine Mutter würde er leicht überzeugen – oder auch nicht, aber das war ihm gleich –, indem er ihr vor Augen führte, daß diese Stellung wirtschaftlich für ihn von Vorteil sei. Dann wäre es endlich mit der Fiktion der Ehe vorbei, und er würde jedem, der es wissen wollte – und solche gäbe es bestimmt –, sagen, daß Remedios seine Schwester oder Kusine sei. Er fragte sich nicht einen Augenblick, ob sie damit einverstanden wäre: er war sich ihres Einverständnisses sicher. So war es auch.

José María spielte seine Rolle gut; er überzeugte die brave Doña Camila. (Er hatte ein gutes Mundwerk und war außerdem froh, seinen Sohn loszuwerden.) Er mußte ihr versprechen, daß sie so oft hinfahren könne, wie sie wolle, und daß sie den Kleinen zu Weihnachten mit nach Hause nehmen dürfe und daß die Trennung höchstens ein Jahr dauern würde. Er mußte ein Foto machen lassen; Remedios und Agustín hatten sich dem seit ihrer »Hochzeit« unter verschiedenen Vorwänden und Ausreden entzogen. Sie gingen in die Calle de Carretas und lächelten sich eine Minute lang an, um so für immer auf der Kommode Doña Camilas zu stehen, in einem schönen cremefarbenen Passepartout, zwischen zwei Manisesvasen im Talavera-Stil.

Wie üblich schoß ausgerechnet die quer, von der man es am wenigsten erwartet hatte: Petra brachte die disharmonische Note in die Angelegenheit.

– Wenn du unbedingt auf Pump weiterleben willst, sagte sie zu Remedios, so steht dir das frei. Ich habe genug. Und dabei weißt du, daß ich euch gern hab, dich und den Kleinen. Aber du bist gerade dabei, dich ganz schön in die Nesseln zu setzen, mehr sag ich nicht. Du wirst Federn dabei lassen. Deshalb mache ich jetzt nicht mehr mit.

Remedios und Petra waren Freundinnen, seit sie denken konnten. Wie es der Stiefvater Petras fertiggebracht hatte, sie in ein Fürsorgeheim zu stecken, hat man nie erfahren, auf jeden Fall hatte er es geschafft. Petra, die etwas älter war als Remedios und zu allem bereit, nahm Remedios unter ihre Fittiche und spielte die große Schwester; diese Verantwortung, die sie selber übernommen hatte, glich ein wenig den Haß aus, den sie auf alle Lebewesen hatte. Remedios war glücklich zu gehorchen: sie war jetzt jemand, weil sich ein anderer um sie kümmerte. Die Jahre gingen dahin, und die einzige Abwechslung war die Kälte, die sie im Winter ertragen mußten; das monotone Leben in dem städtischen Heim tötete jede Neugier ab. Die Religion war ein enges Korsett, und die Ausflüge aufs Land, in Zweierreihen, waren nicht dazu angetan, den Wunsch nach Freiheit zu wecken. Respekt und Dankbarkeit, die sie der Behörde schuldig waren, beschnitten die Flügel der Phantasie. Sie waren arm und mußten dankbar sein, daß sie nicht auf der Straße verkommen waren. Klatschereien und Wortwechsel drehten sich immer nur um Speisesaalgeschichten oder darum, ob man Schwester Marcela oder Schwester Perpetua vorzog. Die Pubertät brachte neue Bedürfnisse und neue Bindungen. Petra wußte über viele Dinge genau Bescheid, und ihr Mißtrauen ersparte den beiden Freundinnen manche Unannehmlichkeiten, während ihr Eifer ihnen die Gleichgültigkeit der anderen eintrug. Die Schulbildung ging nicht sehr weit, und die Berufe, die man erlernte, waren mäßig. Da sie einen angeborenen Sauberkeitsfimmel hatten, wurden sie Büglerinnen. Keine von beiden zeigte eine Berufung zur Nonne, und die Schwestern drangen nicht weiter darein, sie auf diesen Weg zu bringen. Als Petra alt genug war, wurde sie von der Besitzerin der Bügelstube angeworben, denn sie war sehr geschickt im Stärken, Glätten und Faltenlegen. Sie nahm unter der Bedingung an, daß man auch Remedios anstelle, wenigstens als Lehrling. Ihre Forderung wurde erfüllt, und an einem schönen Maimorgen verließen beide die verdienstvolle Institution. In der Bügelstube Doña Prudencias herrschte militärische Disziplin, gegen die sich die beiden Mädchen auflehnten, da sie eine gewisse Bewegungsfreiheit gewohnt waren, die sie sich durch das Vertrauen, das sich im Laufe der Jahre gemeinsamen Zusammenlebens selbst noch im strengsten Gefängnis einstellt, erworben hatten. Durch Zufall lernten sie Paca kennen, die Torerohemden, welche Rafael ihr zur Pflege und Reinigung übergab, in den Laden brachte. Sie schlossen immer engere Bekanntschaft miteinander, und eines schönen Tages zogen Petra und Remedios in die Calle del Peñón, wo sie sich selbständig machten.

Es war Petra, die José María in den Hof des Hauses brachte; sie war in einer Straßenbahn mit ihm zusammengestoßen – im eigentlichen Sinne des Wortes – wegen eines riesigen Pakets, das sie fast nicht tragen konnte. Er half ihr mit einigen galanten Worten, und seine schönen Reden sowie sein seriöses Äußeres führten dazu, daß die

Büglerin seine Hilfe annahm, obgleich ja das Gewicht des Wäschepakets der Hauptgrund für ihre ungewöhnliche Liebenswürdigkeit war, da Petra den Männern gegenüber wie eh und je pessimistisch und mißtrauisch blieb. Als der Schnurrbärtige Remedios' Bekanntschaft machte, verlor er sogleich sein Herz. Er kam, ging, kam wieder, schätzte ab, war großzügig, machte Geschenke; gesalbt, liebenswürdig, dankbar, machte er sich ganz klein und unentbehrlich. Immer respektvoll und hochanständig, führte er die beiden Frauen zu allen Festen und Kirmessen, die an den Tag kamen. Er gab das Geld mit vollen Händen aus, erzählte Witze, begleitete sie nach Hause. Er ließ sie ganz diskret sein häusliches Unglück wissen und die Gründe, die ihn daran gehindert hatten und ihn im Augenblick immer noch daran hinderten, sich zu verheiraten. Er war der ständige Gesprächsstoff zwischen den beiden Freundinnen. Er erklärte Petra seine Liebe zu Remedios, und die Häßliche war dankbar für dieses Vertrauen, das er zu ihr hatte. Zwei Monate lang verhielt sich José María wie ein ergebener Bräutigam; im Hof auf Stühlen aus Strohgeflecht sitzend, sprachen sie beim hereinbrechenden Abend stundenlang miteinander. Remedios hatte keine Ahnung, was sie einmal erwartete. Ihr Freund machte Eindruck auf sie, sie verwunderte sich immer wieder, mit einem Herrn dieses Alters, der einen solchen Schnurrbart hatte, befreundet zu sein, aber gleichzeitig und zum erstenmal in ihrem Leben fühlte sie sich sicher. Er ging mit ihnen ins Kino, wo Petra es einzurichten wußte, daß sie das Paar nicht störte. Als José María Remedios zum erstenmal küßte, sich die Dunkelheit des Saales zunutze machend, war sie ganz verwirrt, aufgewühlt und wie besinnungslos. Mit der Zeit wuchs Petras Vertrauen, und sie ließ die Verliebten allein ausgehen. Was nun kam, war für José María nur ein Kinderspiel. Remedios machte keine Einwände. Als sich herausstellte, daß sie schwanger war, gab es ebenfalls kein Drama. José María unterhielt sich mit Petra und Paca, erfand alles, was erfunden werden mußte, bekundete seinen guten Willen und seinen Wunsch, das Verhältnis zu legalisieren, sobald es ihm möglich sei; so verging die Zeit. Das Kind kam ganz natürlich zur Welt, und der Hof in der Calle del Peñón war nicht der Ort, wo man so was skandalös fand oder sich deswegen aufregte. Nach einigen Monaten allerdings nahmen die Dinge eine schlechte Wendung. José María hatte versprochen, das Kind anzuerkennen, aber er zögerte es immer wieder hinaus und ließ sich oft tagelang nicht blicken. Remedios kannte die Anschrift ihres Geliebten, und so besuchte sie denn eines Tages Doña Camila, die sie für die Mutter »Agustíns« hielt, wie sich der Segovianer genannt hatte.

11 Petra blieb in Madrid und zog zu Paca. Remedios, Agustín und der Kleine kamen an einem regnerischen Nachmittag in Saragossa an, fuhren mit dem Omnibus ins Hotel, wo sie sich als Geschwister ausgaben. Nun begann ein ruhiges und friedliches Leben; um neun Uhr ging Agustín ins Geschäft, kam zum Mittagessen heim und ging um drei wieder zur Arbeit, die ihn bisweilen bis acht oder neun Uhr abends zurückhielt; dann aßen sie zu Abend, legten den Kleinen ins Bett und machten noch einen Spaziergang durch die Straßen der Stadt, falls sie sich nicht einen Film ansahen. Mit einem schlichten »Gute Nacht« verabschiedeteten sie sich bis zum nächsten Mittag, denn Remedios nahm ihr Frühstück in ihrem Zimmer ein.

Den Sonntag verbrachten sie in Torrero. Der Kleine machte seine ersten Gehversuche. Der Kanal spiegelte gelassen die Bäume wider, und alles atmete Ruhe. Agustín betrachtete seinen Halbbruder und fragte sich, welches

Gefühl er für das Kind empfand. Es gelang ihm nicht, sich Klarheit zu verschaffen. Der Junge war kräftig und strahlend, er glich ohne Zweifel seinem Vater. Doña Camila schrieb jede Woche und beschwerte sich über ihre Einsamkeit. Nach zwei Monaten dieses müßigen Lebens war Remedios aufgeblüht und schön geworden: sie hatte jetzt Zeit – da sie im Hotel wohnten –, sich um ihre Toilette zu kümmern, und tat das auch ausgiebig; wenn sie in den Speisesaal des Hotels kam, drehten sich immer ein paar Köpfe nach ihr um, und die Vertreter, die die Mehrzahl der Gäste ausmachten, ließen es nicht an Kommentaren fehlen. Sie wechselten über dieses Thema kein Wort, eine Art Scham hielt sie davon zurück, aber nichtsdestoweniger bemerkten sie beide diese Huldigungen.

Die Komplimente gaben Remedios ein Selbstvertrauen, wie sie es nie gehabt hatte, nicht einmal in der ersten Zeit ihres »Verlöbnisses« mit José María: dieses Erwachen machte sie glücklich.

Eines Tages kam der Vertreter einer Konkurrenzfirma, den Agustín aufgrund ihrer Geschäftsverbindungen seit Jahren kannte, zu ihnen an den Tisch.

Sie forderten ihn auf, Platz zu nehmen.

– Ich wußte gar nicht, daß Sie eine Schwester haben . . .

– Wie Sie sehen . . .

Die Anwesenheit des Kindes machte die Erfindung einer wegen der fehlenden Trauerkleidung etwas länger zurückliegenden Witwenschaft notwendig. Als sie allein waren, erfanden sie ein neues Gesellschaftsspiel, das darin bestand, für den Verstorbenen einen Namen zu suchen, für den Fall eines Falles. Ramírez? Gómez? García? Sie entschieden sich für García, ein Name, der niemanden kompromittierte. Drei Monate vergingen, ohne daß sie an das Morgen dachten, weil es dem Gestern glich. Dann trat Gonzalo Eizaguirre auf den Plan, Eizaguirre IV. Gonzalo war der Bruder des Hotelbesitzers. Er war *pelotari*, Pelotaspieler, wie seine

Nummer schon anzeigte, und hatte das Aussehen seines Berufs: dreißig Jahre alt, groß, breitschultrig, niedrige Stirn, glänzendes, mit Brillantine straff zurückgekämmtes Haar, ein Baske aus Ermua, Arme wie Baumstämme, ein offenes Lächeln, zwei Reihen tadelloser Zähne, die ihm nicht gehörten, da ihm ein Ball, der ihn mit voller Wucht getroffen hatte, das eigene Gebiß ausgeschlagen hatte. Das war vor zwei Jahren gewesen, und seitdem hatte er nicht mehr gespielt. Da er praktisch seinen Beruf aufgegeben hatte, war er auf der Suche nach einem sicheren Geschäft, in dem er seine Ersparnisse – weder viel noch wenig – aus zehn Jahren Pelotaspiel anlegen konnte. Er war also nach Saragossa gekommen, wo sein Bruder, der zwanzig Jahre älter war als er, vor kurzem ein Hotel erworben hatte, um sich eine Garage anzusehen, die dem Vernehmen nach zu guten Bedingungen angeboten wurde. Er sah Remedios, verliebte sich in sie und machte ihr den Hof. Er war eine gute Partie, um so mehr, als die Basken stets in dem Ruf gestanden haben, gute Ehemänner zu sein. Er war von strotzender Gesundheit, seine wirtschaftlichen Mittel waren nicht zu verachten, wie wir schon gesehen haben, und seine Gefühle waren aufrichtig. Er war kein Mann, der sich in Nebensächlichkeiten verlor oder aus seinen Ansichten einen Hehl machte. Seine Zuneigung konnte nicht verborgen bleiben, und außerdem hätte die Aufmerksamkeit, die man Remedios und Agustín bei Tisch entgegenbrachte, wo man ihnen die besten Stücke zuschob, sogar einem Blinden die Augen geöffnet.

Es ist ganz normal, dachte Agustín, es ist ganz normal. Früher oder später mußte es ja so kommen. Und ich glaube nicht, daß der gutmütige Gonzalo einen Rückzieher macht, wenn er erfährt, das Remedios ledig ist. Man braucht ihm bloß zu sagen, daß der Vater des Kindes tot ist, sonst nichts. Das ist eine logische Lösung. Bleibt nur meine Mutter: eine heikle Geschichte. Ich kann ihr zwar sagen, daß Remedios gestorben ist, aber sie und das Kind, das würde schwer sein. Oder ihr Andenken besudeln, indem er erzählte, daß sie mit einem anderen durchgebrannt ist. Das wäre nicht sehr schmeichelhaft für mich, doch das ist unwichtig. Remedios wird mit ihrem Mann hierbleiben, und es ist nicht anzunehmen, daß meine Mutter je den Fuß nach Saragossa setzen wird oder, falls sie es doch täte, daß sie ihnen begegnete. Außerdem wäre sie durch die augenblickliche Trennung schon vorbereitet. Ja, das ist das beste. Das beste? Agustín spürte, daß eine große Leere in sein Leben käme, er hatte sich daran gewöhnt, sie um sich zu haben. Es war eine Erholung und eine Zerstreuung. Sein Tagesablauf würde sich vollständig ändern. Aber er brauchte auf keine der möglichen Lösungen zurückzugreifen: Remedios widersetzte sich hartnäckig den Eheabsichten des Basken.

– Aber warum denn? Er ist ein guter Junge, hübsch, kräftig, gesund.

– Wohl bekomm's.

Denn hin und wieder bediente sie sich noch jener Ausdrücke, die sie in der Calle del Peñón gelernt hatte.

– Aber du mußt doch einen Grund haben.

– Er gefällt mir nicht.

– Du bist sehr wählerisch.

– Ich liebe ihn nicht.

– Das ist was anderes.

Sie sprachen nicht mehr darüber und zogen um. Sie wohnten jetzt bei Don Prudencio. Die Tochter und der Schwiegersohn hatten in eine andere Gegend auswandern müssen, wo sie noch nicht bekannt waren. Agustín kannte das junge Paar nicht, aber er hatte die Betrügereien von Julián Huete, dem Schwiegersohn, aufgedeckt; er brachte sie ans Licht und scheute sich nicht, das dem Geschäftsinhaber ins Gesicht zu sagen. Die Sache wurde bekannt, und der Schwiegersohn verzog nach Sevilla, wo sich die Geschäfte gut anließen, während ihm in Saragossa niemand

Aufträge erteilte und niemand Kredit einräumte. Don Prudencio dachte daran, seine Wohnung aufzugeben und sich eine bescheidenere zu suchen; als Agustín ihn fragte, welches Hotel er ihm empfehlen könne, nahm der alte Mann die Gelegenheit wahr und bot ihnen seine Wohnung an. Agustín akzeptierte, allerdings unter der Bedingung, daß Don Prudencio bei ihnen bleiben würde.

Einen Wechsel bezahlen müssen und nicht wissen, an wen man sich wenden soll, um ihn zu honorieren. Die schlaflosen Nächte und die bitteren Tage, an denen man vom Schlaf übermannt wird. Die Magensäure, gegen die das Natron nur für einige kurze Minuten hilft. Von der Bank zu einem Freund gehen, mit dem Gewicht aller abschlägigen Bescheide auf der Schulter. Hatte er dafür sein ganzes Leben lang gearbeitet? Damit ein Irgendwer ihm eines schönen Tages außer seiner Tochter auch noch seine Ruhe nimmt?

Als der erste Wechsel platzte, war es, als ob die Welt unterginge, und lange glaubte er, daß es nicht mehr Tag werden würde. Der Selbstmord schien ihm nur eine provisorische Lösung: die entehrte Unterschrift würde immer bleiben. Er beschloß zu kämpfen und konnte nicht. Es war weder der Mangel an Geld noch die Armut, die ihn schreckten, sondern das Gerede seiner Bekannten und das Frohlocken seiner Konkurrenten, vor allem Fitas, der Geschäftsführer bei ihm gewesen war, bevor er sich selbständig gemacht hatte.

Und diese grausamen, hartnäckigen, mit seinen Niederlagen unlösbar verbundenen Magenschmerzen: keinen Augenblick Ruhe haben, nicht eine Minute an etwas anderes denken können, der ständige Gedanke an die Abrechnungen, an die Höhe der Wechsel, das unaufhörliche, vergebliche Suchen in den Registern der Buchhaltung nach der Rechnung eines Kunden, dessen Forderung man diskontieren könnte, selbst bei huntertzwanzigtägiger Zahlungsfrist.

Der kalte Angstschweiß, der von der Gewißheit herrührt, daß man seinen Verpflichtungen nicht nachkommen kann, das Brennen im Magen und der fehlende Schlaf.

– Dafür hat man nun sein ganzes Leben lang gearbeitet! sagte er verzweifelt zu Agustín. Wozu soll man da noch ehrlich sein? Sehen Sie Soler und Domenech in Barcelona, die schon dreimal ihre Zahlungen eingestellt haben und die quietschvergnügt dabei sind. Kennen Sie Soler? Er hat einen Wagen und einen Chauffeur. Manchmal kommt man zu der Ansicht, daß Ehrlichkeit nichts einbringt.

Agustín tröstete ihn.

– Könnten Sie leben, wenn Sie nicht ehrlich wären? Nein, nicht wahr? Das ist einem angeboren, Don Prudencio, Sie können gar nicht aus Ihrer Haut.

– Aber glauben Sie, daß wir wieder hochkommen?

– Selbstverständlich.

Don Prudencio bewohnte eine piekfeine Wohnung am Paseo de la Independencia, unter vielen anderen mit ein Faktor für die katastrophale finanzielle Lage, in die er geraten war; aber die Kinder behaupteten, eine solche Wohnung sei für die Entwicklung seiner Geschäfte notwendig, und Don Prudencio war immer leicht zu überzeugen gewesen. Das Haus hatte einen Fahrstuhl, und vor dem mit Spiegeln eingefaßten Eingang unter den Arkaden stand ein Portier in Livree. Die Wohnung bestand aus großen, hellen Zimmern, die zwar kitschig, aber komfortabel eingerichtet waren. Das Leben Remedios' wurde nun etwas komplizierter wegen der beiden Dienstmädchen, die notwendig waren, um das Haus sauber zu halten, wie es ihrem Geschmack und ihrem Wesen entsprach.

Ihre Madrider Wohnung war bescheiden; das Hotel, aus dem sie gerade ausgezogen waren, mittelmäßig. Remedios mußte sich nun an einen neuen, großbürgerlichen Lebensstil gewöhnen, und in den ersten Tagen war sie selbst bei den geringsten Entschlüssen, die es zu fassen galt, hilflos;

sehr schnell hingegen gewöhnte sie sich ans Badezimmer, an die Teppiche, an das Grammophon, an die Vorhänge, an die Klingel, um die Dienstboten herbeizurufen. Sie besaß jene natürliche Vornehmheit, die es einem Mädchen aus dem Volke ermöglicht, mühelos die ordinäre Redeweise abzulegen, die man in dem keine Heuchelei kennenden Leben ungebildeter Leute häufig findet. Sie sprach sogar davon, sich einen Hut zu kaufen, ein Kleidungsstück, das sie bisher nie getragen hatte.

Im Hotel hatte jeder für sich gewohnt, und außer an den Sonntagen sahen sie sich nur im Speisesaal; in der Calle de Echegaray hielt die ständige Anwesenheit Petras oder der tägliche Besuch Doña Camilas einen Abstand zwischen ihnen. Von nun an war das anders. Don Prudencio richtete es so ein, daß er erst kurz vor dem Schlafengehen erschien, und trotz aller Proteste konnte man ihn nicht dazu bewegen, seine Mahlzeiten im Haus einzunehmen, außer bei ganz seltenen Anlässen; er ließ sich sein Essen in einem Kochgeschirr bringen – wie ein Angestellter, der außerhalb der Stadt wohnt. Am Abend aß er nicht, sondern begnügte sich mit einem Milchkaffee und einem halben Stück Zwieback, das er in dem Café verzehrte, in dem er sich seit einem halben Jahrhundert mit ein paar Freunden traf. Die Dienstmädchenzimmer, eine große Neuheit in Saragossa, lagen nach französischer Art im sechsten Stockwerk. Um neun Uhr abends waren Remedios und Agustín allein: das Kind schlief, und Don Prudencio kam nie vor elf Uhr zurück.

12 Wie war das Leben Remedios' bis dahin gewesen? Die Jahre im Waisenhaus konnte man nicht Leben nennen. Der Tagesablauf in der Calle del Peñón vor ihrer Bekanntschaft mit José María bestand darin, die Wäsche der Kunden zu zählen und darauf zu sehen, daß sie nicht angesengt wurde, auf die Hitze der Bügeleisen zu achten, für die Stärke zu sorgen, aufzupassen, daß die Bügelbretter nicht umfielen, die Auslagen für die Straßenbahn oder die Metro aufzuschreiben. José María zerstörte das alles, als wäre es ein mit Seidenpapier bespannter Reif gewesen. Es folgte die Schwangerschaft mit all ihren Problemen, dann die Mutterschaft. In Wahrheit war es Petra, die Remedios dazu gedrängt hatte, die Treppen im Hause der »Familie Alfaro« hinaufzusteigen, wobei Paca es allerdings nicht versäumt hatte, mit vielen Worten ihren Senf dazuzugeben. Dann kam die Liebe Doña Camilas zu dem Kind, und diese Zuneigung machte ihr das Herz schwer. Dann Agustín. Agustín, der Sohn José Marías. Der Gleichgültigkeit zu Anfang folgte eine gewisse Hochachtung für einen Mann, der bereit war, die Schuld eines andern auf sich zu nehmen. Mit der Zeit merkte sie dann, daß alles, was er tat, nur darauf gerichtet war, seine Mutter glücklich zu machen. Zu den Gefühlen, die sie dem jungen Mann gegenüber empfand, den sie anfänglich für einen Einfaltspinsel gehalten hatte, kam das Bewußtsein seiner moralischen Überlegenheit.

Sein Verhältnis mit Consuelo, der umfangreichen Nachbarin, nahm sie gleichgültig auf; sie fand es ganz natürlich und amüsierte sich über das Gebaren der Auserwählten. Dann verschwamm alles, und da sie keine Gelegenheit hatte, ihr Gefühl zu beurteilen, betrachtete sie die ständige Gegenwart Agustíns als etwas ganz Natürliches, das zu ihrem Leben gehörte.

Agustín hingegen schalt sich häufig einen Dummkopf. Wohin sollte dieses Leben noch führen? Gewiß, sein einziges Bestreben war darauf gerichtet, ehrlich seinen Lebensunterhalt zu verdienen und seine Ruhe zu haben. Aber schließlich mußte er ja einmal heiraten, zuvor eine Braut finden, was unvorstellbar war, solange er mit Remedios zusammenlebte. Warum? Nach einer gewissen Zeit der Enthaltsamkeit begann er sich in seiner Umgebung umzusehen, aber er fand keine geneigte Consuelo. An manchen Abenden ging er mit einigen befreundeten Vertretern an schlechte Orte. Er versäumte es nie, Remedios telefonisch Bescheid zu sagen, daß sie nicht mit dem Abendessen auf ihn warten solle, falls der Bummel um diese Zeit begann. War die Verabredung für später, sagte er nur:

– Ich mache noch einen Gang, und alles war gesagt. Trotzdem war etwas in ihm, das ihm die Ruhe raubte, so etwas wie Gewissensbisse, als hätte er irgend jemand gegenüber schlecht gehandelt.

Ohne daß sie es wollten, wurde das Leben zu zweit immer schwieriger; Agustín fand bisweilen etwas über das Essen, den Kaffee, ein schlechtgebügeltes Hemd zu sagen. Kleine Beschwerden, über die er vorher kein Wort verloren hätte. Remedios sah ihm in die Augen, und er wandte die seinen ab. Eines Abends kam Agustín angetrunken nach Hause und beschmutzte die Bettlaken; am anderen Morgen versuchte er sie selbst im Badezimmer zu waschen, ohne großen Erfolg.

– Entschuldige bitte, war alles, was er zu sagen wagte.

– Entschuldigen? Weswegen? Du bist doch hier zu Hause, oder nicht?

Eine Woche später stieg Agustín wieder einmal schwankend die Treppe hoch; als er den Schlüssel ins Schlüsselloch stecken wollte, stellte er fest, daß er ihn weiß Gott wo verloren hatte – er wußte genau wo –, aber es war natürlich ausgeschlossen, um diese Stunde zu Trinidad, der Schwarzen, zurückzugehen und seinen Schlüsselbund zu holen, unter anderem, weil er todmüde war. Ohne lange zu überlegen, entschloß er sich zu läuten. Es dauerte nicht lange, und Remedios öffnete ihm die Tür.

– Hast du die Schlüssel vergessen?

– Ja.

– Gute Nacht.

– Gute Nacht, und entschuldige bitte die Störung.

– Welche Störung denn?

Agustín roch nach billigem Parfüm. Remedios konnte sich nicht verkneifen, es ihm zu sagen. Er sah sie an, ohne eine Antwort zu geben, und Remedios ging schnell in ihr Zimmer, wo sie in Tränen ausbrach. Agustín, schon jenseits von Gut und Böse, schlief halb angekleidet ein. Remedios konnte den verlorenen Blick des Mannes nicht vergessen: sie täuschte sich vollkommen. Sie las Verzweiflung in seinen Augen, obgleich nur der Alkohol an dieser Leere schuld trug, aber es genügte, daß sie in sich drang, um nun mit aller Deutlichkeit zu erkennen, daß sie in Agustín verliebt war. Völlig verliebt, von Kopf bis Fuß. Als erste Reaktion empfand sie grenzenloses Glück; die Tränen versiegten sofort. Doch als sie sich ihrer Gefühle dann in aller Deutlichkeit klar wurde, brach die Welt für sie zusammen.

Sie sprach nicht darüber und ließ sich an den folgenden Tagen auch nichts anmerken. Sie widmete sich ganz ihrer Arbeit und erfand neue Beschäftigungen, die sie völlig in Anspruch nahmen. Sie verstellte sich und bestand darauf, daß Agustín öfter ausging. Der erste Sonntag war eine endlose Qual. Zu allem Überfluß mußte sie immer wieder an Petra denken, die ihr diese oder ähnliche Katastrophen vorausgesagt hatte. Ihr ganzes Sinnen und Trachten war darauf gerichtet, in Erfahrung zu bringen, ob er sie ebenfalls liebte. Sie wünschte und fürchtete es zugleich. Sie zog es vor, ihre Zweifel zu behalten, aber ihre Zweifel quälten sie. Was tun, wenn er sie liebte? Um sie herum taten sich tiefe Abgründe auf.

Eines Tages sah Agustín ihren Blick, er wandte die Augen ab, aber er konnte ihn nicht vergessen. Ohne es zu wollen, wußte er Bescheid. Seit Monaten schon liebte er die Mätresse seines Vaters, die Mutter seines Halbbruders; denn er gab Remedios nur noch diese entsetzlichen Namen, wenn er an sie dachte; er versuchte sich mit Worten zu wehren, panzerte sich verzweifelt mit ihnen, da er nicht wußte, was er tun sollte. Er fühlte sich verfolgt. Aus irgendeinem Rechnungsposten, aus einem Haufen Waren tauchte plötzlich die Gestalt Remedios' auf, und ihr stetes Gegenwärtigsein raubte ihm die Ruhe. An manchen Tagen dachte er nur an sie und vergaß alles um sich herum: Bestellungen, Pakete, Korken (er ließ die Flaschen unverkorkt), Zahlen, Mahlzeiten, Gesichter, Worte. Er lebte außerhalb der normalen Vorkommnisse; wie ein Fünfzehnjähriger wurde er von seiner Leidenschaft mitgerissen, glücklich und teilnahmslos. Es kostete ihn große Anstrengung, wieder in der Realität Fuß zu fassen, obgleich es ihm an gesundem Menschenverstand nicht fehlte.

Er suchte Ablenkungen, die keine waren; in dem Lokal, in das er Don Prudencio neuerdings begleitete, um zusammen mit ihm nach Hause zu kommen und nicht mehr mit Remedios allein zu sein, schloß er Freundschaft mit Alberto Chulia, einem Erfinder aus Valencia, überschäumend und anarchistisch, und mit Antonio Mina, einem Muttersöhnchen aus Madrid. Alberto war im Leben gescheitert, weil er zuviel wollte, und Mina, weil er zuwenig wollte. Alberto entfaltete eine äußerst rege Tätigkeit, der andere war fest entschlossen, nichts zu tun. Chulia, ziemlich groß, die gewaltige Nase stolz erhoben, den Schädel durch einen Rest langer Haare nach hinten zu verlängert, das Hemd stets geöffnet, damit der kräftige Hals Luft bekam, sah aus wie der Hauptmann eines Flandernregiments; er fand alles wunderbar, vorausgesetzt, daß es von ihm selber oder von einem seiner Freunde gemacht worden war, ausgenommen Maschinen selbstverständlich, von denen niemand etwas verstand außer Torres Quevedo, dessen Schüler gewesen zu sein er behauptete. Dieser Mann mit dem offenen Lächeln, der immer bereit war, anzunehmen, was sich bot, Bankett, Ausflug, Konferenz, jede beliebige Arbeit, war durch eine Falschmeldung (der eines neuen Ebrokanals) nach Saragossa gelockt worden, denn er glaubte alles, was man erzählte:

– Aber man hat mir doch gesagt . . . !

Vor sechs Monaten war er gekommen, und er war immer noch da, weil er vergessen hatte, warum er gekommen war. Freimaurer, Mitglied der F.A.I. (Bund der Iberischen Anarchisten) und Republikaner, hatte er in Saragossa Dutzende von Gefährten und Freunden gefunden, die ihm das Leben leichtmachten.

Chulia hatte viel Talent und vielleicht sogar eine gewisse Genialität, die durch seine zügellose Phantasie jedoch verlorengegangen war. Er lebte in einer Welt der Vorstellungen und hielt die Bilder seiner Phantasie für Tatsachen; für ihn war nichts unmöglich; ein Stichwort genügte ihm, um in einer Sekunde ein grandioses Projekt zu entwerfen, das er durch die Magie seiner eigenen Worte schon realisiert sah. Er besaß ein ungeheures Gedächtnis – wen kannte er nicht alles, wem hatte er nicht schon eine Gefälligkeit erwiesen oder das Leben gerettet? –, aber ebenso groß war seine Fähigkeit zu vergessen. Und wenn irgendein »Projekt« sich nicht sofort realisieren ließ, tauchten andere, ebenso großartige oder noch glänzendere Perspektiven auf. Er lebte in den Tag hinein, hielt für getan, was noch zu tun war, ein lebendes Bild des Optimismus. In jener Zeit trug er sich mit der Absicht, Saragossa zur Hauptstadt des Petroleums zu machen.

Antonio Mina war ein ernster Mann, dunkelhaarig, mit ovalem Gesicht, immer korrekt mit einem dunklen Anzug gekleidet, und seine einzige Beschäftigung bestand darin, ins Café zu gehen: um ein Uhr, vor dem Mittagessen, dann von drei bis fünf, dann von sieben bis um neun und schließlich von zehn Uhr abends bis um zwei Uhr morgens. Chulia und er begleiten sich dann gegenseitig nach Hause, von der Pension des einen zur Pension des anderen, von der Calle San Agustín bis zur Calle de Meca, die Straßen in ihrer ganzen Länge und Breite ausmessend. Nach einem Monat wurden sie von allen Nachtwächtern gegrüßt.

– Einmal, als ich noch ein Kind war, sagte Mina, habe ich meinen Vater gefragt – man hat es mir später erzählt –, warum die Leute gehen – ich nehme an vom Diesseits ins Jenseits –; bis heute hat mir noch niemand geantwortet, und ich werde sterben, ohne es zu wissen.

Daß er aus Madrid war, rechnete er sich hoch an, und er ließ keine Gelegenheit aus, darauf hinzuweisen.

Antonio Mina hatte, vielleicht aus Neugier, das Studium aller möglichen Fächer begonnen, es aber jedesmal schon nach dem zweiten Semester wieder abgebrochen, da sich sein Interesse plötzlich auf ein anderes Fach richtete. So wußte er von allem etwas, aber nichts gründlich, genug jedoch, um bei allen Diskussionen, die innerhalb der verschiedenen Gruppen, denen er sich anschloß, aufkamen, sein Wörtchen mitreden zu können. In die Hauptstadt Aragoniens hatte ihn der vorübergehende Wunsch geführt, mit Hilfe seines Bruders, der eine gute Stellung als Ingenieur innehatte, und seiner Mutter, die ihn abgöttisch liebte, Ackerbau und Viehzucht zu studieren. Mit der Pension, die beide ihm aussetzten, konnte er gerade das winzige Zimmer bezahlen, in dem er schlief, den guten Schneider, der ihn anzog – immer der beste der Stadt, in der er gerade wohnte –, die Waschfrau, die Büglerin, den Friseur, den Schuhputzer und die Kellner, denen er dicke Trinkgelder gab. In manchen Monaten ernährte er sich ausschließlich von Kaffee, entweder schwarz oder mit etwas Milch, aber immer ein kleines Gläschen Schnaps dazu. Er war Republikaner, weil er in Madrid vor allem im Ateneo und in der Granja El Henar verkehrte, in seinen Anschauungen aber eher konservativ. Er führte mit Chulia endlose Gespräche über alle möglichen Probleme des Weltalls. Manchmal einer Meinung, manchmal auch nicht, verbrachten sie ihre Zeit damit, über alles zu diskutieren, was ihnen durch den Kopf ging, glücklich, daß sie Worte wechseln konnten, wie von einem Spungbrett von Satz zu Satz springend, von der Chemie zur Ästhetik überwechselnd, von der Politik zu den Stieren, denn Mina hatte von allem einen Schimmer, und Chulia war unfähig, den Mund zu halten. Wo ihm die Grundlagen fehlten, erfand er einfach, was zu Zusammenstößen führte, die die Würze ihrer Diskussionen ausmachte.

Agustín stieß zu ihnen und ließ sich von dem Gesang der Sirenen verführen. Anfangs hörte er nur zu, wie jemand, der es regnen hört, aber bald brachte er seine Meinung als redlicher Mensch vor und spielte seine Rolle nicht schlecht.

– Lassen Sie mal hören, was der gesunde Menschenverstand dazu sagt, hieß es dann.

So verbrachte Agustín die gefährlichen Stunden mit Diskussionen, ohne allzuviel an Remedios zu denken. Nur hin und wieder weckte ein Satz die Erinnerung an die Frau.

Remedios kniete jetzt jeden Nachmittag vor der Jungfrau del Pilar und betete, daß sie ihr einen Weg zeige. Das Gemurmel der Gebete, die zahllosen brennenden Kerzen, das Geräusch des Hin und Her, das Geflüster, die Atmosphäre der Frömmigkeit, der Geruch des Weihrauchs waren ihr Balsam. Für einige Stunden getröstet, ging sie wieder heim und flüchtete sich in die Liebe zu ihrem Kind.

Trotzdem erinnerte sie der Kleine oft an seinen Erzeuger, und bei dieser Erinnerung wurde sie von wildem Zorn gepackt. Sie verlor den Appetit und bekam Ringe unter den Augen, denn sie fand auch keinen Schlaf mehr, etwas, worüber sie bis dahin nicht zu klagen hatte; ständig wachte sie auf und bekam schon beim geringsten Geräusch Angstzustände. Im Kampf mit ihrer unmöglichen Liebe lehnte sie sich heftig gegen ihr Schicksal auf, außer, wenn sie nicht gerade davon träumte, sie liege in Agustíns Armen.

Eines Morgens ging sie mit der festen Absicht aus dem Haus, zu beichten und den erstbesten Pfarrer, den der Zufall ihr schicken würde, um Rat zu bitten. Um Agustín nicht zu sehen, schützte sie ein Unwohlsein vor und frühstückte nicht; durch die Tür erkundigte er sich nach ihrem Befinden.

– Es ist nichts, antwortete sie.

Es war tatsächlich nichts. Nichts weiter als ihr ganzes Leben, das auf dem Spiel stand.

– Aber ich liebe ihn doch, Pater, mit ganzer Seele, mit der ganzen Kraft meines Herzens. Ich denke nur an ihn, er ist der beste Mensch, der je auf Erden gelebt hat.

– Und er liebt dich?

– Ich weiß es nicht, ich werde es nie wissen, und doch glaube ich, daß er mich liebt und daß er genauso leidet wie ich. Deshalb bin ich hergekommen, weil ich Sie um Rat fragen will. Wenn ich wenigstens allein leiden würde, es wäre gesegnetes Leid! Aber ich weiß, daß er mich genauso liebt, wie ich ihn liebe, und dagegen gibt es eben kein Mittel.

Pater Adrés Carrascosa hatte Magenschmerzen, und diese seltsame Geschichte, von der er nicht wußte, wer sie ihm erzählte, war ihm völlig gleichgültig.

– Bereue, meine Tochter, bereue deine Sünden.

– Aber welche Sünden denn, Pater? Soll diese reine Liebe, die ich für ihn empfinde und die mich zu ihm hindrängt, etwa Sünde sein, nicht aber das, was mich dazu führte, mich seinem Vater hinzugeben?

– Auch das, meine Tochter, war eine Sünde.

– Aber damals hat man mir die Absolution gegeben.

– Die geb ich dir jetzt auch. Bete acht Tage lang morgens und abends drei Pater noster und drei Ave Maria, und möge Gott dir gnädig sein, meine Tochter.

– Aber wozu raten Sie mir?

– Das hängt von vielen Dingen ab. Wenn du willst, kannst du morgen nach der Acht-Uhr-Messe zu mir in die Sakristei kommen.

Sie ging nicht hin, weil diese Stimme ihr keinen Schutz bot. Vielleicht sollte sie den Antrag Eizaguirres annehmen, vielleicht. Aber es war zu spät. Das redete sie sich wenigstens ein, um nicht von dieser Lösung verführt zu werden. Sie fühlte sich schuldig – dieses Gefühl war neu –, schuldig, daß sie sich José María hingegeben hatte. Mit den Jahren verschwamm das Bild von Agustíns Vater, und übrig blieb nur das Bewußtsein ihres Fehltritts. Sie nahm alle Verantwortung auf sich, sprach den frei, der sie erobert hatte, weil sie schwach gewesen war. Es war ihre Art, sich zu geißeln, weil sie wußte, daß sie nie wieder rein sein würde, daß ihre Liebe, von der sie mit allen Fasern spürte, daß sie erwidert wurde, ausweglos war.

13 Agustín führte kein Doppelleben, wohl aber ein gespaltenes Leben. Er betrog niemanden, nicht einmal sich selber. Zwei übereinanderliegende Leben, die sich nicht immer entsprachen. Ein astigmatisches Leben, mit verschiedenen Brennpunkten. Ich sehe alles doppelt, sagte er in scherzhaftem Ton, der sonst nicht seine Art war, zu sich selber. Ständig dachte er an Remedios, und er sah sie überall. Dieses Bild im Hintergrund zerstörte die Wirklichkeit vieler seiner Handlungen und aller seiner Gedanken. Er war zerstreut und fühlte sich nur von zwei Dingen angezogen: von der Notwendigkeit seiner Arbeit und von seinem süßen Wahn. Eigentlich, dachte er, geht es so allen Leuten, die verliebt sind, und deshalb sind sie auch zerstreut; sie verwechseln die Dinge miteinander, sie sind aus dem Gleichgewicht geraten, sie sehen alles durch Brillen, die ihren Augen nicht angepaßt sind, sie sind imstande, in ein riesiges Loch zu fallen, das man vor ihren Füßen gräbt, da sie mit ihren Gedanken sonstwo sind.

Dieses Gefühl, in eine andere Welt versetzt zu sein, ohne jedoch die Vorstellung der Alltagswirklichkeit zu verlieren, schenkte ihm eine gewisse Glückseligkeit, wenn er sich nicht gerade zu begreifen bemühte, daß seine Liebe unmöglich war. In diesem Falle schmolzen seine beiden Lebensweisen in eins zusammen und verursachten ihm einen heftigen Schmerz.

Wenn ich wenigstens wüßte, was ich tun soll, sagte er zu sich. Remedios war da, ganz nahe bei ihm, er brauchte nur die Hand auszustrecken, und sie wäre sein. Aber selbst wenn man einmal außer acht ließ, was die andern sagen würden – und sie als erste –, so mißbilligte der Agustín der Zahlen, der Agustín Doña Camilas, der »hochanständige« Agustín diese Handlung ganz und gar.

Eines Tages, am 18. Oktober 1926 – wieder ein Datum, das er nicht vergessen sollte –, fand er beim Nachhausekommen die Dienstmädchen schlafend in den Sesseln in der Diele sitzen.

– Was tut ihr denn hier?

– Wir haben auf Sie gewartet, Señor.

– Was ist los? Ist die Señora krank?

– Nein. Sie ist nicht da.

– Wieso, sie ist nicht da?

– Sie hat uns gesagt, wir sollten uns um den Kleinen kümmern.

– Wo ist sie denn hin?

– Wir wissen es nicht. Sie hat zwei Koffer mitgenommen und einen Brief hinterlassen, dort, auf dem Tisch im Eßzimmer.

Ich gehe fort, Agustín, versuche nicht, mich zu finden, es ist zwecklos. Ich lasse Dir den Kleinen, bring ihn zu Deiner Mutter:

Ich weiß, daß er dort gut aufgehoben ist. Die Dinge sind nun einmal so. Nie werde ich Dir genug danken können für alles, was Du für mich getan hast. Du bist der beste aller Männer. Die allerherzlichsten Grüße von Deiner dankbaren

Remedios
die Dich nie vergessen wird.

Erfinde irgend etwas, Don Prudencio wird Dir alles glauben. Sag meinetwegen, eine Schwester von Dir oder von mir, es ist ja gleichgültig, sei krank geworden, sehr krank.

Die Dienstmädchen waren schon in ihr Zimmer hinaufgegangen. Agustín rief sie wieder, angstvoll.

– Um wieviel Uhr ist die Señora weggegangen?

– Punkt vier Uhr.

– In welche Richtung ist sie gegangen?

– Sie hat ein Taxi genommen.

– Um zum Bahnhof zu fahren?

– Das wissen wir nicht.

– Hat sie euch nichts aufgetragen?

– Doch, wir sollten uns um den Kleinen kümmern und auf Sie warten.

– Gut: ihr schlaft heute hier unten. Ich gehe weg. Wenn Don Prudencio zurückkommt, so sagt ihm, daß ich zum Bahnhof gegangen bin, um zu sehen, ob ich noch den Schnellzug erwische. Eine Schwester der Señora ist sehr krank geworden. Morgen werde ich ein Telegramm schicken.

Er nahm Geld aus der Schublade der Kommode, ließ zweihundert Peseten für die Dienstmädchen zurück und lief die Treppe hinunter, wobei er immer vier Stufen auf einmal nahm, ohne lange auf den Aufzug zu warten. An der Tür stieß er mit Don Prudencio zusammen, der nach Hause kam.

– Wo gehen Sie denn so spät noch hin?

– Nach Madrid. Die Mädchen werden Ihnen alles erklären.

Und er ließ ihn stehen.

Denn er war sicher, daß Remedios den Sechs-Uhr-Zug genommen hatte und daß er sie in der Calle del Peñón finden würde.

– Was ist denn passiert? fragte Petra, als sie ihn verstört

hereinkommen sah, mit zerknittertem Hemd und Anzug, mit roten Augen von der schlaflosen Nacht und dem Kohlenrauch.

– Ist Remedios nicht angekommen?

– Remedios?

– Ja. Sie ist gestern aus dem Haus gegangen und hat mir einen Brief hinterlassen.

– Und sie schrieb, sie käme hierher?

– Nein.

– Wer ist denn da? fragte eine Männerstimme im Zimmer nebenan.

– Ein Freund. Das ist mein Mann, erklärte sie in herausforderndem Ton. Wir haben ja alle ein Recht dazu, oder nicht?

– Ich wußte nicht, daß du verheiratet bist. Du hättest uns wenigstens schreiben können.

– Wozu denn? Das sind Dinge, die nur einen selbst angehen.

– Remedios hätte sich sehr gefreut.

– Das ist möglich. Aber schließlich hat sie ja auch nicht oft geschrieben.

– Sie hatte viel zu tun, der Kleine . . .

– Wo ist er denn?

– Wer?

– Der Kleine.

– In Saragossa.

– Und sie?

– Eben das weiß ich ja nicht.

In der Wohnung Pacas, die sich mit ihrem Waschlappen von Rafael wieder ausgesöhnt hatte, hielt man Kriegsrat.

– Was ist vorgefallen?

– Nichts, es ist nicht das geringste vorgefallen, glaubt mir.

– Dann ist sie einfach so mir nichts dir nichts ausgeflogen?

– Ja.

Petra schaltete sich ein:

– Es wäre besser, wenn Sie uns alles sagen würden. Remedios gefiel Ihnen? Ihr lebtet zusammen, nicht wahr. Statt Fragen zu stellen, sollten Sie lieber ein wenig erzählen.

– Zwischen mir und Remedios ist nicht das geringste vorgefallen, das schwöre ich.

– Schwören Sie nicht, es ist häßlich, und außerdem hilft es nichts.

– Vielleicht hat sie deshalb Leine gezogen, sagte El Canillas, der heimgekommen war, ohne daß man ihn bemerkt hatte.

– Das ist El Canillas, mein Mann, sagte Petra. Señor Agustín.

– Das brauchst du mir nicht zu sagen, das hab ich gleich gerochen. In diesem Haus hat man viel von Ihnen gesprochen und tut das noch.

Er war etwas gewöhnlich in seiner Ausdrucksweise, wie es dem Stadtviertel, aus dem er stammte, und seinem Beruf als Hundezüchter entsprach. Nie hatte jemand viel von ihm hergemacht, bis Petra ihn unter ihre Fittiche nahm. Er war sehr klein, schwarz wie Kohle und so stolz, wie nur er sein konnte. Auch Petra war, wie schon gesagt, von der Natur nicht gerade bevorzugt worden. Sie verstanden sich wunderbar, und El Canillas war sehr stolz auf seine bessere Hälfte; wenn sie an seinem Arm ging, konnte es niemand mit ihm aufnehmen.

– Wenn Sie nichts dagegen haben, schloß er, Madrid, Chelito, Belmonte und Don Jacinto warten auf mich. Ich hoffe, daß ich das Vergnügen habe, Sie wiederzusehen.

Großspurig verließ er das Zimmer.

– Das sind seine Hunde, erklärte Paca.

– Was meint ihr, wo sie hingegangen sein könnte?

– Stimmt das auch wirklich, daß nichts zwischen euch war?

– Nichts. Hier ist der Brief, den sie hinterlassen hat. Er zog ihn aus der Tasche. Petra las ihn laut vor, da Paca nie lesen gelernt hatte.

– Verflucht und zugenäht, ich hatte es ja gesagt . . .

– Ja, Sie haben immer alles vorausgesehen, nachdem es anders eingetroffen ist.

Petra schlug einen anderen Ton an und fuhr fort:

– Wir haben immer geglaubt, daß ihr beide, na ja, daß Remedios und Sie . . . Darum habe ich ihr nie geschrieben . . . Nicht, daß ich es für schlecht gehalten hätte, aber auch nicht für gut.

– Wo mag sie nur hin sein?

– Ich kenne sie; wenn sie einmal einen Entschluß gefaßt hat, hat sie einen Entschluß gefaßt, und niemand wird sie wiederfinden.

– Vielleicht kommt sie noch, sagte Paca mitleidig.

– Glauben Sie das nur nicht! Sie hat sich das fest in den Kopf gesetzt und bestimmt dafür gesorgt, daß keiner ihre Spur findet.

Meiner Meinung nach ist es das beste, Sie fahren nach Saragossa zurück und bringen den Kleinen her.

– Und was soll ich meiner Mutter sagen?

– Das ist Ihre Sache.

– Gut . . . Ich gehe erst einmal eine Tasse Kaffee trinken.

– Die haben Sie wirklich nötig.

– Anschließend komme ich zurück, vielleicht ist sie bis dahin aufgetaucht.

Dann meinte er plötzlich einen Hoffnungsschimmer im Herzen:

– Ist es auch wirklich wahr, daß sie nicht da ist? Macht ihr mir nichts vor? Ist sie vielleicht dort drin? Mit solchen Dingen soll man keine Scherze treiben . . .

Petra antwortete ihm mit einer versteckten Gereiztheit:

– Und wenn sie da wäre? Was würden Sie tun? Haben Sie vielleicht eine Lösung parat?

– Ist sie da?

– Nein, sie ist nicht da.

– Können Sie das schwören?

– Jetzt soll ich auch noch schwören ... Auf wessen Kopf Sie wollen. Nun sehen Sie auch, daß ich recht gehabt habe.

– Recht gehabt? Weswegen?

– Als ich Ihnen sagte, daß diese Geschichte noch ein böses Ende nehmen wird ...

– Noch ist nichts zu Ende.

– Nein? Glauben Sie mir, es ist aus und vorbei. Für Sie ist sie tot und begraben.

Agustín ging in eine Kneipe und bestellte sich eine Tasse Kaffee.

14 Sie sehen mich wohl an, weil ich um diese Zeit besoffen bin. Gehören Sie auch zu denen, die glauben, daß es Stunden gibt, in denen man sich besäuft, und andere, in denen man sich nicht besäuft? Wenn es so ist, dann erlauben Sie mir bitte, Ihnen zu sagen, daß ich Sie bedaure. Jede Stunde ist die richtige, um das zu tun, wozu man Lust hat.

Der Mann, der mit ihm sprach, hatte einen Christusbart und Christusaugen, honigfarbene Augen, hell und von merkwürdigem Glanz, der zweifellos vom Alkohol herrührte. Er war zerlumpt und trug auf dem Kopf einen alten, speckigen Hut. Der Wirt, ein dicker Bursche in Hemdsärmeln, mit kurzgeschnittenem Haar, sagte von der Theke aus:

– Lope, belästige den Herrn nicht.

Agustín wunderte sich, daß der Koloß den Vagabunden nicht hinauswarf.

– Ich belästige nicht, ich plaudere. Sagen Sie Señor, belästige ich Sie? Oder gehören Sie auch zu denen, die nicht zu antworten wagen?

Bonifacio wirft mich nicht vor die Tür, er kann mich gar nicht vor die Tür werfen, weil der frühere Wirt, Gott sei seiner Seele gnädig, in seinem Testament verfügt hat, Gott segne seine Hand, daß man mir, mir und nur mir allein, in diesem Lokal – anders ausgedrückt in dieser Kneipe – kostenlos zu trinken geben müsse, und zwar bis zu meinem Tode, und wolle Gott, daß er so spät wie möglich kommt. Wissen Sie, Bonifacio hat auf hunderttausend Arten versucht, mich rauszuwerfen, aber das Testament ist da, und die Richter haben meine Rechte anerkannt. Ich frühstücke hier, ich esse hier zu Mittag, ich schlafe hier. Aber glauben Sie nicht, daß deshalb die Stammgäste wegbleiben. Sie haben sich daran gewöhnt. Stimmt's nicht, Bonifacio? Dieser Tor sagte, daß ich ihn ruinieren würde. Nebenbei bemerkt, er hat dieses Lokal auf eine nicht ganz legale Weise geerbt. Ich war gegen die Erbschaft, aber seitdem Roberto Salcedo das getan hat, was er getan hat, habe ich meine Meinung geändert. Wollen Sie vielleicht wissen, warum Roberto das eigenhändig in sein Testament geschrieben hat? Nun, es tut mir außerordentlich leid, Caballero, aber Sie werden es nie erfahren. Das ist eine Ehrensache, und die Ehre steht an erster Stelle, denn ohne die Ehre gäbe es keine Trunkenbolde und ohne Trunkenbolde keine Ehre. Mit wem habe ich eigentlich die Ehre?

Nein, gehen Sie nicht, Caballero, sonst beschuldigt mich Bonifacio wieder, daß ich seine Gäste vertreibe, und das will ich bestimmt nicht, ganz im Gegenteil. Sehen Sie, Caballero, der Zustand der Trunkenheit ist der Zustand der Vollkommenheit des Menschen, und nur so läßt sich die Schöpfung erklären. Die Schöpfung der Welt oder die der Fünften Symphonie. Das zeigt Ihnen übrigens, daß ich aus sehr guter Familie bin. Trinken Sie, Caballero, und nicht nur Kaffee. Bonifacio, einen Cognac Fundador für den Herrn! Nicht etwa, daß ich ihn spendiere, aber ein kleiner Cognac hat noch niemandem geschadet. Hörst du nicht, du trister Limonadenhändler? Einen Cognac für den Herrn.

– Wollen Sie einen?

– Bringen Sie ihn.

– Das ist die Macht der Überzeugung!

Agustín mag Cognac nicht, aber er findet, daß ihm jetzt ein oder zwei Gläschen guttun werden. Warum ist er in Madrid? Warum war er so sicher, daß Remedios in die Calle del Peñón zurückging? Er fand keine Antwort, und doch war er in seinem Innern überzeugt, daß... Überzeugt wovon? Na klar. Remedios ist eine anständige Frau. Sie liebt mich, ich liebe sie und, ach, scheiß drauf...

– Sehen Sie, Caballero, ich habe keine Probleme mehr: Ich habe eine tuberkulosekranke Tochter, einen idiotischen Sohn – alle Söhne sind Idioten –, eine oder zwei verlauste Frauen, aber glauben Sie, Caballero, daß mich das jetzt bekümmert? Nein, Señor, nein. Primo de Rivera könnte jetzt kommen und zu mir sagen: Ich mach dich zu meinem Finanzminister. Wissen Sie, was ich ihm zur Antwort gäbe? Na ja, es ist besser, wenn ich es Ihnen nicht sage. Trinken Sie noch einen Cognac. Es ist das beste für die Leber. Mich, Caballero, haben die Ärzte schon längst aufgegeben: Leberkrebs, seit zehn Jahren, Caballero. Ich konserviere meine Leber in Alkohol, und sie belästigt mich nicht mehr. Und ich, belästige ich Sie?

– Nein.

– Bravo. Sie sind mein Mann. Bonifacio, diesmal bin ich an der Reihe!

– Entschuldigen Sie bitte, aber ich muß weg.

– Haben Sie sich verspätet? Um so besser! Dann werden Sie länger leben. Jeder Mensch hat in diesem Leben etwas zu tun, und er stirbt nicht, bevor er es getan hat; je später er es tut, um so mehr Zeit hat er gewonnen. Ich bin überzeugt, daß irgendwo geschrieben steht, wie viele Liter Cognac ich noch zu trinken habe, bevor ich mich von der Verpflegung abmelde, und bevor ich diesen Cognac herunterkippe, will ich ...

– Man erwartet mich.

– Dann lassen Sie sie doch warten. Was soll das alles? Wollen Sie etwa die Welt ändern?

Agustín stand auf und legte das Geld für die Getränke auf den Tisch – der Preis stand auf jedem Unterteller.

– Wie Sie wollen, Caballero. Sie sind hier zu Hause. Agustín Lopetegui, um Ihnen zu dienen.

Schöner Namensbruder! dachte Agustín. Er ging in die Calle del Peñón zurück: Remedios war nicht aufgetaucht. Er bat Petra, ihn nach Saragossa zu begleiten, um das Kind nach Madrid zu bringen. Die Büglerin lehnte ab, aber Paca bot sich an, mit der Erlaubnis Rafaels, der sich jetzt klein hielt. Agustín wußte nicht, was er bis zur Abfahrtszeit tun sollte. Er wollte seine Eltern nicht sehen und keinem Bekannten begegnen. Er ging in die Kneipe zurück. Am entferntesten Tisch sitzend, die Arme aufgestützt, schlief Lope; er setzte sich an einen anderen Tisch und bat Bonifacio, ihm etwas zu essen zu bringen – die Einladung seiner Freundinnen hatte er nicht annehmen wollen.

– Wenn Sie mit dem zufrieden sind, was ich dahabe ...

Der Wirt ging in die Küche hinter dem Schankraum und man hörte, wie er mit einer Frau mit rauher Stimme diskutierte. Kurz darauf kam er mit zwei Tellern und einem Gedeck zurück.

– Wissen Sie, wir haben hier keinen Mittagstisch. Aber da Sie zurückgekommen sind ...

– Machen Sie keine Umstände, bringen Sie, egal was ...

Lope kam wieder zu sich, als er den Duft des Rotweins roch.

– Mensch! Caballero. Es freut mich, Sie wiederzusehen. Essen Sie etwas? Warum denn? Rotwein nährt und ersetzt alles andere. Das einzige, worauf es ankommt, man darf nicht arbeiten. Seit Jahren schon streike ich gegen Gott; der Herr hat gesagt: »Du sollst dein Brot im Schweiße deines Angesichts verdienen«; aber was mich interessiert, ist nicht das Brot, sondern der Wein; wenn es nur Wein ist. Farbe und Herkunft sind mir völlig egal. Mensch, Linsensuppe! Ich mache Sie darauf aufmerksam, daß die Gefährtin Bonifacios eine Spezialistin in Linsengerichten ist. Erlauben Sie, daß ich versuche?

Agustín schob dem Trunkenbold, der sich an seinen Tisch gesetzt hatte, seinen Teller hin.

– Oder mögen Sie etwa keine Linsen?

– Essen Sie sie. Ich habe keinen Hunger.

Bonifacio kam mit einem Kaninchenbraten zurück. Agustín mochte kein Kaninchenfleisch. Lope schlang es hinunter, ohne was übrigzulassen.

– Machen Sie mir zwei Spiegeleier.

– Ich habe Ihnen hier ein Filetstück mit Pommes frites gebracht.

– Sehr gut. Und noch eine Flasche Wein.

– Wenn man nicht so lebt, wie es einem Spaß macht, dann braucht man schon gar nicht auf der Welt zu sein.

Agustín dachte, daß der Trunkenbold vielleicht recht hatte und daß er Remedios in die Arme hätte nehmen und küssen und zur Seinen machen sollen. Aber er dachte immer erst hinterher an die Dinge und tat sie nicht.

– Das beste ist, wenn man seinesgleichen vergißt; dann klappt alles wie am Schnürchen. Prost Meister.

– Schüler, Lope, Schüler. Prost.

Und er leerte sein volles Glas.

Zwei volle Tage blieb Agustín in der Kneipe und war während dieser ganzen Zeit nur mit Lope zusammen.

15 In Begleitung Pacas, die sich über seine Verspätung nicht sehr verwundert hatte, kehrte Agustín nach Saragossa zurück. Er war etwas verstimmt, denn er hatte sich eingebildet, sein Verschwinden würde alle beunruhigen. Aber Petra und Paca fanden seinen Mordsrausch normal. Während seine Gattin ihre Reisevorbereitungen traf, um mit Agustín wegzufahren, erzählte Rafael mit Bezug auf Lope die Geschichte seines älteren Bruders, der von früh bis spät gearbeitet hatte.

– Er hatte nur einen Gedanken, sich einen ruhigen Lebensabend zu sichern. Ich weiß nicht warum, aber dieser Gedanke verfolgte ihn Tag und Nacht, jeder ist halt so, wie er ist. Von der Familie konnte er es nicht haben, denn unsere Eltern haben wir nie gekannt, die haben uns in Almendralejo bei Leuten zurückgelassen mit dem festen Versprechen, regelmäßig eine Pension für uns zu zahlen. Man hat nie wieder etwas von ihnen gehört. Manuel arbeitete wie ein Besessener, aber er arbeitete, um nicht mehr arbeiten zu müssen, wenn er einmal müde sei, wie er sagte. Sie hätten sehen müssen, wie er mich behandelt hat, weil ich Stiere liebte! Er hatte nicht ganz unrecht, zum Torero habe ich nie getaugt. Aber er ist mit vierzig Jahren gestorben, im besten Mannesalter, weil er wie ein Stück Vieh schuftete. Und ich, der Taugenichts, habe noch ein paar tausend Duros von ihm geerbt, nicht viel. Sie haben nicht lange gehalten, ich konnte mich einfach nicht daran gewöhnen, Geld zu haben und zu arbeiten, um welches zu bekommen . . .

Agustín gedachte Paca mit dem Jungen nach Madrid zu seinen Eltern zu schicken. Sie sollte ihnen irgendeine Geschichte erzählen. Um keinen Preis wollte er seinen Vater und seine Mutter wiedersehen. So wurde es gemacht. Im Zug hatten sie eine große Diskussion über die beste Lüge. Paca war der Meinung, Doña Camila zu sagen, Remedios sei gestorben. Agustín hatte Bedenken; im Grunde schien es ihm ein schlechtes Vorzeichen.

– Ja, was wollen Sie? Sollen wir sagen, sie sei mit einem andern durchgebrannt? Ich finde das noch schlimmer.

– Und wenn man sagte, sie sei krank?

– Wozu? Damit Doña Camila sich in den Kopf setzt, zur Jungfrau del Pilar zu pilgern und sie um Heilung zu bitten? Nein, Don Agustín, nein.

– Oder ganz einfach, daß sie ihr das Kind für einige Zeit schickt.

– Sie haben Angst, das ist alles.

– Nein, Angst ist es nicht.

– Oder noch schlimmer: Sie hoffen, daß Remedios zurückkommen wird. Aber wir haben Ihnen doch schon klargemacht, daß es aus ist. Was hätte die Ärmste denn anderes tun sollen?

– Was glauben Sie denn, was am besten ist?

– Ich habe Ihnen ja schon gesagt; daß ihr ganz plötzlich was zugestoßen ist.

– Sie wird fragen, warum ich sie nicht verständigt habe.

– Das können Sie ja immer noch tun, wenn wir ankommen.

Es ärgerte ihn, daß diese Frau auf alles eine Antwort fand. Er nährte die geheime Hoffnung, bei seiner Rückkehr Remedios in der Wohnung am Paseo de la Independencia vorzufinden. Man wußte nichts von ihr, aber das Kind hatte eine starke Magenverstimmung gehabt, die entweder durch die übertriebene Pflege oder durch die Nachlässigkeit der Dienstmädchen hervorgerufen worden war. Diese ungefährliche Krankheit gab ihnen zwei Tage Aufschub, und Agustín entschloß sich endlich, den Ratschlägen Pacas zu folgen. Er schrieb ein paar Zeilen an seine Eltern, um ihnen mitzuteilen, daß es Remedios sehr schlecht gehe, und brachte den Brief um sieben Uhr abends zur Post. Um zwei Uhr morgens schickte er ein Telegramm, um ihnen den Tod Remedios' kundzutun, und um zehn Uhr rief er seinen Vater an. Seine Mutter war am Apparat, und die Unterhaltung war sehr schmerzvoll. Mit tränenerstickter Stimme versicherte er, daß er nichts wisse, daß alles sehr schnell gegangen sei, daß er am Ende seiner Kräfte sei, daß er keine weiteren Einzelheiten geben könne. Es war einer der furchtbarsten Augenblicke seines Lebens. Doña Camila wollte sich sofort auf den Weg machen, aber Agustín brachte sie von diesem Gedanken ab, indem er sagte, daß die Beerdigung bereits um drei Uhr nachmittags stattfinde und daß sie nicht mehr rechtzeitig genug ankäme. Wegen des Kindes brauche sie sich keinen Kummer zu machen, Paca sei hier, sie sei für einige Tage zu ihnen gekommen; sie würde ihr den Jungen bringen und ihr alles erzählen.

– Ist Vater nicht da?

– Nein, er hatte eine dringende Verabredung.

Am gleichen Abend kehrte Paca mit dem Kind nach Madrid zurück. Auf dem Bahnhof – es war entsetzlich heiß gewesen an diesem Tag – wehte ein köstlicher Wind. Agustín stimmte sich mit der braven Frau über die letzten Einzelheiten ab. Vor den Fragen, die Doña Camila ihr stellen würde, war es Paca nicht sonderlich bange, denn sie vertraute darauf, daß die Dame ihr ganzes Interesse auf ihren »Enkel« konzentrieren würde. Sie hatte sich nicht getäuscht. Es war José María, der in die Calle del Peñón kam, um weitere Einzelheiten zu erfahren. Aber Petra und Paca leierten einen solchen Rosenkranz von Beleidigungen herunter und spuckten ihm zu guter Letzt noch auf die frisch geputzten Schuhe, daß er schließlich unverrichteterdinge abziehen mußte.

16 Da er nun allein war, beschloß Agustín, die Wohnung Don Prudencios zu verlassen und in eine gutbürgerliche Pension in der Calle Alfonso I umzuziehen. Der alte Herr machte seinem Namen alle Ehre und verlangte keine Erklärungen. Auch Mina und Chulia brauchte er keine zu geben; schließlich glaubten sie alle, daß Remedios seine Schwester war. Er versuchte sich noch mehr in seine Arbeit hineinzuwühlen, und die Geschäfte ließen sich besser an, als irgend jemand zu hoffen gewagt hätte. Wenn er aus dem Laden kam, ging er durch die Calle de San Pablo zur Calle San Juan und von dort über den Paseo del Ebro, um sich an das Geländer der Steinbrücke zu lehnen, das schmutzige Wasser des breiten Stroms dahinfließen zu sehen und verzweifelt an Remedios zu denken.

Zweiter Teil

1 Remedios nahm den Zug nach Barcelona. Sie trug fünfhundert Peseten bei sich, die ihr von dem Nadelgeld verblieben waren, das Agustín ihr gegeben hatte. Sie gedachte in Barcelona zu arbeiten. Andere Pläne hatte sie keine. Der Schmerz, ihr Kind im Stich zu lassen, vermischte sich mit dem, Agustín verlassen zu haben. Sie dachte keinen Augenblick daran, sich umzubringen. Der Selbstmord kam ihr nicht einmal in den Sinn. Auch die Buße nicht. Nein: sie war leer, erschöpft, am Ende ihrer Kräfte.

Sie kannte niemanden in Barcelona und wandte sich an den erstbesten Hotelboy, den sie fand; er führte sie in ein Hotel dritter Klasse in der Calle de San Pablo. Wenn man sie gefragt hätte, wer ihre Reisegefährten waren, hätte sie es nicht sagen können. Sie hatte sie zwar gesehen, aber sie konnte sich einfach nicht mehr an sie erinnern. Selbst den Bahnhof erkannte sie nicht mehr, als sie später einmal daran vorbeikam. Im Hotel schloß man aus ihrer ausgesprochen korrekten Kleidung, daß sie in die Provinzhauptstadt gekommen sei, um Einkäufe zu machen. In diesem Gasthof pflegten häufig Leute aus der Provinz abzusteigen, die in den zahlreichen Kaufhäusern in der Calle del Hospital, in der Boquería und der Call ihre Einkäufe tätigten. Man gab ihr ein schlechtes Zimmer, das auf einen dunklen Hof ging; ein Messingbett stand darin und ein großer Spiegelschrank gegenüber einem Waschbecken, dessen Warmwasserhahn nicht funktionierte. Der Hoteljunge trug ihr Gepäck hinauf und legte auf einen schmalen Tisch, neben ein leeres Tintenfaß, eine Zahnstocherbüchse und ein Löschblatt, das Anmeldeformular. Remedios setzte sich aufs Bett und sah sich im Spiegel des Schrankes. Sie war unfrisiert und schmutzig von dem Ruß des Zuges. Sie sagte sich, daß sie als erstes einmal ein Bad nehmen müsse. Die wenigen Monate in Saragossa im Hause Don Prudencios hatten sie an viele Dinge gewöhnt, unter anderem auch an das tägliche Bad. Sie klingelte, und ein Zimmermädchen kam herbei; sie fragte, ob sie ein Bad nehmen könne, und das Mädchen, das wenig und schlecht kastilisch sprach, sagte ja, es sei aber nicht mit im Preise einbegriffen und koste zwei Peseten. Remedios trug ihr auf, das Wasser einlaufen zu lassen, sehr warm. Als das Mädchen zurückkam, um ihr zu sagen, daß sie baden könne, fragte Remedios, ob sie keine Bügelstube kenne; die Angestellte erbot sich, ihr alles zu bügeln, was sie zu bügeln hätte. Remedios sagte ihr, daß sie aus einem anderen Grunde frage. Das Mädchen, das nicht sehr aufgeweckt war, konnte ihr keinen Hinweis geben. Remedios nahm ihr Bad und ging aus; der Pförtner rief sie zurück und verlangte das Anmeldeformular. Da sie es vergessen hatte, hielt er ihr ein anderes hin. Remedios schrieb den erstbesten Namen drauf, der ihr einfiel: Rosa García aus Valladolid. Sie sagte sich, daß Agustín sie vielleicht suchen würde und daß sie so nichts zu befürchten hätte.

Sie erkundigte sich nach einer Bügelstube. Der Pförtner, der zuvorkommend war und vor allem gegenüber einer jungen, hübschen Frau, wollte den Grund ihrer Neugierde wissen. Remedios sagte ihn nicht, und der Mann dachte, daß es sich um Geschäfte handelte. Nein, er kannte keine, außer der, die für das Hotel wusch und bügelte. Remedios fragte nach der Adresse. Paseo de Gracia. Der Pförtner sagte ihr, welche Straßenbahn oder welchen Autobus sie nehmen müsse, um hinzukommen; am besten würde sie ein Taxi nehmen. Remedios dankte und ging weg.

Die Calle San Pablo ist eine enge Straße, die in Höhe des Teatro del Liceo auf die Ramblas mündet. Remedios war erstaunt über den Verkehr und den Betrieb, der hier herrschte. In Madrid war sie nur selten aus den unteren Stadtteilen herausgekommen, und obgleich sie in Saragossa in den Hauptstraßen gewohnt hatte, gab es dort nicht diese Ameisenbetriebsamkeit. Zu ihrer Rechten begannen in zwei Reihen Blumenstände; die Passanten gingen und kamen, ohne sich umeinander zu kümmern; viele Autos, eine lange Reihe Straßenbahnen, die ständig klingelten, und Tausende von Vögeln, die in den Wipfeln der dichten Bäume über den Zeitungskiosken zwitscherten. Einige Burschen mit katalanischen Mützen und Abzeichen dran, die an den Ecken herumstanden, zogen ihre Aufmerksamkeit auf sich. Sie dachte an nichts, und es war eine Beruhigung zu sehen, daß die Leute sie nicht kannten. Es schien ihr, als seien alle diese Menschen, die kamen und gingen, nur da, damit sie sich in ihrer Mitte verstecken konnte. Der Lärm war so laut, daß man sein eigenes Wort nicht verstand. Sie ging an den Blumen vorbei, alle Arten, Rosen, Nelken, Levkojen, Callas, Narden, Jasmin. Die Knospen, die Glöckchen, die Dolden, die Sträuße, die Zweige, alles schlug aus, öffnete sich, befruchtete den Morgen mit Weiß, Rot, Blau, Rosa, Gelb, mit Üppigkeit, mit Wohlgeruch und Düften. Der Duft der Blumen erstickte den Gestank des Benzins, und die Sonne vergoldete alles. Als sie in der Calle del Carmen ankam, hörten die Blumenstände auf; mechanisch ging sie weiter, kam gegenüber dem Kaufhaus *El Siglo* an, das sie dem Namen nach kannte. Sie wollte gerade hineingehen, weil sie dachte, daß man ihr vielleicht interessante Adressen geben könnte, aber ein leichter Schwindelanfall erinnerte sie daran, daß sie seit vierundzwanzig Stunden nichts mehr gegessen hatte. Zu ihrer Rechten sah sie ein Café; sie setzte sich auf die Terrasse und bestellte einen Kaffee und Milchbrötchen. Sie tunkte das weiche, gelbliche Brot in die Kaffeetasse, aß gierig und fühlte sich gestärkt. Eine Losverkäuferin, eine Zigeunerin, eine Blumenverkäuferin kamen zu ihr an den Tisch. Sie fühlte sich nicht allein und sagte sich, daß sie richtig gehandelt und die einzig mögliche Lösung gewählt hatte. Das unaufhörliche Auf und Ab der Passanten gab ihr Mut. Sie sah sich an der Schwelle eines neuen Lebens, die unbekannte Umgebung gab ihr das Gefühl des Abenteuerlichen, und obgleich sie nie romantisch veranlagt gewesen war, fühlte sie sich von dieser unbekannten Zukunft doch angezogen. Die Sonne, das Geräusch der Schritte, die Stimmen, die Farben, der Gesang der Vögel machten sie optimistisch. Dieser Eindruck dauerte bis zu dem Augenblick, als sich ein junges Paar mit zwei kleinen Kindern an einem Nachbartisch niederließ. Die Kinder konnten nicht stillsitzen und schlängelten sich zwischen den Stühlen der Terrasse hindurch, wobei sie sich gegenseitig anstießen, Stühle umwarfen und in einem ständigen Hin und Her einander nachliefen.

– Papa, er will mich nicht in Ruhe lassen . . .

– Sie hat mich gestoßen . . .

– Papa, sag ihm, er soll mich in Ruhe lassen . . .

Ein kleiner Junge von sieben oder acht Jahren und ein kleines Mädchen, etwas jünger. Beide waren blond und hatten blaue Augen. Remedios dachte an ihren eigenen Sohn, sie war mit einmal völlig aufgewühlt, der Kaffee drehte sich ihr im Magen um und kam wieder hoch. Ihr Blick wurde trüb, und die ganze Welt brach zusammen. Sie faßte sich wieder, bezahlte und beschloß etwas zu tun, um sich ihre Kraft zu beweisen. Sie rief ein Taxi herbei und gab die Adresse der Wäscherei an. Von neuem fühlte sie sich im eigentlichen Sinne des Wortes verloren: sie wußte nicht, wo sie war. Die Strecke kam ihr sehr lang vor, durch das Wagenfenster sah sie Hunderte von Häuserfronten vorüberfliegen. Als sie bezahlte, war sie erstaunt über den hohen Preis; sie befand sich in einer ungepflasterten Straße, vor einer Fabrik, die aussah wie tausend andere; eine riesige lange Mauer, auf der man in meterhohen Buchstaben lesen konnte: »Ankleben verboten«; ein Tor, eine Klingel, ein Pförtner, ein »was wünschen Sie« und der Verwalter, ein großer, sehr magerer Mann, der katalanisch mit ihr sprach. Nein, man brauchte keine Büglerin, hier wurde alles mit Maschinen gemacht, man arbeitete nur für Hotels, Hospitäler oder Waisenhäuser. Der Mann war sehr liebenswürdig und wunderte sich über diesen Besuch.

Remedios bemerkte, daß man ihr, gekleidet wie sie war, mit einem Schneiderkostüm von gutem Schnitt, eleganten Schuhen, wenngleich auch ohne Hut, kaum glaubte, daß sie eine solch bescheidene Arbeit suchte. Sie dankte und ging weg. Beim Hinausgehen fragte sie den Pförtner, welche Richtung sie einschlagen müsse, um eine Straßenbahn zu finden, die ins Zentrum fuhr. Der Pförtner gab ihr die notwendige Auskunft, der zufolge sie mehrere Male nach rechts und nach links einbiegen mußte. Wahrscheinlich irrte sie sich in den Straßen, denn mit einmal stand sie vor einem planierten Gelände; zwischen sanften Hügeln, die hier begannen, sah man breit und flach die Stadt vor sich liegen und darüber, wie eine Krone, einen großen blauen Streifen. Es war das Meer. Remedios blieb gefesselt stehen, an das Meer hatte sie nicht gedacht. Als sie den Zug nach Barcelona nahm, war ihr nicht der Gedanke gekommen, daß sie es sehen würde, und heute morgen hatte sie es vergessen. Die Entdeckung heiterte sie wieder auf. Sie blieb einige Minuten stehen, um es zu betrachten. Dann empfand sie ein unwiderstehliches Verlangen, es von nahem zu sehen. Sie fand eine Straßenbahn und fuhr bis zum Hafen. Diese Lebensweise, die von der des Binnenlandes so verschieden war, dieses Verkehrsmittel, das mit dem, an das sie gewöhnt war, nichts gemein hatte: die Schiffe, die Kais, die auf der endlosen Wasserfläche glitzernde Sonne, die Kräne, die Schuppen, die Sirenen, alles machte einen großen Eindruck auf sie, und die kleine salzige Brise, die ihr die Haare an die Schläfen preßte und tiefer in sie eindrang als die Luft, die sie sonst atmete, überraschte sie derart, daß sie erst wieder zu sich kam, als sie an einem Tisch saß, in einem dunklen Speisesaal des Hotels, wo die Mahlzeiten das ganze Jahr hindurch und zu allen Tageszeiten bei künstlichem Licht eingenommen wurden.

2 Als man ihr nach einer reichhaltigen Mahlzeit – Hors d'œvre, Suppe, Vorspeise, Gemüse, Braten, Dessert und Kaffee – die Rechnung brachte, stellte sie fest, daß der Preis, den sie für den vollen Pensionspreis gehalten hatte, nur der Preis für das Zimmer war. Sie machte Kasse und erschrak: sie mußte auf dem schnellsten Wege eine Arbeit finden. Sie verlangte eine Zeitung, man brachte ihr *La Vanguardia*, und sie ging in ihr Zimmer, um die Stellenangebote durchzulesen. Im Tintenfaß war noch etwas Tinte; sie strich sich das an, von dem sie glaubte, daß es für sie in Frage käme. Als sie fertig war, war es zu spät, um die nötigen Schritte zu unternehmen. Da sie für das Mittagessen viel ausgegeben hatte, beschloß sie, nicht zu Abend zu essen; sie würde sich mit einer Tasse Kaffee auf den Ramblas begnügen. Sie streckte sich aufs Bett und fiel in einen tiefen Schlaf; beim Erwachen stellte sie fest, daß sie sehr müde und völlig überreizt war. Es war neun Uhr abends. Sie fragte sich einen Augenblick lang, ob sie sich ausziehen und ins Bett legen oder eine Tasse Kaffeee trinken gehen sollte, wie sie sich vorgenommen hatte. Sie entschied sich für das letztere, aus Angst, nach einer so langen Siesta nicht mehr einschlafen zu können und ihren Erinnerungen ausgeliefert zu sein.

Die Ramblas sahen bei Nacht genauso aus wie bei Tag.

Diesmal ging sie auf der rechten Straßenseite. Zu jener Zeit war das Liceo geschlossen, aber das Hotel Oriente, das Café Suizo, die Schaufenster mehrerer Warenhäuser und weiter unten das Theater Principal spendeten zusätzlich zur städtischen Beleuchtung strahlendes Licht. Auf den gelbgestrichenen Stühlen zu beiden Seiten der zwischen den Fahrbahnen verlaufenden Pappelallee saßen genauso viele Leute wie zwölf Stunden zuvor, noch mehr sogar. Sie ging ins Lion d'Or, bestellte einen Kaffee und bemerkte, daß viele Männer sie ansahen. Sie wußte nicht, daß Ort und Zeit falsche Schlüsse zuließen und daß das ganze Viertel von der Calle de San Pablo, in der sie wohnte, bis Atarazanas, nur zwei Schritte weiter, berüchtigt war und sie Gefahr lief, für ein leichtes Mädchen gehalten zu werden. An einem Nachbartisch stellten sich Luis Salomar und Jorge de Bosch die Frage, ob sie in diesem Beruf sei oder nicht. Guillermo Díaz Plaja, der gerade ankam, behauptete, daß er sie kenne.

– Sie ist nicht schlecht.

– Das glaube ich auch!

– Wenn es zwei oder drei Uhr wäre, würde ich mich zu ihr setzen, meinte Jorge de Bosch, prahlerisch wie immer.

Dann sprachen sie wieder über Literatur. Ein gutaussehender Herr, den Hut in der Hand, setzte sich zu Remedios an den Tisch.

– Wenn du gestattest.

Remedios wunderte sich etwas.

– Bestell dir, was du willst.

– Ich kenne Sie ja gar nicht, Señor.

– Wenn es nur das ist: nenne mich Jaime.

Remedios war nicht furchtsam und ließ sich auch so leicht nicht einschüchtern, aber das, was sie als eine Unverschämtheit ansah und was es tatsächlich auch war, verschlug ihr die Sprache. Sie stand auf und rief den Kellner, um zu zahlen.

– Laß das.

Der Kellner kam herbei.

– Das geht auf meine Rechnung.

Remedios war schon auf der Straße. Der Herr fragte den Ober:

– Kennen Sie sie?

– Ich habe sie zum erstenmal hier gesehen.

– Dufte.

– Ja, Señor.

Als sie unten an der Boquería ankam und gerade in die Calle de San Pablo einbiegen wollte, trat ein junger Mann aus der offenen Tür eines Uhrengeschäfts, das an der Ecke liegt, und rief sie an; sie setzte unbeirrt ihren Weg fort. Kurz vor dem Hotel versperrten ihr drei junge Männer den Weg.

– Wo gehst du hin, Kleine?

Einer von ihnen hatte sie ungeniert angefaßt, und Remedios gab ihm eine so schallende Ohrfeige, daß er fast hinfiel. Der Mann stieß einen Fluch aus und wollte sich auf sie stürzen. Die andern hielten ihn zurück, und Remedios lief bis zur Tür des Hotels, verfolgt von den fürchterlichen Flüchen, die der Unverschämte hinter ihr herschickte.

Am meisten war sie darüber empört, daß man sie nach den Worten des Mannes für die Schuldige halten konnte. Sie war so außer sich, daß der Nachtportier sie fragte, was passiert sei.

– Geben Sie mir den Schlüssel.

Der Alte hielt ihn ihr wortlos hin.

In was für eine Welt war sie geraten? Alles war also Schmutz, und der einzige Reine war Agustín Die Erinnerung an den geliebten Mann kam wieder mit aller Deutlichkeit, und sie weinte bis zum Morgen.

Die beiden ersten Inserenten, bei denen sie sich vorstellte, suchten Serviermädchen. Ihre Augen leuchteten, als sie sie sahen, und sie boten ihr bis zu zwanzig Peseten Fixum und einen prozentualen Anteil. Selbstverständlich nahm Remedios nicht an. Sie sprach nicht Französisch, wie es an der dritten Stelle verlangt wurde; man bedauerte, sie noch mehr; es war eine Parfümerie, eine angenehme Arbeit. Bevor sie in einem Restaurant, das ihr billig schien und es auch tatsächlich war, und schlecht obendrein, zu Mittag aß, versuchte sie, in einer Kolonialwarenhandlung eine Anstellung zu finden, aber man verlangte Kenntnisse im Maschinenschreiben. Am Nachmittag ging sie in ein Textilwarengeschäft, wo man eine Kassiererin suchte; aber man verlangte Zeugnisse, und ihre Geschichte – die sie erfand – konnte den alten Chef, der allem, was nicht katalanisch war, mißtraute, nicht überzeugen.

Müde, erschöpft, verdrießlich und niedergeschlagen ließ sie sich auf eine Bank am Paseo de Gracia fallen, sie war abgekämpft, und die Füße taten ihr weh. Es war sechs Uhr nachmittags, das angenehme Leben begann, die Leute gingen langsamer als auf den Ramblas, die Autos fuhren schneller – die Avenue ist breit –, und einige Personen gingen ganz einfach spazieren, zum Vergnügen. Remedios fand das empörend. Und hier auf der Straße wagte sie nicht, ihre Schuhe auszuziehen, »die ihr weh taten«. Sie erinnerte sich an ein Gespräch mit Agustín über diesen Satz: ob man sagen solle, daß die Füße weh tun oder die Schuhe? Er hatte behauptet, daß die Füße weh tun, sie, daß es die Schuhe sind; denn wenn der Schmerz verschwindet, sobald man sie auszieht, sind es natürlich die Schuhe, die weh tun. Agustín hatte ihr beweisen wollen, daß die Schuhe gar nicht weh tun können, da sie kein Teil von ihr sind. Er war nicht da, auch ihr Sohn nicht, und doch empfand sie Schmerz ihretwegen. Die Erinnerung an ihr Kind ließ sie wieder zu der Zeitung mit den Stellenangeboten greifen. Ursprünglich hatte sie keine Stelle annehmen wollen, die etwas mit Kindern zu tun hätte, aber als sie Calle de Mallorca auf einem Straßenschild in der Nähe las, erinnerte sie sich, daß man dort eine Gouvernante »von angenehmem Äußeren« gesucht hatte.

(Am Morgen, als sie in der Bar de Canaletas eine Tasse Kaffee trank, hatte sie mit Hilfe des Kellners eine Marschroute festgelegt. Der Kellner, kaum älter als siebzehn Jahre, hatte sein möglichstes getan, um ihr über die Theke hinweg bei ihren Gängen zu helfen. Einen Stadtplan hatte Remedios nicht kaufen wollen, weil sie glaubte, daß sie ihn nicht mehr benötige, sobald sie eine Stelle gefunden hätte, was ja nicht lange dauern konnte.)

Sie fand bald das Haus, wo sie sich ins erste Stockwerk begeben mußte. Ein alter, runzliger Diener in gelb und schwarz gestreifter Weste öffnete ihr und führte sie in einen goldenen und granatapfelfarbenen Salon, in dem zwei rosenrote elegante Porträts hingen; in der Mitte, auf einem Tisch aus schwarzem Holz, stand ein Aquarium mit chinesischen Fischen, lebhaft und mit der Flosse schlagend (es hätte ihr wenig genützt, wenn man ihr gesagt hätte, daß die Porträts von Rosales und die Möbel von Coromandel waren), der Teppich war dicht, und es ging sich angenehm darauf; die Vorhänge waren aus Atlasstoff. Sie wunderte sich, daß die Person, die sie empfing und über die der Diener diskret geschwiegen hatte, ein Mann war. Es war wirklich ein Mann und dazu ein sehr merkwürdiger: etwa sechzig Jahre alt, in einer schwarzen, zu kurzen Jacke steckend, enge gestreifte Hose, spitze Lackschuhe, Hemd und Kragen gestärkt, die Krawatte nach der Mode von vor fünfzig Jahren gebunden und von einer Perlennadel festgehalten. Er war klein und hatte einen hochgezwirbelten Schnurrbart, dem man von weitem schon ansah, daß er gefärbt war, eine etwas schiefe Perücke und ein sanftes Lächeln inmitten faltenloser, geschminkter, glänzender Wangen.

– Señorita . . . Bitte, nehmen Sie Platz.

Remedios dankte.

– Sie kommen wegen der Anzeige?

– Ja, Señor.

– Sehr gut. Ich glaube, daß Sie alle gewünschten Bedingungen erfüllen.

– Wie viele Kinder sind da?

– Eins.

– Und ... was habe ich zu tun?

– Wenig. Wie groß sind Sie?

– Ich weiß nicht ... na ja, ich glaube ... ein Meter dreiundsechzig.

– Ausgezeichnet. Kastilierin?

– Ja, Señor.

– Ihr Name?

– Remedios mit Verlaub.

– Werden Sie hier schlafen?

– Wenn ich mich um das Kind bekümmern soll ...

– Lieben Sie Fische?

– Ja, warum nicht?

– Über Ihren Lohn werden wir uns bestimmt einig werden.

– Wie alt ist denn das Kind?

– Das Kind bin ich.

Diese Antwort überraschte sie nicht sonderlich; die Art der Fragen hatte sie schon darauf vorbereitet.

– Dann bin ich nicht die Richtige.

– Aber doch, Señorita, Sie sind genau die Richtige.

– Ich glaube, Sie irren sich.

– Bitte, Señorita, seien Sie nicht böse. Warum haben Sie Angst? Ich glaube nicht, daß ich irgend jemand Angst einjage.

– Nein, Señor.

– Sie sehen auch nicht aus, als hätten Sie so leicht vor irgend etwas Angst.

– Das kommt drauf an ...

– Ich verlange nichts weiter von Ihnen, als daß Sie sich vor mir ausziehen.

Remedios stand schon auf der Straße. Sie ging in die Bar

de Canaletas zurück, fragte den Kellner, ob er nicht eine Stelle für sie wisse. Er riet ihr, ins *Siglo* zu gehen oder in die *Casa Jordá*, ein anderes großes Warenhaus, vielleicht würde man sie als Verkäuferin einstellen. Sie ging am andern Tag hin. Im *Siglo* brauchte man niemand, und bei *Jordá* wurde sie nicht eingestellt, weil sie nicht Katalanisch sprach. Sie las wieder die Stellenangebote durch und ging bis zur Calle de Aribau, fast an der Ecke der Calle Diagonal, wo man ein Dienstmädchen suchte. Es war im dritten Stock, in einem neuen, schönen Haus mit Fahrstuhl. Eine dicke Frau, mit dem unverwechselbaren Aussehen und Geruch einer Köchin, die Ärmel hochgekrempelt, öffnete ihr.

– Was wünschen Sie?

– Ich komme wegen der Anzeige.

– Ich glaube, die Señora hat schon jemanden.

– Wer ist da, María?

– Eine andere, die wegen der Anzeige kommt.

– Sie soll reinkommen.

– Gehen Sie rein.

Remedios kam in ein kleines, helles Zimmer, in dem Sessel, ein Sofa und einer jener kleinen Tische, die man in den meisten Schaufenstern »moderner« Möbelgeschäfte sieht, standen. Eine Frau ihres Alters empfing sie. Sie war hübsch, von strotzender Gesundheit und halb in einen Morgenrock gehüllt, der etwas zu auffällig war, um elegant zu sein. Sie sprach sie zuerst auf katalanisch an.

– Ich spreche nicht Katalanisch, Señora.

– Das macht nichts.

Sie waren sich sofort sympathisch, und Remedios erhielt die Stelle. Vor allem wohl deshalb, weil sie alle Bedingungen akzeptierte. Eine Stunde später brachte sie ihre Sachen. Sie sagte, sie heiße Rosa. Die Señora hörte auf den Namen Tula. Die Arbeit war erträglich. María, die Köchin, sprach wenig und noch weniger Kastilisch; sie schlief nicht im Haus, denn sie hatte drei Kinder – alle drei verheiratet –

und mußte sich um ebenso viele Enkelkinder kümmern, die ihr durch die in die Brüche gegangene Ehe des Jüngsten zur Last gefallen waren. Sie brummte den ganzen Tag vor sich hin, weil sie nie wußte, wo sie ihre Sachen gelassen hatte. Das Mädchenzimmer, in dem Remedios schlief, war klein, aber sehr hell. Die Señora stand spät auf, brachte viel Zeit mit ihrer Toilette zu, frühstückte, kehrte wieder zu ihren Schminktöpfen zurück – die sie im Grunde nicht nötig hatte –, ging ins Kino, kam zurück, um etwas Leichtes zu sich zu nehmen, und wartete auf Juan Montaner, der sehr pünktlich jeden Abend um halb zehn kam. Remedios trug Kaffee und Cognac auf und legte sich dann schlafen.

Remedios und Tula wurden sehr schnell Freundinnen und erzählten sich gegenseitig ihre Geschichte.

3 Die Geschichte Tulas

Sie war ein Bauernmädchen aus Ampurdán. Sechstes Kind aus einer Schar von neun. In der Ferne das Städtchen Olot und dort der Fluviá, der vorüberfließt. Der Herbst ist lang und angenehm; ohne den Nordwind, der manchmal zornig bläst und den Eindruck erweckt, als wolle er alles hinwegfegen, wäre es ein Paradies; und trotz allem ist es wirklich ein Paradies. Dort an der Landstraße liegt Castellfullit de la Roca und links Tortellá. Im Hintergrund die Pyrenäen, die über den Frieden des Landes wachen. Auf den nahen Hügeln wachsen Steineichen, grüne Eichen, Korkbäume, Heidekraut, Buchsbaum und Erdbeerbäume und alle Arten von Heilkräutern, die dazu dienen, die seltenen Krankheiten der Bewohner zu kurieren, die im allgemeinen an Altersschwäche sterben, falls nicht ihr Gespann umstürzt und sie überfährt, wie es einem Onkel Tulas vor vielen Jahren passiert war; sein Frau – Tante Monse – tauschte

Heilkräuter aus mit einer Freundin, die an den Abhängen des Montseny wohnte, und ihr Zimmer roch wunderbar, mit all den Büchsen und Fläschchen: Engelwurz, Absinth, Schierling, Galläpfel, Eibisch, Marienkraut, Mostrich, Blutkraut und andere geheimgehaltene Namen.

Auf den Feldern an den Abhängen, Berghang an Berghang, schwarzer Weizen, Kartoffeln, Weinstöcke, Saubohnen, grüne Bohnen und hin und wieder Olivenbäume – nicht so gut wie die von Amer –, aber die Pilze – die Muxarnóns – waren einfach unvergleichlich. Zarte Röhrenpilze, im Ofen geschmort mit Knoblauch, Petersilie und Öl aus der Ölmühle von Onkel Cue; diese Ölmühle war im Hause, aber niemand konnte sie mehr in Bewegung setzen, sie war angenagt vom Alter.

Das Bauernhaus mit seinem schiefen Dach lehnte sich an einen Hügel. Mehrere Bauten verschiedenster Art ruhten an den Mauern des Hauptgebäudes: Hühnerstall, Pferdestall, Waschhaus, Holzschuppen. Vor der Fassade die Tenne, rechts der Gemüsegarten für den täglichen Bedarf, mit seinen Blumenbeeten, seinem Silo, seinem Brunnen, und dann wieder der Garten, der »große Garten«, mit allen seinen Gemüsen, in langen Reihen gepflanzt, und dann der Weinberg, der den rechten Hügel hochkletterte, jenen Hügel, der das Landhaus der »Witwe« verdeckte. Links öffnete sich weit das Tal, einem Meer ähnlich, und das Geräusch des Windes im Untergehölz hinter dem Haus verstärkte an Wintertagen und selbst im Frühjahr, das in dieser Gegend regnerisch ist, diesen Eindruck noch.

An Händen, die zupackten, fehlte es in der Familie Tulas nicht: die des Großvaters, die des Vaters, die der fünf Brüder. Es waren so viele, daß zwei von ihnen nach Gerona gingen, um dort in einem Getreidedepot zu arbeiten. Einer von ihnen, Pablo, blieb nach dem Militärdienst in Barcelona, und man hörte nichts mehr von ihm. Señor Pedro, der bei allem Respekt, den er seinem langsam vergreisenden

Vater schuldete, der Hausherr war, sah aus, als habe er die Familie fest im Griff, aber in Wirklichkeit war es die Hausherrin, die das Regiment führte. Sie war geschickt genug, ihre Macht des Nachts auszuüben, wenn sie im Bett lag und mit leiser Stimme auf ihn einsprach. Erst wenn ihre Kinder in dem entsprechenden Alter waren, machte sie ihnen gewisse Dinge klar, die mit ihrer Macht zusammenhingen. Als Pedro, der Älteste, heiratete, empfahl sie ihm in Gegenwart derer, die bereits vernünftig waren und um den Tisch herum saßen, ganz offen, nie seiner Zukünftigen nachzugeben, die sie übrigens selbst ausgesucht hatte. Der Hausherr lächelte in sich hinein und bestätigte ruhig die mütterlichen Ratschläge.

Tula lernte lesen und rechnen. Sie zeigte gute Veranlagungen zum Studium, aber das Gelernte schien ihnen ausreichend zu sein als Beweis für den Respekt, den sie der neuen Zeit entgegenbrachten. Die Kleine wuchs heran, sie war kräftig und schön, und ihre Mutter zeigte eine gewisse Vorliebe für sie. Daher gab die Mutter, als Tula ins heiratsfähige Alter gekommen war, Doña María ihre Zustimmung sowie eine Mitgift, die vielleicht etwas größer ausfiel als nötig, wogegen die Benachteiligten murrten, denen aber schnell der Mund gestopft wurde. Tula sollte nämlich eine gute Partie machen. Doña María, die »Witwe«, war eine angesehene Persönlichkeit. Sie hatte sich vor fünfzehn Jahren, als Don Vicente Vendrell bei einem Ehrenhandel starb, auf ihre Besitzungen zurückgezogen, die an die der Familie Tulas angrenzten. Ihr Mann war Advokat gewesen und hatte sein Anwaltsbüro in Bañolas, dessen unumschränkter Meister er war. Er starb nicht dort, sondern in Barcelona, wo er sich auf Einladung einer hochgestellten Persönlichkeit, eines Freundes von Prat de la Riba, eine Zeitlang mit seiner Frau aufhielt. Es war zur Zeit der Gründung der »Lliga Regionalista«. Doña María war damals noch sehr jung, aber schon von einem gewissen imposanten Aussehen, das erst im Laufe der Jahre etwas Steifes bekam. Sie war eine schöne Frau – mit einem griechischen Gesicht –, aber verschlossen und unfähig zur Vertraulichkeit, andererseits aber auch sehr den gesellschaftlichen oder rein persönlichen Zweckmäßigkeitserwägungen verpflichtet. Streng, schmeichelte sie sich, gerecht zu sein. Ihre große Leidenschaft war ihr Sohn, der beim Tode seines Erzeugers noch kein Jahr alt war. Niemand wußte mit Bestimmtheit, ob sie die Ursache des Duells gewesen war, wiewohl eine solche Annahme nicht abwegig erschien, da Don Vicente Vendrell am Tag nach einem Maskenball im Liceo starb, den er in Begleitung seiner Gattin besucht hatte.

Vicente Vendrell, der Sohn, kam lang und schmal zur Welt und blieb es auch all die Jahre hindurch. Er war weder schön noch klug, aber sehr dickköpfig. Von seiner Mutter erbte er die Verschwiegenheit und den Mangel an Freunden. Es sei noch hinzugefügt, daß er seine Kindheit und seine Jugend unter den Röcken seiner Mutter verbrachte und daß er einen »Hauslehrer« hatte. Dieser Lehrer war ein trauriger Expriester, der vor seinem eigenen Schatten Angst hatte. Eine unglückliche Verbindung mit einer Frau hatte ihm eine panische Angst vor dem Leben eingejagt. Seine Liebhaberei waren Steine, die er sammelte, doch wurde er mehr von ihrer Schönheit geleitet als von seinem mineralogischen Wissen. Don Juanito Barceló starb auf dem Gehöft vor Schrecken über einen Stier, den man hergebracht hatte, damit er seine ganz speziellen Pflichten erfülle. Unter der Erde fühlte er sich ganz bestimmt sicherer.

Doña María versuchte ihren Sohn für eine akademische Laufbahn zu interessieren, denn dafür langte es noch, aber der Junge wollte nicht von zu Hause weg und machte solch ein Theater, daß er schließlich bleiben durfte. Er arbeitete gern draußen auf dem Feld, was er von seiner Familie mütterlicherseits hatte. Doña María nahm es auch gar nicht so tragisch auf, wie er anfänglich befürchtet hatte, als er sich beim Examen nach dem ersten Jahr seines juristischen Studiums an der Universität Barcelona weigerte, in einer anderen Sprache als der katalanischen zu antworten. Er gewann dadurch eine solche Popularität, daß er beinahe seine Absicht, nur Bauer sein zu wollen, geändert hätte. In Wirklichkeit war das Ganze nur eine faule Ausrede, denn er hätte keine einzige Frage beantworten können.

Nachdem Vicente wieder heimgekommen war, unterwarf er sich ganz dem Willen seiner Mutter; er war glücklich, ihr gehorchen zu dürfen, während sie nur mit den Augen des jungen Mannes sah. So fand sie sich, als Vicente bei der *Festa Major* von Olot die gutgebaute Tula aufgefallen war, nach einer ersten instinktiv negativen Reaktion mit einem möglichen Verlöbnis ab. Außerdem war das Blut der Monsells sehr gut, wie sie sagte, und sie wollte viele Enkelkinder haben, da das Schicksal ihr die Möglichkeit zu einer großen Familie verwehrt hatte.

4 Fortsetzung der Geschichte Tulas

Zu Anfang konnte sich Tula für den recht mageren jungen Mann mit der großen Nase, den schmalen Lippen und dem vorstehenden Adamsapfel nicht begeistern, doch die Ratschläge ihrer Mutter und die Tatsache, daß sie an keinem ihrer Verehrer besonderen Gefallen fand – und es waren nicht wenige, da sie gut aussah und eine schöne Aussteuer mitbekam –, bestimmten sie, ihr Jawort zu geben. Während der eineinhalbjährigen Verlobungszeit spürte das Mädchen, wie sie eine aufrichtige Zuneigung zu ihrem Zukünftigen gewann.

Respektvoll, aufmerksam, verliebt, erfüllte er alle ihre Wünsche – es waren sehr wenige. Die Geschenke, die er ihr machte, waren immer kostbar und geschmackvoll. Nur auf eine einzige Sache ging er nicht ein: nach ihrer Hochzeit woanders zu wohnen als bisher. Die Vendrells besaßen noch ein anderes Landhaus, drei Kilometer weiter südlich, das sie verpachtet hatten; Mercedes, die Mutter Tulas, war der Meinung, daß es ein idealer Wohnsitz für die jungen Eheleute sei, aber Vicente wollte nichts davon wissen: Er wollte seine Mutter nicht allein lassen, und das Haus, in dem sie wohnte, war groß genug, daß alle drei in völliger Unabhängikeit voneinander darin leben konnten. Wenn nötig, würde man die erforderlichen Arbeiten machen lassen, um alle Wünsche Tulas zu erfüllen. Es blieb nichts anderes übrig, als sich damit abzufinden, und folglich waren die Ratschläge, die Mercedes ihrer Tochter gab, ein wenig verschieden von denen, die sie ihr ursprünglich einzuschärfen gedachte; sie machte ihr klar, daß es gut sei, sich dem Anschein nach den Wünschen ihrer zukünftigen Schwiegermutter zu beugen, und unterdessen mit allen Mitteln ihre Macht über die Seele Vicentes zu festigen.

Nachdem sie so vorbereitet war, wurde Hochzeit gefeiert; es war eine große Hochzeit. Das Paar verbrachte die beiden ersten Ehewochen in Barcelona, da Tula sich aus Angst vor der Seekrankheit geweigert hatte, nach Palma de Mallorca zu fahren.

Sie kamen zurück und waren glücklich. Die Schwiegermutter und die Schwiegertochter verstanden sich wunderbar; doch jedesmal, wenn irgendeine Entscheidung nach dem Willen Tulas getroffen worden war, ließ Doña María eine gewisse ironische Herablassung durchblicken. Tula merkte nichts in ihrem Glück und ihrer Unschuld, sie war entzückt von der neuen Welt, in der sie lebte und die luxuriöser war als die, in der sie aufgewachsen war: zum erstenmal hatte sie Dienstboten, denen sie befehlen konnte. Die Ehe bekam Vicente nicht gut, er wurde jeden Tag magerer und ausgezehrter; jung und alt aus der Umgebung gaben dazu natürlich boshafte Kommentare; Tula hingegen blühte auf, vor allem als sie die unzweideutigen Zeichen einer nahen Mutterschaft feststellte.

Es war eine einzige Freude in beiden Familien, und die zukünftigen Großmütter, die sich trotz der Nähe nicht allzu oft sahen, beglückwünschten sich gegenseitig. In manchen Nächten wurde Tula jetzt wach und versuchte auf ihren eigenen Körper zu lauschen. Dabei bemerkte sie zweimal, daß ihr Mann nicht neben ihr lag. Er erzählte etwas von Magenschmerzen und natürlichen Bedürfnissen, die ihn zwangen aufzustehen. Sie wollte, daß er sich von Doktor Llorens aus Olot, einem Freund der Witwe und des Verstorbenen, der ab und zu ins Haus kam, untersuchen lasse. Doktor Llorens war ein älterer Herr von unverwüstlich guter Laune, mit einem graumelierten Bärtchen, einem steten: »Na, dann wollen wir mal sehen« zu Anfang jeder Unterhaltung und einem ebenso steten: »Wir werden schon sehen, wir werden schon sehen« am Ende. Vicente drückte sich davor und sagte, er fühle sich kerngesund; der Arzt war der gleichen Ansicht, als der Mann sich endlich dem Willen seiner Gattin fügen mußte.

In einer Novembernacht nun, als der Nordwind durch die Gegend heulte, erwachte Tula gegen Morgen mit Übelkeit und Schmerzen. Sie war damals im achten Monat ihrer Schwangerschaft. Sie fühlte mit der Hand neben sich und stellte fest, daß ihr Mann abwesend war. Sie stand mühsam auf, um hinunter in die Küche zu gehen oder Vicente zu rufen, damit er ihr einen Kräutertee mache, da die Dienstboten in dem rückwärtigen Gebäude schliefen. Sie trat auf den Flur hinaus, der zur Treppe führte, und sah im Zimmer ihrer Schwiegermutter Licht. Da sie ihrer Kräfte nicht ganz sicher war und daher hinzufallen fürchtete, den Mund aber nicht aufzumachen wagte aus Angst, es käme noch was anderes heraus als Worte, ging sie bis zur Tür Doña Marías. Sie öffnete sie einen Spalt und entdeckte ihren Mann in den starken Armen seiner Mutter, Mund an Mund.

Die Unglückliche hatte noch die Kraft, einen Schal zu ergreifen, der am Geländer hing und den sie im Licht des Schlafzimmers sah. Sie stürzte die Treppe hinunter, sich vor Schmerzen krümmend, und lief querfeldein. Der Morgen kam herauf, der Wind stürmte ununterbrochen und jagte tiefe Wolken und Nebelfetzen vor sich her. Es war eigentlich kein Regen, der fiel, aber alles, was der Wind berührte, war durchtränkt von eisigem Wasser. Man sah nicht weit in dieser trostlosen Winterlandschaft, weil es neblig und zudem noch dunkel war. Tula hatte nur einen Gedanken: nach Hause zu kommen. Die Holzpantinen, in die sie beim Aufstehen geschlüpft war, hatte sie schon gleich verloren. Das Nachthemd klebte ihr jämmerlich am unförmigen Körper, und die Haare hingen ihr ins Gesicht, das aufgelöst war von Tränen und Schmerz. Sie hatte die Arme über der Brust gekreuzt, zog ihren durchnäßten Schal fester an sich und ging auf dem Pfad mühsam weiter; ihre unsicheren Füße rutschten auf dem Schlamm aus. Sie fühlte sich verwundet, von oben bis unten von einem unerträglichen Schmerz geöffnet. Der Wind bog mitleidlos die kahlen Bäume, und vor ihr zerbrach der Ast einer Eiche. Tula glaubte zu sterben und dankte daher dem Himmel, als sie mit der Stirn in den Schlamm fiel, den sie sanft empfand.

5 Ende der Geschichte Tulas

Erst vierzehn Tage später kam sie in ihrem Schlafzimmer zu sich. Als sie zur Besinnung kam, war sie allein, aber sie hörte in der Ferne die Stimme ihrer Mutter. Sie betastete ihren Bauch, der ihr weh tat, und stellte fest, daß er wieder seinen normalen Umfang hatte. Doña Mercedes kam ins Zimmer und sah ihre offenen Augen.

– Gott sei Dank! Und sie rief: Vicente!

Tula machte eine ungeheure Anstrengung, um zu flüstern:

– Ich will ihn nicht sehen.

– Aber Kleines, nach all der Angst, die du uns gemacht hast! . . .

Tula schloß die Augen und ließ sich von neuem in die Welt der Bewußtlosigkeit fallen. Sie kam erst am folgenden Tag wieder zu sich; der Doktor saß an ihrem Bett. Er machte ihr ein Zeichen, daß sie nicht sprechen solle.

– Ruhe, Tula. Ruhe und gutes Essen. Jetzt hängt alles von Ihnen ab. Sie haben ja schöne Geschichten gemacht! . . . Wir werden schon sehen . . .

Tula wollte in das Universum zurückkehren, das sie gerade verlassen hatte; vor ihren Augen sah sie nur das entsetzliche Bild, das sie in ihrem früheren Leben tödlich verwundet hatte. Denn jetzt war sie eine andere. Eine halbe Stunde später erzählte ihr ihre Mutter, auf dem Bettrand sitzend, von ihrer Fehlgeburt und daß es sehr schlimm um sie gestanden hatte. Die Schwiegermutter war in Olot, wo sie Geschäfte zu erledigen hatte, und Vicente war auf dem Feld.

– Ich will ihn nicht mehr sehen.

– Warum denn nicht?

– Mutter, laß mich jetzt. Wir werden ein andermal darüber sprechen.

– Aber Kind, was ist denn passiert?

– Ein andermal, Mutter, ein andermal.

Sie dachte, daß dieses andere Mal nie kommen würde, denn sie hatte die feste Absicht zu sterben. Aber trotz ihrer Wünsche war ihre prächtige bäuerliche Konstitution stärker. Und sie begann langsam wieder aufzuleben.

Vicente wagte nicht, die Schwelle des Schlafzimmers zu überschreiten. Manchmal, morgens, traf er unten seine Schwiegermutter.

– Wie geht es ihr?

– Besser.

Mercedes ging weg, wenn es dunkel wurde, noch vor seiner Rückkehr. Daher konnte sie annehmen, daß die Eheleute in der Nacht beisammen waren.

Tula zögerte lange, bevor sie sich entschloß, ihrer Mutter die Wahrheit zu erzählen. Aber als sie schon fast genesen war und merkte, daß sie sich bald selber helfen und das Zimmer verlassen könne, sagte sie es ihr schließlich. Zuerst wollte die brave Frau es nicht glauben. Alles in ihr sträubte sich gegen das, was sie für eine Fieberphantasie ihrer Tochter hielt.

– Dann frag ihn doch, frag ihn doch, rief Tula.

– Du bist verrückt.

– Ach, ich wollte, ich wäre es.

Mercedes konnte einer solchen Ungeheuerlichkeit einfach keinen Glauben schenken, gerade weil es sich um bessere Leute handelte. Wenn man ihr das von einem Landarbeiter erzählt hätte, vielleicht hätte sie es – sich bekreuzigend – geglaubt, vor allem wenn es Unbekannte gewesen wären. Aber Doña María?

Ihre Tochter redete irre.

– Frag ihn doch, frag ihn doch.

– Wie könnte ich? Du bist verrückt. Lieber würde ich mir die Zunge abbeißen.

– Ob du es glaubst oder nicht, es ist die Wahrheit.

– Und was gedenkst du zu tun?

– Nach Hause zurückkehren.

– Unter welchem Vorwand?

– Das ist egal.

– Dein Vater wird es nie zulassen.

– Dann sag ihm die Wahrheit.

– Welche Wahrheit?

– Es gibt nur eine, Mutter, die du nicht glauben willst.

– Es kann einfach nicht sein.

– Es ist aber so.

– Nein, du wirst sehen.

Aber als sie die Bestimmtheit ihrer Tochter sah, erzählte sie, von dieser Hartnäckigkeit selber verwirrt, ihrem Mann das, was sie für eine schreckliche Fabel hielt. Vicente, der an dem Gesicht seiner Schwiegermutter und an der Art, wie sie seinen Gruß erwiderte, bemerkte, daß seine Frau geredet hatte, stattete am andern Morgen auf den Rat seiner Mutter hin Señor Pedro einen Besuch ab. Er sagte ihm, daß seine Frau aufgrund der Fehlgeburt sicherlich nicht mehr ganz richtig im Kopf sei: sie stelle sich die unmöglichsten Dinge vor. Der biedere Landmann war froh, daß man ihm eine Brücke baute, über die er gehen konnte, und als Mercedes am Abend zurückkam, berichtete er ihr ausführlich über das Gespräch. Diese hatte nichts Eiligeres zu tun, als ihrer Tochter mitzuteilen, daß Vicente mit ihnen gesprochen hatte.

– Hör zu, Kleines, ich weiß nicht, ob du mich richtig verstehst, aber alles, was du dir in den Kopf gesetzt hast, sind Geschichten. Du bist sehr krank gewesen, und daher kommt das. Weißt du, das ist schon anderen als dir passiert. Mit der Zeit wirst du wieder gesund werden und nicht mehr daran denken.

– Hast du mit Vicente gesprochen?

– Ich nicht. Er war bei deinem Vater.

– Gut, dann bleib heute bis zu seiner Rückkehr, er soll es mir ins Gesicht sagen.

Er sagte es ihr zwar nicht ins Gesicht, weil er sie nicht ansah, aber er sagte das gleiche.

Während der Genesung hatte sich in Tula ein unbändiger Haß gegen ihren Mann aufgestaut; sie war außer sich, als sie ihn so feige und erbärmlich vor sich sah; sie konnte und wollte ihre Empörung und ihre Verachtung nicht zurückhalten und schrie ihm ins Gesicht:

– Du Memme, du nasses Huhn, du Schmutzfink, du Schwein, du erbärmlicher Sack, du Hund, du Feigling, du Hurensohn . . .

Er leugnet es! Er leugnet, was ich mit eigenen Augen gesehen habe! Sei einmal in deinem Leben ein Mann!

Vicente machte zwei Schritte rückwärts und ging aus dem Zimmer. Tula wollte ihm folgen, aber ihre Mutter hielt sie zurück.

– Wo gehst du hin? Siehst du denn nicht, daß du krank bist?

– Daß ich krank im Kopf bin, nicht wahr? Du glaubst es also auch? Wird man mich zu Hause überhaupt aufnehmen?

Mercedes überwand ihre Unentschlossenheit:

– Nein, mein Kind. Überleg doch: das wäre ein Skandal in der ganzen Gegend. Dein Vater . . .

– Vater tut nur, was du willst . . .

– Und außerdem mußt du an dich selber denken. Was soll aus dir werden?

– Und was soll hier aus mir werden?

– Aber sieh doch, Kind, das besteht doch alles nur in deiner Einbildung . . .

– Ist das dein letztes Wort? Glaub ja nicht, daß ich hier alt werde, bei diesen Schweinen. Ich bin nicht mehr dieselbe. Aber wenn man mich zu Hause nicht haben will, auch gut, ihr braucht nicht zu meinen, Vater und du, daß ich verhungern werde.

– Nun beruhige dich, Kind, und warte, bis der Doktor dich am Montag besucht . . .

Das war an einem Freitag. Am Samstag abend verließ Tula unbemerkt das Haus. Aufgelöst kam sie mittags in Castellfullit an; sie trug als einziges Kapital all ihren Schmuck bei sich; am Abend war sie in Gerona und am nächsten Morgen in Barcelona. Sie war entschlossen, Hure zu werden und sich an der Menschheit zu rächen. Den ersten Teil ihres Programms verwirklichte sie mühelos und erwarb sich dabei sogar noch einen gewissen Ruf; das andere vergaß sie, denn sie war ein hübsches Frauenzimmer. Einen Monat nach ihrer Ankunft in einem Haus in der Calle del Arco del Teatro, in das sie, von ihrem Instinkt geleitet, noch am Abend ihrer Ankunft geraten war, wurde sie von einem Juwelier herausgeholt, der in der Calle de Puertaferrisa einen Laden hatte; das dauerte einen Monat, dann lernte sie Don Juan Montaner kennen, einen Bankier, der ihr die Wohnung einrichtete, in der sie Remedios empfangen hatte.

6 Nein, auch wenn die Welt voller anständiger Leute ist, es genügt, daß du an einen einzigen Schlechten gerätst, und alles ist zerstört. Bei dir war es dieses alte Ekel und bei mir dieses liederliche Weibsbild, meine Schwiegermutter.

– Bei deinem Mann kann man nun wirklich sagen, daß er ein Hurensohn ist.

Schon eine Woche, nachdem Remedios in Tulas Dienst getreten war, duzten sie sich.

– Und du, was gedenkst du mit diesem hübschen Gesicht zu tun, das Gott dir gegeben hat?

– Mir geht es gut.

– Daran zweifle ich nicht. Aber morgen?

– Gott wird es schon fügen.

– Das glaub ich dir. Willst du dir Spinnengewebe wachsen lassen?

– Wo?

– Denk mal nach . . .

Sie lachten.

– Hör zu; den alten Montaner hab ich jetzt satt bis oben hin, und ich will ihm das bald sagen. Auch er ist ein anständiger Kerl und imstande, mir diese Wohnung zu lassen.

– Gut, und dann?

– Na, warum sollten wir uns nicht der einzigen Sache

weihen, für die wir offensichlich geschaffen sind? Wenn wir zu zweit wären, könnten wir vieles machen.

– Nein, antwortete Remedios, ich bin nicht dafür geboren.

– Und ich, glaubst du etwa, daß . . . ? Oder ist irgendeine »dafür« geboren? Die Welt ist nun mal so, und die Dinge ergeben sich von selber. Außerdem ist es auch gar nicht so unangenehm, weißt du: es gibt Schlimmeres. Wir sind hübsch . . .

– Das gilt für dich!

– Komm, laß dich nicht so lange bitten! Warum sollten wir unseren Vorteil nicht wahrnehmen? Glaubst du, es sei anständiger, Boxer zu sein, wie der, den mein Bankier gestern angeschleppt hat und der sein Geld damit verdient, daß er andere verdrischt, bloß weil ihm Gott mehr Kräfte in die Fäuste gegeben hat als andern? Jetzt mach aber halblang, wie du gern sagst.

Ein Jahr Erfahrung hatte Tula geldhungrig gemacht. Sie wollte es sich nicht eingestehen, aber sie hatte nur den einen Wunsch, genug Geld zu verdienen, um eines Tages nach Olot zurückzukehren und entweder nach Hause zu gehen und vor ihrer Familie zu prahlen oder – sie wußte es selbst noch nicht – in der guten Stadt ein Bordell zu eröffnen. Oder vielleicht beides, und dabei den Namen ihres Mannes, den sie immer noch trug und schamlos zur Schau stellte, mit Schande zu bedecken.

– Das werden sie mir büßen.

Remedios konnte sich nicht entschließen.

– Was wir tun, ist wenigstens sauber und klar: Das gibst du, und das kriegst du. Es gibt kein Durcheinander.

Ihr bäuerlicher Realismus hatte ihr wunderbar geholfen, nachdem sie erst einmal den Glauben an das verloren hatte, was sie die »Heuchelei des Lebens« nannte.

– Die Männer sind so viel wert, wie sie Geld besitzen. Ob sie schön oder häßlich sind, jung oder alt, sympathisch oder nicht, das spielt alles keine Rolle. Wenn du dich immer an diesen Grundsatz hältst, dann wirst du, ich will nicht sagen glücklich sein, aber du wirst ein Leben haben wie Gott in Frankreich.

– Lästere Gott nicht.

– Ich lästere Gott nicht. Ich glaube nicht mehr an ihn, ich glaube nur noch an die Jungfrau. Alle Männer sind Schweine.

– Nicht alle.

– Ausgenommen dein heiliger Agustín, sagte sie und betrachtete das »Hochzeitsbild«, das Remedios ausgepackt und auf ihren Nachttisch gestellt hatte.

– Mach dich nicht lustig.

– Ich mach mich nicht lustig, Remedios; du weißt wenigstens, daß irgendwo auf der Welt dein Sohn lebt und daß er gut versorgt wird. Ich habe nicht einmal das. Armer Kleiner, es wäre ein Junge gewesen, man hat es mir gesagt . . .

Sie umarmten sich. Tula ließ nicht locker.

– Ach, sei doch nicht so dumm. Die Leute, die Geld haben, sind im allgemeinen erträglich und fallen einem nicht lästig. Ich sage nicht, daß das Leben bei der Französin angenehm war, bestimmt nicht, aber damals hatte ich ein furchtbares Bedürfnis, mich im größten Schmutz zu suhlen, mich wie ein Schwein zu fühlen . . . Komm, wir gehen nachher ins Colón, dort finden wir bestimmt jemanden, der uns einen spendiert oder uns zum Abendessen einlädt. Mit dem Wein und der Verdauung geht das übrige dann schnell vorbei, und du kannst hinterher ausgiebig schlafen mit ein paar Geldscheinen in der Sparbüchse. Du bist in der gleichen Lage wie ich, und du wirst dich ebensowenig verlieben wie ich. Es sind saubere Leute: sie wollen, was du hast – und was uns keinen Pfennig kostet –, und wir wollen, was sie haben, ihre Pinkepinke. Es ist ein ehrliches Geschäft: hier Geld, da Ware. Denn eins ist wichtig: keinen Kredit, kein Vertrauen. Genau, wie wenn du hinter einer Theke stündest: das Stück kostet so viel . . .

Remedios ließ sich nicht überzeugen.

– Worauf wartest du denn? Los, sag es schon.

– Ich weiß es nicht.

– Du bist eben eine Romantikerin.

Remedios wußte nicht genau, was das heißen sollte, eine »Romantikerin«, aber es mißfiel ihr nicht, so genannt zu werden.

7 Die Freunde in Saragossa wunderten sich über Agustíns schlechtes Aussehen. Sie meinten, daß kein Grund dazu vorläge. Er hatte einen ehemaligen Polizeikommissar aufgesucht und ihn beauftragt, sein möglichstes zu tun, um den Verbleib Remedios' ausfindig zu machen. Er kam jeden Tag bei dem Detektiv vorbei, um sich nach dem Stand der Dinge zu erkundigen.

Samuel Rodrigañez war über alles erhaben, was seine wenigen Kunden ihm sagen konnten, und seine einzige Fähigkeit bestand darin, die Hoffnung wachzuhalten, um soviel wie möglich aus ihnen herauszuholen. Er tat es aus echter Not – acht Kinder sind viel, vor allem wenn sie zwei Mütter haben, von denen jede an einem anderen Ende der Stadt wohnt.

Rodrigañez war ein Mann, der mehr als fett war, mit Speckfalten am ganzen Körper, die alle glänzten; zwischen dem Fett kamen zwei kleine lebhafte Augen zum Vorschein, die sich nicht immer zusammen bewegten, daher die Verlegenheit seiner Gesprächspartner, die manchmal nicht wußten, wohin sie blicken sollten, wenn sie mit ihm sprachen. Die kurzen Arme, die Hände einer Schaufensterpuppe, die nikotingeschwärzten Finger und eine Fistelstimme waren nicht dazu angetan, einen günstigen Eindruck zu verbreiten. Aber sein Mundwerk, das ging wie geschmiert, und seine Devise: »Das letzte, was man verliert, ist die Hoffnung«, brachte ihm Erfolg, der durch die geringe Anzahl seiner Kunden allerdings begrenzt blieb. Er konnte sich weder in Madrid noch in Barcelona, noch in Sevilla niederlassen wegen »grundsätzlicher« Unverträglichkeit mit der offiziellen Polizei, die ihn in Saragossa duldete, weil er ein entfernter Verwandter des Erzbischofs war.

– Ich glaube, daß wir auf der richtigen Spur sind, sagte er zu Agustín. Mein Agent in Valencia hat eine Frau ausfindig gemacht, deren Personenbeschreibung genau auf die paßt, die Sie suchen. Es war auch das allereinfachste, und ich verstehe nicht, warum wir nicht schon früher daran gedacht haben. Sehen Sie, Señor de Alfaro, die beste Fährte ist immer die einfachste, alles andere sind nur Kriminalromane. Was mag diese Dame wohl getan haben? Nun, sie hatte den Zug genommen. Wohin ist sie gefahren? Nach Madrid? Nein. Sie nahm an, daß Sie sie dort finden würden. Nach Barcelona? Ich habe im Laufe meiner langjährigen Erfahrung die Feststellung machen können, daß die verschiedensten Personen aus den einzelnen Gegenden der Halbinsel (Rodrigañez, du sprichst wie ein Buch!) bei einer Flucht nicht nach Barcelona zu fahren pflegen, wenigstens nicht als erstes. Wahrscheinlich wegen der Katalanen und der katalanischen Sprache. Welche Hypothese bleibt dann noch? Die einfachste natürlich: Sie hat den Zug nach Madrid genommen, ist in Calatayud ausgestiegen und hat auf den Schnellzug aus Aragonien gewartet. Ich lasse gerade Nachforschungen anstellen, um diese Hypothese in Calatayud selbst zu bestätigen. Ich habe meinen Agenten hingeschickt, der, wie ich hoffe, noch heute abend zurückkommen wird. Sie sehen, ich verliere keine Zeit. Ich verstehe zwar Ihre Ungeduld, Señor, aber ich muß Sie bitten, mir noch etwas Zeit zu lassen, bis ich bestätigen kann, daß diese Fährte die richtige ist; ich bin überzeugt, daß wir auf der richtigen Spur sind, und ich glaube nicht, daß es noch lange dauern wird, bis wir die sympathische Ausreißerin gefunden haben. Wenn Sie jetzt so freundlich sein wollen, mir lediglich die Unkosten zu erstatten, die ich gehabt habe – sie sind im Pauschalpreis nicht miteinbegriffen –, um einen Agenten nach Calatayud zu schicken, so wäre ich Ihnen sehr dankbar.

Rodrigañez hätte sich gern die Hände gerieben, aber im Sitzen bekommt er sie nicht zusammen, und so begnügt er sich damit, seine Weste zu polieren, indem er mit seinen fetten Händen mehrere Male über die Seiten seines unmäßigen Wanstes streicht.

Du hast wirklich ein großes Talent, Rodrigañez, schade, daß der Hunger es verkümmern läßt! Es war nicht die eigene Freßlust, denn trotz seines sehr voluminösen Umfangs war Don Samuel im Essen recht mäßig, sondern eher die hungrigen Schnäbel seiner Kinderschar, ohne von den zwar weniger dringlichen, dafür aber kostspieligeren Bedürfnissen wie Kleidung und Erziehung zu reden; der dickwanstige Häscher kann sich an keinen einzigen Tag erinnern, an dem er nicht unter Geldmangel litt. Es ist weder Elend noch Armut, sondern das, was wir so anschaulich Not nennen. Er kann kein Schläfchen machen, ohne daß ihn die Sorge quält, wo er die fünf Duros herholen soll, die ihm entweder für Juana oder für Amparo fehlen. (Amparo hieß seltsamerweise ebenfalls Juana mit Vornamen, und eine Zeitlang nannte er seine beiden Frauen Juana I und Juana II, aber nach einer komplizierten Geldaffäre beschloß er, der zweiten den Vornamen Nummer zwei aus jener langen Reihe zu geben, mit denen sie sich seit dem fernen Tag ihrer Taufe schmückte.)

Was er verdiente, reichte nie aus, um die Ausgaben des Monats zu decken, und trotz seiner Grundehrlichkeit hatte er sich immer kleiner Kniffe bedienen müssen, um seine zahlreiche Nachkommenschaft ernähren zu können. Daher auch die Schwierigkeiten mit seinen Vorgesetzten, sein Abschied vom Polizeidienst und seine Niederlassung als »Detektiv«.

– Dann noch was anderes, sagte er zu Agustín und steckte die dreißig Peseten ein, die er ihm soeben durch seinen geläufigsten Trick aus der Tasche gezogen hatte, ich mische mich vielleicht in etwas ein, was mich nichts angeht, aber aufgrund des persönlichen Interesses, das ich meinen Kunden entgegenbringe, möchte ich Ihnen noch sagen, daß es nicht sehr klug ist, sich so oft in Gesellschaft einer so verdächtigen Person wie Alberto Çhulia zu zeigen.

– Chulia? Der kann doch keiner Fliege etwas zuleide tun.

– Lassen Sie sich nicht täuschen. Diese Anarchisten tun zwar, wie Sie so schön sagen, keiner Fliege was zuleide, aber sie machen sich kein Gewissen daraus, ein Dutzend guter Christen oder gar den Herrn Erzbischof in eigener Person ins Jenseits zu befördern.

– Das einzige, was Chulia hat, ist Phantasie.

– Eine vulkanische Phantasie, Señor de Alfaro. Und vor Vulkanen muß man sich in acht nehmen: Sie explodieren wie Bomben, ohne Vorwarnung.

– Wissen Sie, warum er in Saragossa bleibt?

– Nein.

– Er ist der Ansicht, daß man von Gallur bis nach Huesca dreitausend Hektar trockenes Land bewässern könnte, wenn man den Wasserspiegel des Kanals nur um einen Meter heben würde. Für ihn ist die Sache schon gemacht.

– Das ist alles nur Schein. Um die Aufmerksamkeit abzulenken. Aber er ist wegen etwas anderem hergekommen. Ein Anarchist bleibt immer ein Anarchist. Und nehmen Sie das, was ich Ihnen gesagt habe, bitte für nichts anderes, als es ist: für den Rat eines Freundes, der ihnen sehr große Sympathie entgegenbringt.

Die Verbindung Agustíns mit Rodrigañez führte ihn zunächst nach San Sebastián und nach Valencia, auf der Suche nach Remedios, und das Ergebnis war selbstverständlich immer negativ; aber dem Polizeispitzel zufolge waren die Hinweise todsicher, und Agustín wollte in beiden Fällen nicht auf das Endergebnis der Nachforschungen warten. Er verlor Zeit und Geduld, ohne von der Ungewißheit zu reden, in der er lebte, bis er zu der Überzeugung gelangte, daß die Person, in der man Remedios zu erkennen geglaubt hatte, eine andere Frau war. Er durchlebte endlose Stunden, in denen er sich fragte, wie er sich verhalten solle, wenn er der Ausreißerin gegenüberstünde. Schließlich verließ er sich auf die Inspiration des Augenblicks, aber das Bild der geliebten Frau wurde ihm durch das Gerüttel des Zuges physisch gegenwärtig und schmerzte ihn.

Die Illusion dauerte über sechs Monate, gut geschürt von Don Samuel. Man hatte sie, wie er behauptete, zum letztenmal in Bilbao gesehen, wo sie sich nach Buenos Aires eingeschifft hatte. Der Polizist, angestachelt von der Aussicht auf spesenträchtige Auslandsreisen, wollte seine Suche fortsetzen, aber Agustín gab sich geschlagen und beschloß, nach Madrid zurückzukehren.

Sein Auftrag, der ihn nach Saragossa geführt hatte, war zwar noch nicht ganz erledigt, aber die Dinge ließen sich gut an, so daß Don Prudencio das Geschäft wieder unbesorgt in die Hand nehmen konnte; außerdem hatte sein Schwiegersohn in Sevilla gute Aufträge gefunden, er war eng befreundet mit dem Herzog von Higuera, einem Großgrundbesitzer, der sehr an seinen riesigen Ländereien hing und, wie böse Zungen behaupteten, an der rechtmäßig Angetrauten des Unternehmers.

8 Am Tag seiner Rückreise war Agustín so zerstreut, daß er vergaß, Trauerkleidung anzuziehen. Doña Camila wunderte sich: war so was möglich? Der »Witwer« entschuldigte sich, indem er auf die Reise im Zug hinwies und auf den Staub, den man nirgends so deutlich sieht wie auf dunklen Anzügen.

– Und außerdem knittern sie . . .

Seine Mutter gab sich mit dieser Erklärung zufrieden, und Agustín ging sofort aus, um sich zwei schwarze Konfektionsanzüge zu kaufen. Sie standen ihm nicht sonderlich, und einige Monate lang sah er aus, als lebe er in geliehenen Anzügen. Es war ihm furchtbar unangenehm, für Remedios Trauer zu tragen. Jeder Spiegel erinnerte ihn an seine Lüge und an seine Wahrheit. Ganz abgesehen von den Beileidsbezeigungen der Freunde und Bekannten, die er mit Bitterkeit entgegennahm.

– Wir haben gar nichts davon gewußt.

– Was für ein Unglück.

– Ich fühle mit Ihnen.

– So ist das Leben.

Und die andern, die doppelt überrascht waren: über die Ehe und über die Witwerschaft. Von seiner Ehe hatte er nämlich niemandem ein Sterbenswörtchen erzählt, und außerdem wird sie, im Gegensatz zum Tod, durch keine äußeren Zeichen angezeigt.

Agustín hatte von seiner Reise nach Saragossa achtzehntausend Peseten netto mitgebracht, seinen prozentualen Anteil dafür, daß er das Geschäft Don Prudencios wieder flottgemacht hatte. Er hatte es also nicht eilig, seine Vertretertätigkeit in Madrid wiederaufzunehmen. Zum andern hatte sein Vater sich in die Gunst eines Unterstaatssekretärs der Diktatur eingeschmeichelt und verdiente gut; einen Teil seiner Einkünfte – denn er war ziemlich sparsam – gab er für ein Flittchen aus, das er weiß Gott wo aufgegabelt hatte (natürlich wußte er wo, aber er hütete sich sehr, es zu sagen). Da er so viel zu tun hatte, erschien er nur noch selten im Hause und machte sich wichtig. In jenem Jahr, an seinem Namenstag, rasierte er sich den Schnurrbart ab, worüber seine Gattin, die ihn immer nur mit Schnurrbart gekannt hatte, empört war. Die brave Schwerhörige fühlte sich so verletzt, als hätte man ihr selber Haar um Haar ausgerupft.

Agustín tat nicht viel, stand spät auf, ging spät zu Bett, war melancholisch und hatte zu nichts Lust. Er wollte lesen, aber die Bücher fielen ihm aus den Händen; es gelang ihm nicht, sich für eine Geschichte zu interessieren, die nicht seine eigene war: seine eigene, die er niemandem erzählen konnte. Ab und zu ging er in die Calle del Peñón, aber auch dort wagte er nicht von dem zu reden, was ihm so sehr am Herzen lag. Stolz posaunte Petra ihre baldige Mutterschaft aus. Für den Fall, daß man es nicht bemerkt hätte – aber man sah es schon von weitem –, würde der brave Canillas es von den Dächern herunter verkündet haben. Über Remedios wußte man nichts.

Am Abend landete er bei Don Felix. Don Felix Luciente hatte in der Calle de Atocha ein kleines Warenhaus, und dazu gehörte eine Tertulia, die ebenso alt war wie sein 1881 gegründeter Laden. Schon sein Großvater und sein Vater hatten diese Tertulia gefördert, und seit Sohn Felix denken konnte, waren an allen Tagen außer den Sonntagen die Teilnehmer der Tertulia durch die Hintertür hereingeschlüpft, die, sobald der eiserne Rolladen – das Allerneueste – heruntergelassen war, immer einen Spalt offenblieb. Der Kellner aus der Bar nebenan kam um acht Uhr, um zu sehen, was die Herren wünschten: ob Wein mit Soda, Wermut oder Bier. Man sprach über alles, würdevoll und mit lobenswerter Leidenschaftslosigkeit. Um halb zehn, fast auf die Minute genau, gab Don Marcelino, der Uhrmacher, das Zeichen zum Aufbruch.

Agustín war sich bewußt, daß es sinnlose Zeitverschwendung war, aber es kümmerte ihn nicht. Wenn er aus dem Warenhaus kam, pflegte er ins Theater zu gehen: ins Romea, ins Pavón oder in irgendein anderes, in dem man Revuen, Varietés oder Operetten gab. Selten sah er sich ein Theaterstück an. Eines Abends begleitete er Don Marcelino, der drei Häuser von ihm entfernt wohnte, bis zu dessen Tür, und Marcelino lud ihn ein, noch einen Augenblick mit ihm hinaufzukommen. Er nahm eher aus Schwäche als aus einem anderen Grund an, denn der Stadtplan, den der brave Mann ihm zeigen wollte, interessierte ihn nicht.

Don Marcelino Guzman war ein Mann von sechzig Jahren. Zweiundfünfzig Jahre hatte er zwischen Uhren gelebt und fast ebenso viele, mit einer Vergrößerungslupe am rechten Auge, auf der Suche nach Spiralen, Zahnrädchen, Unruhen, Ankern und zerbrochenen oder ausgeleierten Federn; seine Hand, die Pinzette zwischen den Fingern, zitterte nicht, wenn er die Uhren reparierte, von der feinen Longines bis zur massiven Roskoff. Aber weil er die Dinge immer aus so großer Nähe betrachtete, mit der Klemmlupe oder dem Vergrößerungsglas, hatte er schließlich einen sehr kleinlichen Begriff von den Dingen bekommen. Er betrachtete alles viel eingehender als die meisten Menschen. Daß diese Gewohnheit, jedes Detail genau zu betrachten, ihn schließlich zum Gipfel des Geizes geführt hatte, ist leicht zu verstehen. Seine mikroskopische Vorstellung von der Welt hatte ihn seit seinem frühesten Alter dazu getrieben, jeden Pfennig zu sparen

Er war schon an die Dreißig, als er sich in einem Torweg der Calle de Atocha selbständig machte. Dort blieb er, obgleich seine Ersparnisse ihm erlaubt hätte, eine große Uhrmacherei, zwar nicht in einem Hauptgeschäftsviertel, aber doch in einem eleganteren Viertel zu übernehmen oder zu eröffnen. Ganz offensichtlich hinderte ihn seine Lupe, über das äußerst beschränkte Sehfeld, das sie ihm, allerdings bis ins kleinste Detail, preisgab, hinauszusehen.

Er wohnte im obersten Stockwerk desselben Hauses, zusammen mit seiner Frau, die bei einem zu Anfang des Jahrhunderts sehr bekannten General, der bis zu seinem Tode im Jahre 1910 die erste Etage innehatte, Dienstmädchen war. Marcelino hatte seine Frau im Verlaufe endloser Gespräche auf Herz und Nieren geprüft, ohne dabei seine Zeit zu vergeuden oder gar das Ziel aus den Augen zu verlieren, das er mit all diesem Geplapper verfolgte. María de los Angeles war aus Villarrobledo, Tochter armer und als solcher sehr kinderreicher Bauern. Sehr ernsthaft, ein wenig gekünstelt in ihren Worten, ziemlich häßlich und ganz wild aufs Sparen versessen, ein Zug, der sie von Anfang an einander verbunden hatte. Sie heirateten aber erst, als Angelita im schulpflichtigen Alter war. Sie hatten es bis dahin nur deshalb nicht getan, um die Unkosten für die Trauung zu sparen.

– Das ist viel Geld für ein Stück Papier, das nichts einbringt.

Aber sie mußten die Kleine einschreiben lassen, und um zu vermeiden, daß über sie geredet wurde, gingen sie ganz heimlich aufs Standesamt und zum Pfarrer. Angelita ist jetzt dreiundzwanzig Jahre alt, und ihre Eltern haben beschlossen, sie zu verheiraten. María und Marcelino bilden ein Musterehepaar, sie erzählen sich alles – und zählen alles, sogar die Taler. Niemand kommt auf den Gedanken, ihnen ihre Knausrigkeit vorzuwerfen, sie sind dem Laster der Verschwendung nicht verfallen, und außerdem weiß niemand von der Existenz ihres Reichtums; ihre ärmliche Lebensweise zieht keine Aufmerksamkeit auf sich. Man hält sie für arme Handwerker, ehrlich bis auf die Knochen. Wäre die Krankheit ihres Sprößlings nicht gewesen, so hätte nichts die Ruhe des Ehepaares getrübt. Angelita war von Geburt an schwächlich, wahrscheinlich wegen der kärglichen Nahrung, mit der ihre Mutter, die glücklich war, wenn sie eine Handvoll Reis sparen konnte, sich begnügt hatte. Milch gab es selten und nur entrahmt, Brei in kleinsten Mengen, und so wuchs sie bleich, mager und freudlos heran, bezwungen von der Anämie; man konnte kein ruhigeres Kind finden.

Gleich nachdem sich Agustín, der offiziell als Witwer galt, in der Tertulia Don Pacos gezeigt hatte – wo Don Marcelino der einzige war, der nichts trank, es sei denn, er bekam es spendiert –, setzte es sich der brave Uhrmacher in den Kopf, ihn mit Angelita zu verheiraten. Er sprach über diesen Plan ausführlich mit seiner besseren Hälfte – die Worte kosten nichts, Gott sei Dank –, und zur großen Überraschung des Mädchens kauften ihm die Eltern zwei neue Kleider.

Angelita wußte nicht, warum sie auf der Welt war. Ihr Geist, schien es, war abgestumpft, weil sie so wenig aß. Sie ging nur aus, um einige Besorgungen zu machen, oder zu einem Spaziergang in den Retiro, am Sonntagnachmittag. Wegen der mangelnden Nahrung schlecht entwickelt, hatte es lange gedauert, bis sie Frau geworden war, und das eher zu ihrem Schaden. Farblose Wangen, blasse Lippen, keine Hüften, aber dafür fielen ihre Augen auf, sehr schöne, schwarze Augen, die sie von ihrem Vater hatte. Sie lebte, ohne zu leben, eingeschlossen in eine Routine ohne Zukunft. Marcelino hatte die Einführung Agustíns ins Haus geschickt vorbereitet, in der Hoffnung, ihn zu seinem Sohn zu machen. Eines Tages brachte er das Gespräch auf die Urbanisation Madrids, ein Thema, das Agustín zu interessieren schien, seitdem er lange Spaziergänge machte, um die Zeit totzuschlagen. Es hieß, daß Marcelino einen alten Stadtplan zu Hause hatte, anhand dessen man genau feststellen konnte, bis wohin der Paseo de la Castellana vor fünfzig Jahren ging, Thema einer hitzigen Diskussion, die an jenem Abend keinen Abschluß fand.

María, die seit acht Tagen über die Angelegenheit Bescheid wußte, bereitete ein Abendessen vor, das in Anbetracht der häuslichen Gewohnheiten des Uhrmachers ein Festessen war: Suppe und Fisch, und dazu noch Pudding. Angelita wurde aufgefordert, eines ihrer neuen Kleider anzuziehen, nachdem sie, ohne die geringste Überraschung zu zeigen, die folgenden Worte gehört hatte:

– Dein Vater wird zum Abendessen wahrscheinlich einen jungen Mann mitbringen. Versuche, liebenswürdig zu ihm zu sein. Du weißt besser als sonst jemand, wie alt du bist, und für eine Frau gibt es nichts Schlimmeres, als eine alte Jungfer zu bleiben. Der junge Mann, von dem ich sprach, ist hochanständig, er verdient mehr als genug zum Leben, er ist Witwer:

– Es ist Agustín, nicht wahr?

– Woher weißt du das?

– Na ja . . . ihr habt ja bei Tisch oft genug von ihm gesprochen. Außerdem, ein Witwer . . .

– Gefällt er dir nicht?

– Mir?

– Ja, dir, wem denn sonst? Bist du mal schwer von Begriff.

– Aber . . . wie soll ich ihm denn gefallen?

– Das ist deine Sache. Kennst du ihn?

– Natürlich.

Die Eltern hatten vergessen, daß Agustín, der in der Nachbarschaft wohnte, vor einigen Jahren ab und zu in den Laden gekommen war. Angelita mochte damals zehn oder zwölf Jahre alt gewesen sein.

– Gefällt er dir?

– Wenn du mich so fragst . . . ich weiß es nicht . . .

– Du weißt es nicht . . . Du weißt nie etwas. Es ist nicht zu glauben, daß du meine Tochter bist.

– Ist das Angelita? fragte Agustín, als er hereinkam. Mein Gott, ist die Kleine groß geworden! Wir werden eben alt, Don Marcelino.

– Du? Du bist doch noch ein junger Kerl.

– Nicht mehr ganz.

– Gewiß, du hast viel mitgemacht. Aber du bist doch in dem Alter, in dem man vergißt, in dem man noch ein neues Leben anfangen kann.

María durchbohrte ihren Mann mit dem Blick. Es schien ihr – und zu recht –, daß er zu direkt auf die Sache zuging.

– Na, fragte Agustín Angelita, hast du einen Bräutigam?

– Nein, aber ich bitte Sie, sagte María schnell. Sie hat keinen und hat nie einen gehabt.

Diesmal war es Marcelino, der die Intervention seiner besseren Hälfte schlecht fand: man weiß nie, was den Männern gefällt.

– Was weißt du denn schon! warf er hin, dann fing er ein anderes Gespräch an:

– Trinkst du was? . . .

– Nein, danke . . .

– Außerdem, sagte die Hausherrin, bleiben Sie zum Abendessen hier.

– Auf gar keinen Fall, Señora.

– Wenn es wegen dem ist, was wir Ihnen anbieten können, dann haben Sie recht.

– Aber ich bitte Sie. Nein, ich möchte Sie auf gar keinen Fall belästigen.

– Sie belästigen uns nicht, Agustín. Sie gestatten doch, daß ich Sie so nenne, ich hab Sie ja schon gekannt, als Sie noch klein waren, und daher kann ich nicht gut Don Agustín zu Ihnen sagen.

– Aber natürlich, ich bitte Sie.

– Einen Wermut?

– Also gut, vielen Dank. Sie sind sehr liebenswürdig.

Agustín wäre lieber allein ins Colonial zum Abendessen gegangen, wie er es beabsichtigt hatte.

– Und was tun Sie im Augenblick?

– Nichts.

– Leben Sie von Ihren Zinsen?

– Nein. Aber ich lasse erst einmal einige Monate verstreichen, bevor ich wieder meinen Geschäften nachgehe.

Es herrschte ein fürchterliches Schweigen, bis Marcelino schließlich nach dem Aperitif mit dem Stadtplan ankam. Angelita hielt den Kopf gesenkt und brachte die Lippen nicht auseinander. Die Mutter schäumte vor Wut.

– Wie wär's, wenn wir ins Kino gingen? fragte Marcelino.

Angelita ließ vor Überraschung ihre Serviette fallen, Agustín hob sie auf.

– Vielen Dank.

Es war das erstemal, daß ihre Blicke sich aus solcher Nähe begegneten. Agustín las in den Augen des jungen Mädchens mühelos ihre Aufregung. Sie gingen ins Kino. Die Abenteuer von Douglas Fairbanks ließen Agustín vollkommen gleichgültig, aber die Schauspielerin erinnerte ihn durch eine Bewegung des Arms und ein Lächeln an Remedios. Als er das Kino verließ, hatte er sehr starke Kopfschmerzen, und man verabschiedete sich schnell.

– Kommen Sie uns doch öfter mal besuchen.

– Sehr gern.

– Schöne Grüße an Ihre Eltern.

– Vielen Dank.

– Und viele Küsse für den Kleinen.

Der Kleine. Der Sohn Remedios' und seines Vaters. Ein Krebsgeschwür.

9 Die Szene bei den Guzmans war tragisch. Sie fanden, daß der Abend ein Mißerfolg gewesen war: die Eheleute machten sich gegenseitig Vorwürfe. Angelita hörte nur die ersten Worte, denn ihre Mutter schickte sie sofort in ihr

Zimmer, damit sie ihr neues Kleid ausziehe. Was sie mit Sorgfalt und Liebe tat. Für sie hatte der Abend eine solche Fülle von Ereignissen gebracht, daß sie noch Wochen brauchte, wie ihr schien, um sie alle zu überdenken: das Kleid, Agustín, das Abendessen, das Kino, der Blick des jungen Mannes, als er ihr die Serviette zurückgab. Sie konnte die Quelle ihrer Erregung nicht voll ausschöpfen, denn ihre Erzeuger kamen herein und wollten ihre Eindrücke über den verehrten Verehrer wissen. Sie speiste sie ab mit einigen: – Ja doch ... Ich weiß nicht ... Wir werden ja sehen.

– Weißt du, was uns das kleine Fest gekostet hat? Über acht Duros! Und was kam dabei heraus?

– Aber Frau, so von heute auf morgen ...

– Hör zu, mein Freund, ich habe ein Gespür für so was, das Wild interessiert den Jagdhund nicht. Wer weiß, mit wem er zusammenlebt, bei seinem scheinheiligen Gesicht! Und seine Frau ist kaum drei oder vier Monate unter der Erde!

– Gut, Frau, schon gut. Wenn wir diesen Monat ein wenig am Essen sparen ...

– Vielleicht willst du wieder trockenes Brot und Ameisen essen, aber die gibt's im Augenblick nicht.

– Komm, wir gehen schlafen, wir verbrennen nur unnötig Licht.

In ihrem Zimmer brauchten die Eltern keins; die städtische Beleuchtung von der Straße genügte ihnen.

– Na, wann kommst du uns mal wieder besuchen? sagte Marcelino eine Woche später zu Agustín.

– An einem der nächsten Abende.

– Wann?

– Das sag ich Ihnen nicht, Ihre Frau wäre noch imstande, was Besonderes zu machen, und das will ich nicht.

– Aber ganz bestimmt nicht.

– Doch, doch, Don Marcelino; ich komme einmal, ohne mich vorher anzumelden, wie letzte Woche.

Der brave Uhrmacher war ganz verdutzt: was wollte dieser junge Mann damit sagen? Was meinte er mit »was Besonderes«? Oder glaubte er vielleicht, das Festessen von neulich abends wäre das tägliche Brot in seinem Haus? Sollte er wirklich sein Versprechen einlösen, bliebe ihnen nichts anderes übrig, als die Ausgaben etwas zu erhöhen. Aber wenn eine Dose Sardinen, solange sie nicht geöffnet wurde, immer ihren Wert behielt, genauso wie die getrockneten Fische und die Flasche Jerez oder die Oliven in ihrem Kräuteröl, könnte das Stück Schinken, und wäre es auch nur an der Schnittstelle, trotz größter Achtsamkeit trocken werden. Dennoch, und obgleich er hoffte, daß es nicht so käme, gab es ihm einen Stich durch Herz, als er im Lebensmittelgeschäft die Rechnung bezahlte. Unterdessen aßen sie nach wie vor ihren mit Knochen gekochten Eintopf – die Knochen geben den besten Geschmack – und aßen ihre Knoblauchsuppe, ohne Ei selbstverständlich:

– Marcelino verträgt keine Eier, wegen seiner Leber.

Sie kauften trockenes Brot, wenn möglich solches, das schon ein paar Tage alt war (da es weniger wog, bekamen sie es billiger):

– Es ist nämlich gesünder.

Angelita betete zur Jungfrau von Atoche, daß Agustín bald wiederkäme: ihr Glaube war nämlich groß, und sie hatte viel Zeit, an den jungen Mann zu denken, wenn sie stickte. Die Stickarbeit war ihre Spezialität, und ihre Eltern versäumten es nicht, Vorteil daraus zu ziehen. Ihre Mutter brachte die bestickten Blusen oder Taschentücher in einen Laden in der Calle de Carretas, denn einmal, es war nun schon zwei Jahre her, hatte man der Kleinen in einem Wäschegeschäft in der Calle del Barquillo ein falsches Durostück gegeben, und trotz der heftigen Proteste Doña Marías ließen sich die Geschäftsleute nicht erweichen, das

Geldstück umzutauschen, was eine Tragödie und den Kundenwechsel verursachte.

An einem Montag, einige Wochen nach dem Besuch Agustíns, mußte eine dringende Arbeit für eine Hochzeit abgeliefert werden; die Uhrmachersfrau hatte ihren Waschtag, und da außerdem erst am Samstag bezahlt werden sollte, mußte Angelita das Nachthemd mit seinen Durchbrüchen, seinen Reliefstickereien, seinen rapportierten Spitzen, seinem Spitzeneinsatz, seinen Spitzenkanten selber abliefern. Es war vielleicht das erstemal, daß sie ein besonderes Interesse für eine Arbeit gezeigt hatte, weil es sich um ein Brautnachthemd handelte; und obgleich sie ihrer Phantasie verbotene Wege untersagte, errötete sie innerlich doch über manche Gedanken, was man ihren Wangen auch ansah, besonders aber an jenem Tag, als sie unvermutet an der Ecke der Calle de la Cruz mit Agustín zusammenstieß.

Agustín hatte mit einer gewissen Lässigkeit seine Vertreterbesuche wiederaufgenommen. Da der Laden, in den Angelita ging, nur hundert Meter weit weg war, begleitete er sie. Er hatte ihre Augen nicht vergessen können. Die Unterhaltung war äußerst banal und bezog sich nur auf die Familie.

– Sie werden uns doch wieder besuchen?

– An einem der nächsten Tage.

Sie trennten sich vor der Ladentür des Geschäfts. Angelita sagte ihren Eltern nichts von dieser Begegnung und schrieb die Schuld an ihrem Schweigen der Scham zu. Es war ein Geheimnis, das sie bewahrte und das sie am Abend liebkoste.

Zur gleichen Zeit erhielt Petra einen Brief von Remedios aus Paris; sie fragte an, wie es ihrem Sohn gehe, und bat inständig, im Hause José María nicht von ihr zu sprechen.

Petra tat ihre Pflicht; sie ging nach dem Kind sehen, das prächtig gedieh, und unterhielt sich zehn Minuten lang schreiend mit Doña Camila über ihren eigenen Sprößling.

Die Dame versäumte nicht, ihrem Sohn von dem Besuch zu erzählen. Und der begab sich noch am gleichen Abend in die Calle del Peñón, konnte aber nichts erfahren. Der Schmerz belebte die Erinnerung an Remedios aufs neue.

Agustín machte sich selber Vorwürfe. Worauf konnte er denn hoffen? Warum begrub er nicht ein für allemal die Erinnerung an diese Frau? Er konnte es nicht; er stellte sich sein Leben mit Remedios vor: wenn sie seine Frau geworden wäre, alles Glück hätte ihnen gehört: vollkommenes Ruhekissen für alle Stunden des Tages und der Nacht. Er wußte genau, daß es töricht war, sich weiterhin an Hoffnungen zu klammern, die durch die Tatsachen schon längst zerstört waren, aber er mußte immer wieder an sie denken. Es kam schließlich so weit, daß er außer dem Allernotwendigsten kein Wort mehr mit seinem Vater sprach.

– Der arme Junge, der arme Junge! brummte Doña Camila. Die Erinnerung an seine Frau geht ihm nicht aus dem Kopf . . .

– Er sollte heiraten, sagte ihr Mann.

– So früh schon? Was würden die Leute sagen?

– Wieso, so früh? Er ist immerhin schon achtundzwanzig . . .

Don José María hatte die angebliche Witwenschaft Agustíns vergessen.

– Ja, gewiß, du hast recht, aber in ein paar Monaten . . .

– Du willst mir nur den Jungen wegnehmen.

– Aber nein, glaub mir doch. Ich habe das Gefühl, daß Agustín, selbst wenn er sich wieder verheiratet, uns den Jungen lassen wird.

– Möge Gott dich erhören.

Die Alte ist nämlich glücklich mit ihrem »Enkel« und macht sich Vorwürfe, daß sie nicht genügend über den Tod ihrer Schwiegertochter trauert. Sie betet für sie mit doppelter Inbrunst. Die Bemerkung ihres Mannes verhallte nicht ungehört:

– Hör mal, mein Junge, das Leben, das du führst, gefällt mir gar nicht. Wenn es der Wille Gottes war, daß die arme Remedios sterben sollte – möge er ihrer Seele gnädig sein –, dann mußt du die Dinge eben so hinnehmen, wie sie sind. Du mußt dich damit abfinden, Agustín; vergiß nicht, daß du noch jung bist und das ganze Leben vor dir hast. Wenn du dich wieder verheiraten willst, ist es besser, du tust es jetzt als später, vor allem schon wegen des Kleinen. Gewiß, ihm eine Stiefmutter zu geben, muß gründlich bedacht werden, aber auf jeden Fall . . . Warum suchst du dir denn kein braves Mädchen, das deine Lage versteht? Margarita zum Beispiel.

Agustín ging dieser Art von Gesprächen durch Ausflüchte aus dem Wege. Aber im Grunde war er nahe daran, sich diesen Argumenten anzuschließen.

– Siehst du, mein Junge, du bist für die Ehe geschaffen. Du bist mit Remedios glücklich gewesen, Gott sei ihrer Seele gnädig, aber das will nicht heißen, daß du keine andere finden wirst, die zu dir paßt. Margarita zum Beispiel.

Margarita wußte es und hätte nicht nein gesagt. Sie war die Tochter Don Jerónimos und Doña Teresas, die in der gleichen Straße Hausnummer 27 ein Möbelgeschäft hatten. Sie war zwar ein wenig fett und hatte die besten Aussichten, einmal die achtzig Kilo ihrer strahlenden Mama zu erreichen, die die Herrschaft über den Laden ausübte; seit zwanzig Jahren häkelte sie den lieben langen Tag, stolz und zufrieden, daß sie auf der Welt war. Don Jerónimo zählt nicht, oder besser gesagt, er zählt doch: das Soll und das Haben. Und Margerita, wenn sie nicht lacht, lächelt sie, glücklich, daß sie lebt. Sie ist ständig in Bewegung, geht hin und her, hat eine »eiserne« Gesundheit. Sie spielt Klavier, und man sagt, daß sie Französisch spricht. Sie ist bei den Theresenschwestern erzogen worden und stickt »wie ein Engel«. Agustín betrachtet Don Jerónimo hinter den Glasscheiben des »Büros« und sieht sich an seinem Platz sitzen. Er hat keine klaren Vorstellungen über seine Zukunft, aber diese Perspektive, darüber gibt es keinen Zweifel, gefällt ihm nicht.

– Da ist wenigstens was zum Anfassen, fügt Don José María mit einem Augenzwinkern hinzu, wenn er von dem Mädchen spricht, das sehr nach seinem Geschmack ist.

Don Marcelino, der drei Türen weiter wohnt, riecht natürlich den Braten. Er ist überzeugt – und seine Frau teilt diese Meinung –, daß Margarita eine Rivalin für Angelita ist. Sie geben den Kampf auf, die andern haben die Partie gewonnen. (Denn dort ist wenigstens was zum Anfassen, denken sie unisono, ohne es zu sagen, wenn sie mitleidig die Magerkeit ihrer einzigen Tochter betrachten.) Außerdem werfen die Möbelhändler ihr Geld zum Fenster raus, ohne an die Zukunft zu denken (auf der Brust Doña Teresas glänzt eine neue Brosche, ein Geschenk für die kürzlich gefeierte silberne Hochzeit). Daher waren sie ganz baß erstaunt, daß Agustín eines schönen Abends zu den Uhrmachern zum »Abendessen« heraufkam. Es gab eine Fleischsuppe und sonst nichts. Der Schinken war am Ostersonntag, nachdem man alle Hoffnungen aufgegeben hatte, verschwunden, zur Hälfte im Essen, der Rest wurde scheibenweise gegessen. Zum Glück blieb noch die Dose Ölsardinen. Agustín entschuldigte diese Dürftigkeit mit der Armut der Leute; denn obgleich der Uhrmacher als Knicksack verschrien war, konnte er sich einfach nicht vorstellen, daß sein Geiz so weit gehen würde. Er lud sie zu einem Kaffee ein, und sie gingen an die Plaza de Santa Ana. Sie sprachen übers Theater, vielleicht weil *El Español* und die *Comedia* gleich nebenan waren, und kamen überein, am kommenden Samstag abend hinzugehen.

– Nun nutz die Gelegenheit, Mädchen, ich glaube, daß er eine Schwäche für dich hat.

– Aber Mama, wie kommst du denn darauf?

– Auf jeden Fall interessiert er sich nicht für die Tochter des Möbelhändlers.

– Na und?

– Das ist immerhin schon etwas. Schau ihn an und schlag dann die Augen nieder, als ob du dich schämtest . . .

– Mutter!

– Du wirst das andere Kleid anziehen. Bring es her, damit wir den Ausschnitt am Hals etwas weiter machen.

– Ich will nicht.

– Es ist das einzige an dir, das nicht allzu schlecht ist . . .

Der Abend war ein Fiasko. Angelita brachte die Zähne nicht auseinander. Und außerdem war das Stück schlecht. Aber am Ausgang fand das Mädchen Gelegenheit, Agustín zu sagen, daß es mit ihm sprechen wolle.

– Wo?

– Morgen, nach der Acht-Uhr-Messe.

Sie gingen die Calle del Prado hinunter, und als sie an der Plaza de la Lealtad ankamen, sprach Angelita ohne Umschweife, aber per Sie:

– Hören Sie zu, Agustín, meine Eltern wollen, daß ich mein möglichstes tue, damit Sie sich für mich interessieren, damit wir heiraten. Aber ich will nicht.

Sie hatte gesprochen, ohne die Augen vom Boden zu heben. Sie bleib stehen; sie konnte nicht mehr. Sie hatte geglaubt, daß sie es nie sagen könnte. Aber nun war es heraus. Es war, als hätte man sie gerade zum Tode verurteilt. Sie war gestorben, und jetzt konnte sie besser atmen. Sie hatte nur den einen Wunsch: fortzulaufen und sich in ihr Zimmer einzuschließen, aber sie konnte keinen Schritt machen. Agustín merkte es, er nahm sie am Arm – ein mageres Fleisch, unter dem man die Knochen spürte, wenn man ein wenig drückte.

– Wollen wir uns einen Augenblick hinsetzen?

– Gut.

Sie setzten sich auf eine Bank am Paseo del Prado. Es

herrschte eine Temperatur, wie sie dem menschlichen Körper am angenehmsten ist; man spürte die Luft nicht, und die Morgensonne vergoldete alles. Die Allee war fast ausgestorben.

– Hast du einen Bräutigam?

– Nein.

– Gefalle ich dir nicht?

– Nein, das ist es nicht.

Agustín wollte nicht sagen, daß er sie verstünde. Nicht, daß die Haltung des Mädchens ihn amüsierte, aber es war etwas Unerwartetes, das ihn aus seiner Melancholie riß.

– Bin ich eine so begehrenswerte Beute?

Angelita lächelte.

– Es hat den Anschein.

Sie machte eine kleine Pause und sagte dann mit unsagbarem Mut:

– Und mit was für einem Köder man dich angeln wollte!

– Ich weiß nicht, warum du das sagst: du hast sehr hübsche Augen.

– Das ist nett von dir. Aber ich mache mir keine Illusionen, man hat mir noch nie Komplimente gemacht. Wenn man mal zufällig was zu mir sagt, dann nur, um sich über meine Magerkeit lustig zu machen. Manchmal muß ich darüber lachen. Einmal, ich war vielleicht vierzehn oder fünfzehn Jahre alt, hat einer zu mir gesagt: »Gehen wir fischen, Angelrute?«

Es war kein Groll in dieser Erinnerung. Angelita war überzeugt, daß sie zu nichts taugte. Der unerfüllte Wunsch ihrer Eltern, daß sie ein Junge werden sollte, trug viel dazu bei. Aus rein wirtschaftlichen Gründen hatten sie keine weiteren Kinder mehr bekommen. Bei zweien hätten sie schon ein Dienstmädchen gebraucht, und sie konnten sich einfach nicht an den Gedanken gewöhnen, für eine Arbeit, die nichts Greifbares einbrachte, etwas zu bezahlen, und sei es auch noch so wenig. Angelita sagte ganz leise, eigentlich zu sich selber:

– Ich hätte ein Junge werden sollen.

– Du? Warum denn? Möchtest du gern Fußball spielen?

– Nein, nicht deswegen. Aber die Männer sind was anderes.

– Ja, das glaube ich auch.

Sie lachten.

– Willst du heute nachmittag mit mir auf den Fußballplatz gehen?

– Ich bin noch nie dort gewesen.

– Ein Grund mehr.

– Wie du willst.

Doña María fiel fast in Ohnmacht, als ihre Tochter ihr so ganz beiläufig, wie es schien, erzählte, daß Agustín um halb drei vorbeikäme, um mit ihr nach Chamartín zu gehen.

– Du siehst also, es ist ganz einfach: diese elf weißgekleideten Spieler – die Madrider Mannschaft – sollen den Ball so oft wie möglich ins Tor von Barcelona, das heißt also zwischen diese Pfosten dort, schießen. Barcelona, das sind die elf Spieler mit den blau-rot gestreiften Trikots. Und umgekehrt. Sie spielen eineinhalb Stunden lang, zwei Halbzeiten zu je fünfundvierzig Minuten. Dieser Herr mit der Trillerpfeife und den kurzen blauen Hosen ist der Schiedsrichter. Und die andern, die mit den kleinen Fähnchen an den Seitenlinien entlanglaufen, sind die Linienrichter. Wenn der Ball ins Aus geht, heben sie kleine Fähnchen hoch. Das ist alles.

– Und zwanzig Mann, die hinter einem Ball herlaufen, ziehen so viele Leute an?

– Das ist noch gar nichts. Alle diese Leute mitsamt ihren Familien tun die ganze Woche nichts anderes, als die Pässe und Tore zu kommentieren.

– Ich glaubte, es sei was ganz anderes.

– Was denn?

– Ich weiß nicht. So etwas wie ein Stierkampf.

– Siehst du gern Stierkämpfe?

– Ich habe noch nie einen gesehen.

Nach zwanzig Minuten langweilte sich Angelita, da sie weder die Kniffe des Spiels noch die Reaktionen des Publikums verstand.

– Passiert sonst nichts?

– Nein. Langweilst du dich?

– Nein. Ich hab noch nie so viele Leute beisammen gesehen.

Sie schreckte zusammen, als Monjardin, der Mittelstürmer von Madrid, das erste Tor des Tages schoß. Alle stellten sich an, als seien sie verrückt geworden.

– Wie leicht man die Leute doch froh machen kann! Sie sind ja so glücklich, daß die Spieler sich eigentlich anstrengen sollten, damit es öfters vorkommt: Sie sollten mindestens alle fünf Minuten ein Tor schießen.

– In der Schwierigkeit liegt das Vergnügen.

Sie gingen ins Mahou, ein Glas Bier trinken, und aßen dazu Garnelen. Angelita erinnerte sich, daß sie nur ein einziges Mal Garnelen gegessen hatte, vor Jahren. Agustín gefielen Angelitas Augen, er sah sie an, ohne sich zu genieren.

– Was schaust du mich so an?

– Deine Augen.

– Es ist das einzige an mir, was nicht allzu schlecht ist.

Sie errötete bei der Erinnerung an das Gespräch mit ihrer Mutter.

– Du hältst dich für schlechter, als du bist.

– Nein. Ich tauge nichts.

– Warum sagst du das?

– Weil es die Wahrheit ist.

Es stimmt, dachte Agustín, das arme Mädchen taugt nicht viel. Es tat ihm leid, daß sie selber davon überzeugt war. Und um eine gute Tat zu begehen, zum andern aber auch, um zu sehen, ob er aus der Zwickmühle herauskäme, in der er steckte, sagte er ganz einfach zu ihr:

– Sollen wir uns verloben?

– Nein. Denn du liebst mich nicht und tust es nur aus Mitleid.

Agustín war verblüfft und widersprach mit keinem Wort, weil er nicht wußte, was er sagen sollte. Wenn die Frauen so die Wahrheit verkünden, dachte er, sind wir die Blamierten. Dann protestierte er:

– Ich habe nicht gesagt, daß ich dich liebe, Angelita, sondern ich habe dich lediglich gefragt, ob wir uns verloben sollen.

– Ist das nicht das gleiche?

– In den meisten Fällen vermutlich ja.

– Das heißt, daß wir nicht sind wie die andern?

– Nein, ich . . .

– Ich weiß, du bist Witwer, und du hast einen Sohn. Und ich bin ein armes Mädchen, das Mitleid erregt.

– Willst du es nicht versuchen?

– Wozu? Damit ich mich in dich verliebe und du mich dann sitzenläßt und sagst: »Entschuldige, Kleines, aber es kann nicht sein . . .«

– Oder umgekehrt.

– Nein, umgekehrt nie.

– Warum nicht?

– Weil du ein Mann bist und ich eine Frau.

– Ich fühle mich sehr allein, Angelita.

– Du hast deinen Sohn, deine Eltern.

– Wenn ich dir erzähle . . .

– Wenn es dir guttut, dann erzähle.

– Nein, heute nicht.

– Warum nicht?

– Ich könnte nicht.

– Hast du kein Vertrauen zu mir?

– Das ist es nicht.

– Wie du willst.

Sie sprachen nur noch wenig, und Agustín wollte sie nicht bis in die Wohnung begleiten. Die Uhrmacher bedauerten es wegen der Flasche Wermut, die sie in Erwartung des Paares aufgemacht hatten. Sie konnten es kaum erwarten, bis sie alle Einzelheiten erfuhren.

– Er hat um meine Hand angehalten.

– Und?

– Ich habe nein gesagt.

Das gab einen schönen Tumult. Sie schimpften sie ein undankbares Geschöpf und vieles andere mehr.

– Bring Opfer für deine Kinder, und sie werden dir die Augen aushacken. Was willst du noch mehr? Was kannst du Besseres erwarten?

Doña María bemühte sich, die Wut Marcelinos zu dämpfen, aber es gelang ihr nicht: er bekam es an die Galle und dazu Magensäure und mußte dreimal Natron schlucken.

– Das bring ich schon in Ordnung! Warte nur, wie ich das in Ordnung bringe!

– Aber wenn die Kleine doch nicht will . . .

– Sie hat nichts zu wollen! Sie ist eine Heuchlerin, wie alle anderen.

– Geht das etwa auf mich?

– Auf dich und selbst die Jungfrau Maria, wenn ich sie vor mir hätte!

– Ave Maria! Du weißt nicht, was du sagst!

Er wußte es nicht.

10 Agustín fehlte am nächsten Tag nicht bei der Tertulia, und Don Marcelino zog ihn in die Ecke, wo die Kinderautos und -fahrräder standen.

– Hör zu, Agustín, die Kleine hat keine Geheimnisse vor

uns, und sie hat uns von deinen Absichten berichtet ... Wir sind, vorausgesetzt natürlich, du meinst es ernst ... Nein, sag nichts, entschuldige bitte ... Kurzum, was uns angeht, wir sind einverstanden.

– Aber sie nicht.

– Ach, Mann, du weißt doch, wie die Frauen sind.

– Also?

– Ich will dir damit nur sagen, daß du den Mut nicht verlieren sollst. Du weißt gar nicht, wie die Mädchen heutzutage sind, vor allem wenn es die einzige Tochter ist, verwöhnt, viel zu verwöhnt. Wir haben ihr nie einen Wunsch abgeschlagen (es stimmte, sie hatte nie einen gehabt). Ihre Mutter ist eine Heilige. Ich wollte nur, daß du weißt, daß wir keine Bedenken haben: Du kannst zu jeder Zeit zu uns ins Haus kommen.

– Vielen Dank, Don Marcelino.

– Weißt du, Junge ... sagte er und schlug ihm dabei auf den Rücken, ich sage es nicht, weil sie meine Tochter ist, aber du hättest es kaum besser treffen können – er lachte –, sie ist ein richtiges Hausmütterchen und dabei sparsam, weißt du, wirklich sparsam. Heutzutage kommt man nämlich ohne Sparsamkeit zu nichts.

– Willst du mich wirklich heiraten?

– Ja.

– Aber an mir ist doch nichts Besonderes ...

– Ich bin auch kein Apoll ...

– Es gibt so viele andere, die besser sind als ich.

– Aber dich liebe ich eben.

– Du liebst mich?

– Ja, ich liebe dich.

– Dann gehöre ich dir, mit allem, was ich bin und habe.

In der Stimme Angelitas lag nur Reinheit. Zum erstenmal nahmen sie sich bei der Hand. Agustín war entschlossen, sie zu lieben, und flüchtete sich in diese Illusion.

– Ihr werdet natürlich den Jungen mitnehmen wollen,

sagte Doña Camila an dem Morgen, an dem Agustín ihr mitteilte, daß die Verlobungszeit sehr kurz sein würde.

– Wie könnten wir ihn dir wegnehmen?

– Ist das wahr –, und die Welt erstrahlte für die brave Frau wieder in hellem Glanz. Wie gut du bist, Agustín! Wie gut du bist! Und sie fand die zweite »Ehe« ihres Sohnes ausgezeichnet.

José María hingegen war sie völlig gleichgültig; er war schon immer der Ansicht gewesen, daß sein Sohn ein reiner Tor sei. Da gab es nun so viele Frauen in Madrid, und ausgerechnet diese Bohnenstange mußte er sich aussuchen! Aber bitte, wenn es ihm Spaß machte!

Er selber schwamm im Augenblick obenauf. Er war Mitglied im Kreis der Schönen Künste geworden und hatte in der Calle de Bárbara de Braganza eine kleine Wohnung eingerichtet für Ninón, so hieß die Nutte, auf deren Rundungen die dumme Gans (so sagte er), die sein Sohn heiraten wollte, neidisch gewesen wäre. Eines Nachmittags, als sie aus dem Kino kamen, gingen Agustín und Angelita ins Molinero zu einem kleinen Imbiß, und er erzählte ihr die Geschichte von Remedios, seinem Vater und sich.

Und während Agustín erzählte, wuchs in ihr die Bewunderung und die Liebe zu ihrem Bräutigam. Sie fand sein Verhalten heroisch und gab es ihm durch zärtliche Händedrücke zu verstehen. Was sie nicht ganz verstand, unter anderem, weil Agustín sich über diesen Punkt nicht näher ausgelassen hatte, war der Grund, weswegen Remedios verschwunden war. Sie witterte allerdings etwas, denn in dem Bestreben, die Sohnesliebe Agustíns zu preisen, ließ sie einige verächtliche Bemerkungen fallen für jene, die fähig gewesen war, in der Sünde zu empfangen und dann die Frucht ihrer schuldhaften Liebe zu verlassen: das Universum Angelitas war in der Tat voller Gemeinplätze, und ihre ganzen literarischen Kenntnisse beschränkten sich auf *Maria, die Tochter des Tagelöhners*, ein Buch, das ein Kunde einmal als Pfand für eine kleine Uhrkette zurückgelassen hatte; ein schlechtes Geschäft übrigens, das Don Marcelino nie verwinden konnte.

Die Bemerkungen Angelitas behagten Agustín nicht, und er gab es ihr deutlich zu verstehen, indem er die Verdienste Remedios über den grünen Klee lobte. Angelita war im Begriffe, darüber einen Streit vom Zaun zu brechen, als etwas in ihrem Inneren ihr riet, den Mund zu halten. Das tat sie auch, aber sie vergaß nie Agustíns glühende Verteidigung der Verschollenen. Sie sprachen über das Kind und beschlossen gemeinsam, es Doña Camila zu lassen.

Wegen der Trauer, der Armut der Brauteltern und der Lustlosigkeit des Vaters des Bräutigams war die Feier bescheiden. Die Jungvermählten nahmen den Andalusienexpreß und stiegen in Córdoba aus. Die unvermeidliche Reiseroute sollte sie nach Sevilla und Granada führen. Es ging auf den Monat Oktober zu, und das Wetter war prächtig. Agustín erzählte seinen Freundinnen in der Calle del Peñón nichts von seiner Hochzeit. Sie erfuhren es erst einige Monate später, als Petra Doña Camila wieder einmal einen Besuch abstattete. Die Neuigkeit schlug ein wie eine Bombe. Sie glaubte tatsächlich, Agustín hätte geschwiegen, weil sie selber ihm ihre Hochzeit nicht rechtzeitig mitgeteilt hatte.

11 Vom zweiten Tag seiner Ehe an war Agustín davon überzeugt, daß er Angelita nicht liebte und wahrscheinlich nie lieben würde. Er war sich der Beweggründe, die ihn zu dieser Heirat geführt hatten deutlich bewußt, und er wußte genau, daß er auch jedes andere Mädchen geheiratet hätte, das ihm so sympathisch gewesen wäre wie seine Frau. Die Atmosphäre des Elends und der Knausrigkeit, die bei den Uhrmachersleuten herrschte – und die er im Verlaufe ihres sechsmonatigen Verlöbnisses zur Genüge kennengelernt hatte –, war ebenfalls nicht ohne Einfluß auf seinen Entschluß gewesen.

Alle Freude war ausschließlich für sie. Es gefiel ihm, sie glücklich zu sehen bei der Entdeckung der Welt. Er war darauf bedacht, jeden ihrer Wünsche, von denen keiner sinnlos war, zu erfüllen. Angelita konnte gar nicht an so viel Schönheit glauben, und von Zeit zu Zeit kniff sie ihren Mann, um sich von seiner Existenz zu überzeugen.

– Mir scheint, als träumte ich.

– Warum?

– Weil wir in Córdoba sind, weil *ich* in Córdoba bin, mit meinem Herrn Gemahl, weil man mich Señora nennt, weil ich nicht schon in aller Herrgottsfrühe aufstehen muß, um das Frühstück zu richten, weil die Leute und auch ich so viel und so gut essen, weil ich nichts anderes zu tun brauche, als dich zu lieben, dich, der du der schönste und beste Mensch auf der Welt bist.

Sie übertrieb nicht, und Agustín merkte es, und es war die Quelle seiner eigenen Ruhe. Er empfand eine große Zärtlichkeit und ein wenig Mitleid für seine Frau.

Agustín kannte Andalusien nicht, und sie mußten auf Pläne und Fremdenführer zurückgreifen, an denen es nicht fehlte. Sie sahen fast alles. Der Paseo des Gran Capitano, die Calle de Cristobal Colón und die Calle de la Victoria beeindruckten sie nicht sonderlich, im Gegensatz zu den kleinen Gassen und Patios, obgleich sie Agustín an gewisse Dekors spanischer Singspiele erinnerten. Angelita war über die vielen Blumen begeistert, die sie sehr liebte. Es machte ihr Spaß, durch den Park de la Merced oder den Park de la Madre de Dios zu spazieren. In der Moschee staunten sie nur über die Anzahl der Säulen. Sie sahen die Klöster: Carmen Calzado, San Lorenzo, San Andrés, San Juan, San Nicolás, San Hipólito, die ebenfalls nicht weiter ihre Aufmerksamkeit erregten; was die Gemäldegalerien betraf, so konnten sie mit dem Prado, den sie nebenbei bemerkt nie besucht hatten, nicht verglichen werden. (Agustín war einmal an einem Sonntagmorgen, an dem er sonst nichts zu tun hatte, hingegangen, aber er war schnell wieder hinausgegangen, es gab zuviel dort zu sehen.) Die Brücke gefiel ihnen. Angelita war von all dem Neuen sehr beeindruckt, Agustín, »der viel gereist war«, staunte über nichts, worüber seine Angetraute zufrieden war: sie fühlte sich von den Kenntnissen ihres Mannes beschützt. Mehr noch als für Paseos und Denkmäler interessierte sich die Jungvermählte für den Komfort des Hotels, die Klingelknöpfe, den Aufzug, die Badezimmer, die Kellner, das reichhaltige Menü, das Dessert zu allen Mahlzeiten, Zucker im Kaffee, soviel man wollte, die Teppiche, das Papier mit Briefkopf, die Freundlichkeit der Dienstboten, das Bett, das immer gemacht wurde, und auf der Bettdecke ihr Nachthemd – einfacher als das andere, aber auf jeden Fall mit Durchbrüchen und Spitzen –, der Schlafanzug ihres Mannes und die in einer Reihe stehenden Pantoffeln auf dem Bettvorleger.

Sie gingen jeden Tag ins Kino oder ins Theater und ins Café.

Was die andere Sache betraf, so schien sie durch ihre anämische Konstitution verkümmert zu sein, und Angelita faßte das, was Agustín mit so wenigen Kosten Befriedigung zu verschaffen schien, als eine übrigens nicht sehr lästige Pflicht auf.

In Sevilla war es der Park de María Luisa, der ihnen am besten gefiel, obgleich die Baustellen für die Ibero-Amerikanische Ausstellung den Zugang an recht vielen Stellen unmöglich machten. Die Gärten des Alcazar gefielen ihnen weniger. Sie beschlossen, keine Kirchen mehr zu besichtigen (sie sahen sich alle ähnlich), aber sie gingen nach San Juan de Aznalfarache. Ein bezaubernder Ausflug, der Agustín an *Die Andalusierin* von Palacio Valdés erinnerte. Am Sonntag wohnten sie einem Stierkampf bei, in der *Mae-*

stranza fand eine Novillada statt. Als der Kampf gegen das dritte Tier begann, verließen sie die Arena, denn Angelita konnte so viel Blut nicht sehen. Jene, die sie belästigten, als sie hinausgingen, rissen ihre Witze über sie.

Die gebackenen Fische, der Manzanillawein, das Frühstück im Pasaje de Oriente und die Murillos im Museo Provincial blieben ihnen in besserer Erinnerung. Wegen der Jahreszeit waren die Orangenbäume eine kleine Enttäuschung für Angelita, die zusehends an Gewicht zunahm.

Von den vier Tagen, die sie ursprünglich in Granada bleiben wollten, verbrachten sie zwei Tage in Malaga, weil die junge Frau noch nie das Meer gesehen hatte und der Hotelkellner ihnen versicherte, als er den gebackenen Fisch anpries, daß er nirgends so gut sei wie dort. Sie ließen sich mühelos überzeugen, hingerissen von den öligen und warmen Papiertüten. Das Mittelmeer gefiel der jungen Frau wunderbar, obgleich:

– Ich hatte es mir anders vorgestellt.

Agustín erzählte ihr vom Golf von Biskaya von den Wellen, von der Ebbe und Flut. Angelita wagte nicht ins Wasser zu gehen, vor allem weil sie sich ihrer Magerkeit schämte.

Die Kathedrale fanden sie gut, und sie gingen auf die Burg von Gibralfaro in der Absicht, die Sierra Bullones zu sehen, aber der Nebel machte ihnen einen Strich durch die Rechnung.

– Dort hinten liegt Afrika!

– Ach, was du nicht sagst!

– Ja, antwortete Agustín scherzend, es gibt so viel, das man nicht sieht.

Im Hafen sahen sie einige Kinder, die angelten, was Angelita mächtig interessierte. Sie ekelte sich vor einem kleinen Fisch, der in der Dämmerung silbrig glänzte. An diesem Abend wollte sie keinen von den köstlichen gebackenen Fischen. Als sie dann auf der Terrasse eines Cafés in der Calle de Larios neben der Plaza de la Constitución saßen, erkältete sie sich; sie hatte ein wenig Fieber, als sie in Granada ankamen; man gab die Schuld der Umsteigerei in Bobadilla und dem Luftzug auf dem erbärmlichen Bahnhof. Sie verließen das Hotel nicht mehr bis zum Tag ihrer Rückkehr nach Madrid, an dem sie einen Gang durch die Alhambra machten, schnell und ohne sich aufzuhalten. Sie gefiel ihnen sehr.

12 Trotz der Proteste der Eltern, die fanden, daß sie zu weit voneinander weg seien, hatten sie eine Wohnung in der Calle San Bernardo gemietet. Agustín hatte es absichtlich getan, um so mehr, als »es ein gutes Geschäft war«. Sie hatten sich gleich ein Dienstmädchen genommen, worüber Doña María ein lautes Geschrei erhob. Noch vor der Hochzeit, als sich das heikle Problem der Dienstboten stellte, hatte sie ihrer Tochter folgendes gesagt:

– Schau, mein Kind, man weiß nie, was einmal passieren kann.

Es ist immer besser, wenn man ein wenig Geld auf der hohen Kante hat. Ich habe nichts gegen Agustín. Er hat dich aus eigenem Antrieb gewählt, du hast dein Jawort gegeben, und ich hoffe daß ihr sehr glücklich miteinander werdet. Ärgere ihn nie, obgleich die Männer manchmal die unmöglichsten Ansichten haben. Wenn du tust, was er will, hast du die Möglichkeit, daß er dir bei sich bietender Gelegenheit ebenfalls deinen Willen läßt. Aber sieh zu, daß das, was ihm gefällt, auch dir gefällt, dann triffst du nämlich zwei Fliegen auf einen Schlag: Indem du ihm gibst, was er will, hast du das, was dir Spaß macht. Vor allem aber paß gut auf das Geld auf. Denn alles, was man in den Romanen über das Geld oder das Leben liest – das war ein Gemeinplatz in jenem ärmlichen Haushalt, den sowohl der Mann als auch die Frau bei jeder Gelegenheit aufs Tapet brachten –, ist nichts weiter als Literatur, Dinge, die man so sagt, um was zu sagen. Geld und Leben, mein Kind, gehören so eng zusammen, daß das eine ohne das andere nicht bestehen kann. Vom Geld kommt alles Gute, und alles Schlechte kommt daher, daß man keins hat. Wenn du es ausgibst, und sei es auch nur für das Allernötigste, werden alle Todsünden, alle, ohne Ausnahme, auf dich zukommen, und du wirst in dieser Welt und in der anderen unwiderruflich verloren sein. Wenn du hingegen dein Geld gut zusammenhältst, ohne es irgend jemand zu zeigen und ohne es herzuleihen, damit niemand weiß, daß du welches hast, wird ein großer innerer Friede über dich kommen, und du wirst ein Glück finden, das sich mit nichts sonst vergleichen läßt. Du mußt zusehen, daß dein Mann sein ganzes Geld, das er verdient, dir gibt, damit du es verwalten und sparen kannst. Vor allem aber keine überflüssigen Ausgaben. Im äußersten Falle noch während der Hochzeitsreise, obwohl ich persönlich so was für eine Dummheit halte: Denn wozu soll man sich eine andere Gegend ansehen als die, in der man wohnt? Was habt ihr denn in Granada oder in Sevilla verloren? Ganz abgesehen von dem Heidengeld, das ihr in den Hotels zahlen müßt, und weiß Gott, ob sie überhaupt sauber sind! Und anstatt dir kleine Geschenke machen zu lassen für das Vergnügen, das du ihm gibst, iß lieber etwas mehr oder noch besser, laß dir das Geld dafür geben und leg es auf die hohe Kante. Wenn ihr dann später wieder zu Hause seid, suchst du dir ein gutes Versteck dafür. So wirst du angenehmere Abende verbringen, als wenn du ins Kino gingst; an sich wäre das Kino ja nicht so übel, wenn man nicht astronomische Summen bezahlen müßte, um etwas zu sehen, das sofort wieder verschwindet.

Angelita war sehr erstaunt, weil ihre Mutter nie so mit ihr gesprochen hatte. Sie hatte sich damit abgefunden, daß bei ihnen Schmalhans Küchenmeister war, weil sie eben glaubte, daß das väterliche Geschäft nicht mehr abwerfe. Jetzt entdeckte sie die Wahrheit.

– Unter keinen Umständen darfst du zulassen, daß ihr euch ein Dienstmädchen ins Haus holt. Sie sind alle Inkarnationen des Teufels. Gott sei Dank haben wir dich so erzogen, daß du alles sehr gut selber machen kannst. Darüber hinaus wird dir wahrscheinlich noch genug Zeit bleiben, um zu sticken und deinen Eltern zu helfen, falls dein Mann nichts dagegen hat. Denn ich brauche dir wohl nicht zu verhehlen, daß du uns sehr fehlen wirst. Ein Mädchen mit deinen Vorzügen hätte Agustín in ganz Madrid und Umgebung mit der Lupe suchen können, er hätte keins gefunden. Und vergiß nicht, daß die Sparsamkeit die Quelle aller Tugenden ist und daß alle Laster von der Verschwendung kommen. Ich habe nie mit dir darüber gesprochen, aus dem einfachen Grunde, weil du bisher keine Gelegenheit gehabt hast, es in die Praxis umzusetzen, aber es ist gut, daß du es endlich einmal weißt, damit es dir nicht geht wie den Leuten, die nicht an den nächsten Tag denken. Vergiß nicht, daß du krank werden kannst, du oder dein Mann, und was dann? Dann kommt das Krankenhaus, das Schlimmste, was einem Menschen passieren kann. Ich sage dir das alles unter vier Augen, aber mit Wissen und Zustimmung deines Vaters. Ansonsten brauche ich dir nichts zu sagen, denn die Welt, in der wir heute leben, ist ja so verworfen, daß die Jungen mehr wissen als die Alten.

Was zwar nicht sicher war, allerdings der Wahrheit zuliebe gesagt werden muß, daß Doña María auch nicht gerade durch besonderes Wissen in Liebesdingen glänzte.

Angelita schlug die mütterlichen Ratschläge in den Wind, vor allem weil sie den Wert des Kleingeldes nicht kannte und über den der Geldscheine nichts wußte. Ihr Leben hatte sich von Grund auf verändert und trug jetzt den Namen Agustín; alles was er tat, fand sie gut, und sie war unfähig, von ihm Rechenschaft zu verlangen. Man hatte ein Dienstmädchen, man ging ins Kino, und man machte kleine Ausgaben, was zur Folge hatte, daß die Beziehungen zwischen dem jungen Ehepaar und den Uhrmachersleuten sich abkühlten: Eines schönen Tages bekam Agustín Wind von den Vorwürfen seiner Schwiegermutter und wies sie höflich zurecht.

Don Marcelino und seine Frau, die die Hoffnung aufgegeben hatten, von ihrer Tochter eine Unterstützung zu erhalten – sie hatte sich rundheraus geweigert, mit Agustín darüber zu sprechen –, beschlossen, das einzusparen, was Angelita ihnen vor ihrer Hochzeit durch ihre Stickarbeiten eingebracht hatte. Sie beschränkten ihre Mahlzeiten, die nun noch kärglicher wurden, aufs Frühstück und aufs Abendessen. Der Uhrmacher kam auf den Gedanken, daß es vielleicht gar nicht so schlecht wäre, wenn seine Frau in der Zeit, in der sie nichts im Haushalt zu tun hatte, betteln ginge. Die Vorstellung, daß sie auf diese Weise einige Centimos zusammenbekämen, ohne etwas anderes tun zu müssen, als die Hand aufzuhalten, erfüllte ihn mit unsagbarer Freude. Er sprach vorsichtig mit María darüber, und er tat gut daran, daß er es vorsichtig tat, denn zu seiner großen Überraschung lehnte seine Frau sich auf: Aber nein, was hatte er sich denn gedacht! Sparen und sowenig wie möglich ausgeben, in Ordnung, aber doch so, daß die Leute es nicht sehen. Man darf nie standeswidrig handeln. So konnte der alte Mann in der Tertulia des Warenhauses Schlechtes über die eigenen Frauen sagen, wobei ihm der Erfolg zuteil wurde, der diesem Thema immer sicher ist.

13 Zwei Monate nach der Rückkehr nach Madrid bestand über die Schwangerschaft Angelitas kein Zweifel mehr: Unwohlsein, Erbrechen, Schwindel. Die Sache sah von Anfang an schlecht aus. Agustín ließ einen Arzt kommen, Carlos Riquelme, den er als Student kennengelernt hatte. Dieser Arzt wohnte damals in einer Pension in der Calle de Mesón de Paredes direkt neben ihm. Sie hatten sich seit einigen Jahren aus den Augen verloren, bis sie sich eines Tages auf der Gran Vía wiederbegegneten. Riquelme wollte Angelita untersuchen, die nicht aus dem Bett aufstehen konnte, aber die junge Frau weigerte sich hartnäckig: Sie ließ zu, daß er sie abhörte, ihren Puls befühlte, ihre Zunge betrachtete, mehr nicht. Agustín konnte noch so sehr darauf bestehen, es war zwecklos.

Im Eßzimmer, inmitten der alten Möbel aus dem Möbelhaus Rodríguez, die noch aus seiner »ersten Ehe« stammten, diagnostizierte der Arzt eine angeborene Schwäche, eine offenkundige Anämie, die vermutlich durch unzureichende Ernährung hervorgerufen worden war, und äußerte Zweifel an einer zufriedenstellenden Entwicklung der Schwangerschaft. Über die Entbindung konnte man sich später noch Gedanken machen. Er verschrieb Stärkungsmittel, ein Medikament auf der Basis von Brechnüssen und Überernährung: gute Weine, Hühnerbrühe, Milch mit Eigelb und viel Ruhe.

Die junge Frau verschlang alles, was man ihr gab, aber ihr Magen behielt es nicht bei sich. Agustín wurde vom jungen Ehemann zum Krankenpfleger. Er entledigte sich dieser Aufgabe zwar nicht mit Freuden, aber doch mit Geduld. Der Anblick Angelitas war meistens deprimierend. Hinzu kam noch, daß seine Schwiegereltern ihn auf die Palme brachten, weil sie fanden, daß ihre Tochter »in Anbetracht ihres Zustandes« sehr gut aussähe, und über das viele verschwendete Essen jammerten.

– Sagen Sie mal, Agustín, ich mische mich vielleicht in etwas ein, das mich nichts angeht, aber warum kaufen Sie so teure Eier, wenn Sie wissen, daß meine Tochter sie todsicher wieder von sich gibt?

Da seine Frau im Bett lag, glaubte Agustín sich nicht berechtigt, seiner Schwiegermutter so zu antworten, wie sie es verdient hätte. Doña Camila kümmerte sich um den Kleinen, und man sah sie kaum. José María ließ sich nicht blicken: Es ging das Gerücht, er brauche bald ein Auto, um seinen vielfachen Geschäften nachzukommen. Angelita war ganz verzweifelt, nicht weil sie Nachkommenschaft erwartete, sondern wegen ihrer Gesundheit.

– Du Ärmster, sagte sie zu Agustín. Darum hast du mich also geheiratet? Genausogut könntest du auch der Mann einer Lahmen sein. Ich kann mich nicht auf den Beinen halten, und anstatt eine Wohnung zu haben, in der alles blitzblank ist, herrscht überall Unordnung. Hast du nachgesehen, ob Cristina im Eßzimmer Staub gewischt hat? Es macht mich ganz elend, wenn ich daran denke, daß alles drunter und drüber geht. Was hast du denn gegessen, Agustín? Ich tue, was ich kann, aber meine Kräfte reichen einfach nicht dazu aus, mehr zu tun. Du hast eine richtige Zimperliese geheiratet. Du mußt den ganzen Tag draußen herumlaufen, und wenn du nach Hause kommst, mußt du auch noch den Krankenpfleger spielen. Du schläfst kaum, sag nicht das Gegenteil, ich sehe es. Ich kann nicht einmal deine Frau sein.

– Sprich kein dummes Zeug!

– Wie soll ich mir da keine Sorgen machen? Ich denke an nichts anderes. Das beste wäre, ich stürbe.

– Sprich kein dummes Zeug!

– Ob dummes Zeug oder nicht, seit drei Monaten sind wir nun in Madrid, und ich komme nicht aus diesem verfluchten Bett heraus. Heute morgen, nachdem du weg warst, habe ich versucht aufzustehen.

– Du weißt doch, daß Riquelme es dir verboten hat . . .

– Ich weiß, aber es nun einmal so. Cristina war auf dem Markt, und ich . . .

– Was ist dir passiert?

– Ich bin gefallen.

– Das ist entsetzlich!

– Nicht auf einen Schlag, nein. Ich bin sachte auf den Bettvorleger gerutscht. Dann habe ich mich wieder hochgeschafft und ins Bett gelegt.

Agustín sah die mageren Arme Angelitas an, und er erinnerte sich an Remedios. Er ertrug alles ohne Protest, weil er sich in den absurden Gedanken verrannt hatte, daß alles Unglück, das ihn traf, die Strafe für seine Untreue war.

Er streichelte Angelita, sah ihre großen, sanften Augen und tröstete sie.

– Mach dir nichts daraus, das dauert nur ein paar Monate, und dann wirst du prächtig aussehen. Du und der Kleine.

– Glaubst du?

– Ich bin ganz sicher.

– Ich glaube, daß es ein Mädchen wird.

An manchen Tagen brauchte Agustín nicht am Nachmittag wegzugehen, aber Angelita bestand darauf, daß er einen Gang mache, ins Café, zur Tertulia von Don Felix oder sonstwohin, »um auf andere Gedanken zu kommen«. Agustín war nämlich, ohne daß er es gemerkt hatte, schweigsamer geworden, als er es gewöhnlich war. Agustín ließ sich bitten. Wohin sollte er gehen? In die Calle del Peñón? Es schien ihm, daß er dort unfreundlich behandelt wurde. Eines Nachmittags im Monat März – seine armselige Frau war bereits im sechsten Monat ihrer unerträglichen Schwangerschaft – beschloß er, in die Calle de Alcalá zu gehen, sich dort vor irgendein Café zu setzen, die Leute vorübergehen zu sehen, einen Espresso zu trinken – er hatte sich an den starken Kaffee gewöhnt – und bei dieser Gelegenheit eine Bestellung in einem Warenhaus in der Gran Vía entgegenzunehmen. Alberto Chulia begrüßte ihn mit großem Hallo.

– Na, Alter, wie geht's dir, was treibst du? Antonio und

ich haben oft an dich gedacht, wir haben geglaubt, du seist plötzlich vom Erdball verschwunden.

– Ich habe geheiratet.

– Vade retro.

– Und du, was tust du in Madrid?

– Ach, Junge! Es wird bald krachen. Die Monarchie dauert keinen Monat mehr.

Agustín hatte sich nie für Politik interessiert, und es war ihm völlig gleichgültig, ob Primo de Rivera oder Berenguer oder irgendein anderer an der Macht war. (Sein Vater hingegen scheint sich darum zu bekümmern, er wettert ständig gegen die Undankbarkeit Alphonsos XIII, die ihn gerade die Annullierung eines Vertrages gekostet hat.)

– Du weißt wohl nicht, was gespielt wird.

– Nein, es interessiert mich auch nicht.

– Du bist immer noch derselbe.

– Und Mina?

– Er kommt nicht aus dem Ateneo heraus.

– Sag mal, du tust doch bestimmt noch was anderes als konspirieren.

– Und ob! Selbstverständlich ... Ich beschäftige mich mit einem Projekt für den Hügel von Los Angeles ...

– Dort, wo die Christusstatue steht?

– Für wie lange? Wir werden an ihre Stelle eine Windmühle setzen ... Du wirst schon sehen! Ich bin nicht wie die andern: Wenn ich denke, sprudeln die Ideen nur so hoch! Und du, was treibst du? Verkaufst du immer noch Spielsachen? Du bist dumm: Wenn du wolltest, könntest du bei deiner Intelligenz und deinem gesunden Menschenverstand soviel Geld verdienen, wie du willst ... Was uns fehlt, sind Männer wie du, sauber und unverbraucht. Ich werde dich einigen Leuten vorstellen, du wirst schon sehen! Dann hast du dein Geschäft gemacht, da kannst du sicher sein.

Wie gewöhnlich glaubte der Mann felsenfest an alles, was er sagte, es genügte ihm schon, sich reden zu hören, um selbst das, was er noch nicht gedacht hatte, als getan anzusehen. Er schlug Agustín vor, das kastilische Hochland wieder aufzuforsten: Eine leichte Sache, die er genau untersucht hatte. Er kannte den Preis der Pinien, und die notwendigen Kanäle für die Wasserzufuhr waren schon gezeichnet, es war also alles nur ein Kinderspiel, und Agustín schien ihm jetzt die geeignetste Person, das Unternehmen durchzuführen, sobald die Republik einmal proklamiert wäre. Es war ihm gelungen, viele Leute für seinen Plan zu interessieren. Er ließ sich von Agustín zum Abendessen einladen, der das gerne tat und zu Hause anrief. Chulia hatte keinen blanken Heller, aber nur vorübergehend, wie er sagte. Sie gingen in ein deutsches Restaurant in der Calle de Jardines, und nach dem zweiten Schoppen Bier sagte Chulia so obenhin – denn für ihn war das ohne Bedeutung:

– Weißt du, wem ich in Barcelona begegnet bin? Deiner Schwester.

Bis dahin hatte Agustín nicht gewußt, was seine Mutter sagen wollte – die es selber nicht wußte –, wenn sie sagte: Mir kocht das Blut. Er spürte nun, wie es sprudelnd in seine Wangen und in seine Schläfen stieg, und ihm war, als hätte er eine Zentnerlast im Nacken.

– Ich habe mit ihr gesprochen.

Agustín stellte sich die Szene vor: Chulia ging auf sie zu und sagte mit großen Gebärden: »Wie geht's? Was gibt's Neues? Kennen Sie mich nicht mehr? Ich bin ein guter Freund Ihres Bruders . . . «

Er brachte kein Wort heraus, aber er wußte, daß der Valencianer ihm alles erzählen würde und vielleicht noch mehr.

– Es geht ihr gut. Man sieht es ihr an. Sie hat nach dir gefragt. Ich konnte ihr natürlich nicht viel sagen. Nur, daß du nach Madrid zurückgekehrt bist. Sie war elegant, wirklich elegant. Es trat eine Stille ein, und als Alberto wieder auf das Thema der Aufforstung zurückkam, gab sich Agustín einen Ruck und fragte mit einer Stimme, die ihm nicht zu gehören schien:

– Wo hast du sie gesehen?

– Das habe ich dir doch gesagt! In Barcelona.

– Gewiß. Aber wo?

– Im *Colón*.

– Um wieviel Uhr?

– Ach, so genau kann ich mich nicht mehr erinnern, gegen Mittag, glaube ich.

– War sie allein?

– Nein, mit einem Herrn, einem hohen Tier, wie hieß er denn noch schnell? Ach ja, Jaime Batlle, er gibt eine republikanische Zeitung heraus, er ist Ratgeber von Lerroux gewesen. Ich erinnere mich noch deutlich, weil ich ihn nicht gleich erkannt habe ... Seine Zeitung hatte 1923 eine ganze Seite über mein Projekt der Hafenverlegung veröffentlicht. Darüber müssen wir uns noch unterhalten. Ich werde dir das erklären, es ist eine sehr seriöse Sache. Es handelt sich darum, das Wasser ...

– Hat sie sonst nichts zu dir gesagt?

– Ich glaube, daß sie auf jemanden gewartet haben. Und ich selber hatte eine sehr wichtige Verabredung mit einem ehemaligen Minister, einem Reeder, der mich unbedingt kennenlernen wollte. Wegen der Turbinen, die er für einen Überseedampfer erfunden hat. Mensch, das muß ich dir auch noch erzählen. Ich habe dir viel zu erzählen. Warum willst du mich nicht begleiten?

Agustín hatte nicht die Absicht, sich von Chulia zu trennen, aber die Erinnerung an Remedios nahm ihn völlig in Anspruch, und er antwortete nicht. Was tat sie in Barcelona, elegant gekleidet und zur Stunde des Aperitifs auf der Terrasse des *Colón*? Er wußte, welche Art von Frauen man dort zu finden pflegte, vor allem an der Bar. Auf der Terrasse nicht und im Restaurant auch nicht, dort sieht man nur anständige Frauen.

– Wo hast du sie gesehen?

– Sag mal, ist dir im Kopf nicht gut: Ich habe es dir doch schon zweimal gesagt.

– Nein, ich meine: auf der Terrasse oder an der Bar?

– An der Bar.

Dann hatte sie also keinen Selbstmord begangen. Er übrigens auch nicht. Und sie war auch nicht in ihren Beruf zurückgekehrt, sondern sie hatte die Straße vorgezogen. Agustín hätte am liebsten geschrien, und alles, was vor ihm stand, kurz und klein geschlagen. Aber er hatte genug gesunden Menschenverstand, um es nicht zu tun.

– Na kommst du mit?

– Nein.

Nein! Nicht jetzt! Er mußte erst seiner inneren Erregung Herr werden. Er erinnerte sich an seinen Vater und wünschte ihn zu allen Teufeln.

– Also gut, Alter, wir werden uns schon noch wiedersehen. Gib mir deine Adresse.

– Wohin gehst du?

– Ich muß Leute besuchen.

– Kann ich dich begleiten?

– Du bist vollkommen daneben.

– Das ist möglich.

– So gefällst du mir, Junge, so gefällst du mir! Du warst immer zu spießig. Auf geht's.

14 Sie verließen das Lokal und gingen bis zur Calle de San Bernado.

– Wir sind auf dem Weg zu meiner Wohnung.

Alberto wetterte gegen Cabral, gegen Juan de la Cierva, gegen einige Ingenieure, deren Namen Agustín zum erstenmal hörte; wie immer verschonte er nur Don Leonardo Torres Quevedo.

– Wenn er Amerikaner oder Engländer oder Deutscher wäre! Dann könntest du mal sehen! Ja, selbst wenn er nur Franzose gewesen wäre! Aber nein, er hatte das Unglück, als Spanier geboren zu werden, in einem Land, wo man die Wissenschaft immer als etwas Teuflisches angesehen hat, als eine Erfindung der Juden und der Araber . . . Wenn man es hier zu was bringen will, muß man Torero sein, den meisten Ruhm bringt es aber ein, eine »gute Linke« zu haben.

Er wollte in die Buchhandlung Calpe eintreten, um seine Behauptungen zu untermauern, aber Agustín war das völlig gleichgültig, vor allem jetzt, wo er nichts anderes im Kopf hatte, als die Neuigkeit widerzukäuen und sich ganz in seinen Schmerz zu versenken.

– Hier genügt es schon, daß einer Spanier ist, und kein Schwein interessiert sich für ihn. Und schau nur, was ich alles schon getan habe! Ja, wenn ich Ausländer wäre.

Agustín zweifelte nicht daran, aber Torres Quevedo, Juan de la Cierva oder Chulia waren ihm einerlei – und nicht nur in diesem Augenblick. Remedios war in Barcelona. Er sah sich, wie er den Abendzug nahm. Und wenn sie eine Hure war, um so besser. Nein, nur das nicht, es war seine Schuld. Warum eigentlich immer dieses Schuldgefühl, wenn er an sie dachte?

– Wann hast du sie gesehen?

– Wen?

– Remedios

– Vor drei oder vier Monaten.

– Hast du sie gefragt, wo sie wohnt?

– Nein. Wenn ich gewußt hätte, daß du dich so stark für sie interessierst . . . Offen gestanden, ich habe nicht einmal daran gedacht, daß ich dir begegnen könnte. Hast du nichts mehr von ihr gehört?

– Nein.
– Wenn du willst, kann ich Jaime Batlle schreiben . . .
– Nein, laß nur . . .

Der Erfinder, wie gewöhnlich von dem Wunsch beseelt, Gefälligkeiten zu erweisen, drang in ihn:

– Das wäre ja noch schöner: Morgen schreibe ich. Ich bin der Freund meiner Freunde.

Es kostete ihn ja nichts.

– Na schön, wie du willst. Meinst du, daß er sich noch an dich erinnert?

Chulia sah ihn an, als hätte Agustín ihn mit einem Schwert durchbohrt.

– An mich? Sag mal, Freundchen, du weißt wohl nicht, mit wem du sprichst?

Agustín wußte nicht, wie er die entsetzliche Wunde heilen sollte, die er soeben der Eigenliebe des Erfinders, der überzeugt war, bekannter als ein bunter Hund zu sein, geschlagen hatte.

– Du weißt wohl nicht, daß du heute in Argentinien nach mir fragen kannst, und jeder weiß, wer ich bin. Oder in Uruguay oder in Brasilien oder in Kuba oder in Mexiko? Und du meinst, daß ausgerechnet in Barcelona . . . ?

– Nein, natürlich nicht . . . aber da du vorhin gesagt hast, daß es sich um eine flüchtige Zufallsbegegnung gehandelt hat . . .

– Oder glaubst du etwa, daß man mich so leicht vergißt?

Nein, ganz bestimmt nicht, dachte Agustín

– Ich habe zwei Vorträge im dortigen Ateneo gehalten, und die sehen jetzt immer noch Visionen. Wann haben die je so was gehört! Wir sind angekommen.

Wenn ich den Schnellzug nehme, kann ich morgen früh dort sein. Dieser Jaime Batlle ist bestimmt leicht zu finden, wenn er so bekannt ist, wie Chulia sagt. Vielleicht weiß aber auch niemand, wer er ist, Chulia übertreibt ja immer so . . . Ich werde Angelita sagen, daß ich für ein paar Tage nach

Barcelona muß, unter irgendeinem Vorwand: Sie wird nicht mißtrauisch werden. Aber was werde ich tun, wenn ich dort bin?

– Mein Freund Agustín Alfaro, ein sehr intelligenter Mensch. Mein Freund Lucas, ich weiß nicht wie noch, alle Welt nennt ihn Lucas, und glaube mir, das genügt. Und dies hier ist Pater Benito.

Bücher, viele Bücher, überall Bücher war das einzige, was Agustín, in Gedanken versunken, auffiel; er bemerkte einen großen Mann mit rotem Gesicht, den besagten Lucas.

– Setzt euch, wo ihr Platz findet.

– Danke.

Pater Benito sah gar nicht wie ein Priester aus, aber Agustín war das völlig egal, obgleich ihn insgeheim die Freundschaft Chulias mit einem Pfarrer ein wenig verwunderte.

Und was werde ich tun, wenn ich dann dort bin? Besteht ein Unterschied zu unserer Situation in Saragossa? Im Grunde nicht. In der Form schon: Wir wissen, daß wir uns lieben. Wir wußten es damals schon. Aber jetzt sind andere Körper zwischen uns getreten. Ich habe geheiratet, und du ... Aber wozu darüber reden? Und doch, denn es handelt sich ja gerade darum, über das zu reden, was du getan hast. Schämst du dich denn nicht in Grund und Boden? Natürlich, du wirst sagen, daß du es meinetwegen getan hast, und daß jetzt zerstört ist, was uns gebunden hat. Glaubst du nicht, daß es eher umgekehrt ist? Glaubst du, daß wir nach so vielen Körpern, die über dich hinweggegangen sind, den meines Vaters vergessen können? Lügen, alles nur Lügen, du hast es nicht tun können! Es sind nur die Phantasien dieses blöden Erfinders, der dich vielleicht nicht einmal gesehen oder dich mit einer anderen verwechselt hat. Mit irgendeiner, Remedios ... Wozu soll ich hinfahren? Was sollte ich dir sagen? Und du mir? Würden wir einander in die Arme fallen? Was meinst du?

– Und Sie? Was meinen Sie dazu?

– Ich weiß nicht.

– Alfaro, sagte Chulia, ist sehr vorsichtig in seinem Urteil. Aber er hat was im Kopf, und er weiß, was er sagt. Außerdem ist er ein sicherer Mann, ein aufrichtiger Republikaner.

Agustín glaubte zu träumen; daß er vorsichtig in seinem Urteil ist und daß er weiß, was er sagt, gut, das geht noch an – außerdem zweifelt er selber nicht daran. Der Grund für dieses Lob waren die eindringlichen Worte, mit denen er kurz nach der Bekanntschaft mit dem merkwürdigen Valencianer einigen seiner Kunden die Pläne einer Erfindung Albertos – eine automatische Waschmaschine – empfohlen hatte. Seit dieser Stunde war Agustín in den Augen Chulias ein Mensch, der höchste Wertschätzung verdiente. Daß er allerdings als Republikaner bezeichnet wurde, hörte er zum erstenmal. Es lag ihm wenig daran; er protestierte, aber:

– Sei ruhig, ich weiß, was ich sage.

Jetzt bin ich also Republikaner, dachte Agustín, er hätte mich auch genausogut zum Chinesen machen können; es scheint, daß alle wissen, was sie sagen, aber ich weiß nicht einmal, was ich denke. Fahre ich nun nach Barcelona, oder fahre ich nicht? Jetzt? Mit welchem Geld? Wie soll ich Angelita diese plötzliche Reise erklären? Es ist besser, wenn ich bis morgen warte. Zweifel überkamen ihn, ob diese Frist, die er sich gewährte, nicht Verzicht bedeutete. Es war möglich. Denn warum sollte er hinfahren? Ich setze den Fall, daß wir uns tatsächlich begegnen und uns in einem Salon oder in einem Schlafzimmer gegenüberstehen? Was werden wir tun? Werden wir miteinander schlafen? Genau das will ich nämlich. Nein, es ist noch etwas anderes: Ich liebe sie von ganzem Herzen. Also? Wie sollen wir uns dann ins Gesicht sehen? Vielleicht ist es besser, wenn alles so bleibt, wie es ist, und wenn ich mich weiterhin mit der braven Angelita, die mager ist wie eine Hopfenstange und den ganzen lieben langen Tag kotzt, zu Tode langweile. Ein Geruch ist in der Wohnung! Vorher konnte ich niemanden mitbringen, weil Remedios ... Remedios war, und jetzt, weil man glauben könnte, man sei in einer Apotheke. Ich sage Apotheke, um nicht was Schlimmeres zu sagen. Warum habe ich geheiratet? Was konnte ich anderes tun? Jetzt muß ich halt dafür geradestehen. Ich fahre nicht nach Barcelona.

Nachdem er diesen Entschluß gefaßt hatte, widmete er der Buchhandlung und ihrem Besitzer ein gewisses Interesse. Pater Benito war schon weggegangen, ohne sich von ihm zu verabschieden.

Feliciano Benito, ein in Madrid sehr bekannter Anarchist, war ein Mann von etwa vierzig Jahren, der lange Zeit im Gefängnis zugebracht hatte; er war seiner Ideen so sicher und behandelte die anderen mit einem solchen Gefühl der Überlegenheit, daß niemand mit ihm diskutierte. Seit der Gründung von *Las Corsarias* – er saß damals zur Abwechslung gerade wieder im Gefängnis – nannte man ihn Pater Benito, und dieser Spitzname paßte in Anbetracht seiner patriarchalischen Auffassung von der Welt gut zu ihm, was ihn allerdings zu seiner Zeit nicht daran gehindert hatte, an einem viel Staub aufwirbelnden Überfall in Villaverde teilzunehmen. Er war ein sehr glaubwürdiger Mann und von einer über jeden Zweifel erhabenen Redlichkeit, was in diesem Falle viel heißen will.

Lucas pflegte sich, wenn er von ihm sprach, gern an eine Diskussion zu erinnern, die er eines Tages in dem Büro hinter dem Laden mit einem bibliophilen Sozialisten über die »freie Übereinkunft« gehabt hatte. Es war unmöglich, Pater Benito von der Vorstellung abzubringen, daß die einzige Art zu regieren – selbstverständlich gebrauchte er dieses Wort nicht – darin bestand, jeden tun zu lassen, was ihm gut schien. Der sehr hagere Marxist ärgerte sich und machte ihm das Problem an Hand eines Beispiels klar:

– Dann paß mal auf, Pater Benito, stell dir vor, du bist Verkehrsminister.

– Nein. Siehst du denn nicht, daß es für uns keine Möglichkeit der Verständigung gibt? Ich werde nie Minister werden, und an dem Tag, an dem wir an die Macht kommen, wird es keine Minister mehr geben.

– Aber gerade hast du gesagt, »an dem Tag, an dem wir an die Macht kommen«. Nun gut, egal wie wir's nennen wollen. Stell dir also vor, daß eine Eisenbahnlinie zwischen den Punkten A und B – der Sozialist nahm ein Stück Papier und einen Bleistift und zeichnete Punkte und Linien – gebaut werden soll; die Ingenieure und die Techniker sind in zwei gleiche Lager geteilt: Die einen schlagen vor, daß man dem kürzesten Weg folgt, dem geraden also, die andern hingegen behaupten, daß man die Strecke umleiten muß, damit sie an Ortschaften vorbeiführt, die die Eisenbahn brauchen, und daß diese Linie dazu beitragen soll, den Wohlstand der Gegend zu heben und so weiter. Wer entscheidet nun? Und eine Entscheidung muß gefällt werden. Jetzt stellt dir vor, daß es an dir liegt zu entscheiden. Was wird dann aus deiner Theorie von der freien Übereinkunft? Was würdest du tun?

– Ich würde beide bauen.

Er sagte es im Ernst.

Pater Benito war ein sehr guter Freund Chulias, und sie pflegten sich in der Buchhandlung von Lucas zu treffen, wenn es sich um Probleme der Organisation handelte.

15 Die Geschichte Lucas

Die Buchhandlung von Don Lucas González befindet sich in einem Torweg der Calle de San Bernardo. Im Hintergrund führt eine Treppe hoch, deren Stufen ausgetreten und abgenutzt sind und hinter der, in den Räumen, die zu jener Zeit, als die Häuser gebaut wurden – Anfang oder Mitte des neunzehnten Jahrhunderts – als Hausmeisterwohnung vorgesehen waren, die eigentliche Buchhandlung liegt; die im Eingang ausgestellten Bücher sind nur Ramschware oder Bücher aus dritter oder vierter Hand. Ramón, der schon alt ist und schielt, aber seine Augen überall hat, staubt sie mit einem Federwedel ab, der ihm mehr als einmal dazu gedient hat, einen jener Kunden zu verjagen, die darauf aus sind, die Ware umsonst mitzunehmen. Im Hintergrund, in einem winzigen, engen Raum, sitzt Lucas inmitten eines großen Haufens billiger Bücher. An den Wänden sind Regale angebracht, im Hintergrund steht ein Schreibtisch, auf dem Bücher herumliegen, und in der Mitte des Raums türmt sich ein formloser, fast mannshoher Haufen Papiere auf. Zwischen diesem Berg von Büchern und Broschüren und den Regalen ist ein schmaler Durchgang, der sich nach hinten so weit verbreitert, daß ein wackliger Sessel und vier Stühle dort Platz finden, die zusammen mit dem Schreibtischstuhl als Sitze für die Stammgäste der Tertulia dienen. Die einzige Beleuchtung ist das gelbliche Licht einer schwachen Glühbirne, die von der Decke herabhängt. Der ohrenbetäubende Lärm der Straßenbahn übertönt bisweilen die Stimmen.

Agustín achtete kaum auf das, was Lucas und Chulia sprachen, er blätterte zerstreut in den Büchern. Nach einer halben Stunde gingen sie weg. Als sie auf dem Weg zur Glorieta de San Bernardo waren, kam es Chulia in den Sinn, umzukehren und in einem kleinen Lokal an der Glorieta de Quevedo zu Abend zu essen, weil es dort Koteletts gab, die ihn an die seiner Heimat erinnerten. Agustín ließ sich willig führen. Von einer Apotheke aus rief er Cristina an; um die Zeit bis zum Essen zu überbrücken, denn es war noch früh, erzählte ihm der Erfinder die Lebensgeschichte des Buchhändlers. Chulia war geschwätzig und ließ nicht gern irgendeine Einzelheit aus.

– Du hast bestimmt gesehen, daß Lucas noch gut aussieht. Vor dreißig Jahren – ja, er geht wohl schon auf die Sechzig zu – muß er ein hübscher Junge gewesen sein. Er ist Navarrese, aus Estella, seine Eltern waren Bauern. So früh wie möglich schickten sie ihn aufs Priesterseminar, wo er, ohne herauszuragen, sein Latein und seine Theologie lernte. Ich weiß nicht, ob er die Weihen erhalten hat, ich glaube ja, aber wenn man ihn fragt, sagt er nein. Wenn du ihn einmal näher kennst, wirst du sehen, daß er sehr mißtrauisch ist, wie ein richtiger Bauer; ich verstehe nicht, warum das Land so mißtrauisch macht, vielleicht wegen des Wetters, das man nie voraussehen kann . . . Kurzum, der gute Mann verliebte sich, es muß zu Anfang des Jahrhunderts gewesen sein. Er hing den Priesterrock an den Nagel und ließ sich mit dem Objekt seiner Begierde in Barcelona nieder. Ihrer Tochter nach zu urteilen, war sie eine schöne Frau. Ja, er hat eine Tochter, die bei ihm lebt. Man sieht sie fast nie, sie heißt Pilar. Ihre Mutter hatte das Unglück, kurze Zeit nach der Geburt der Kleinen an den Beinen gelähmt zu werden.

Agustín denkt an Angelita – und wenn ihr das gleiche passierte? –, er verliert den Faden der Geschichte, die ihn nicht interessiert, erinnert sich an Remedios, die durch den Namen Barcelona beschworen wird. Dann hört er aus Trägheit wieder dem Erfinder zu, der spricht, weil er gern spricht.

– Ich brauche dir wohl nicht zu sagen, daß es ihm zu Anfang nicht leichtfiel, eine Arbeit nach seinem Geschmack zu finden. Ich glaube, daß er so ziemlich alles gemacht hat: im Hafen, auf den Bahnhöfen, in den Fabriken; er war ungeschickt und wußte mit seinen Händen nicht viel anzufangen, aber er hatte Kraft; natürlich bringt das nichts ein. Er verstand nicht viel von Zahlen, doch er hatte eine schöne Schrift, aber auch im Büro stand ihm keine glänzende Zukunft bevor, wie man so sagt. Auf jeden Fall war es ihm zu Anfang gleichgültig, er schlug sich recht und schlecht durch. Erst als das Kind kam und seine Frau krank wurde, ging es ihm ausgesprochen miserabel. Was ich dir jetzt erzähle, kann ich nicht mit Bestimmtheit behaupten, man hat es mir erzählt, ich wiederhole also nur, was ich gehört habe. Aber so, wie ich ihn kenne, würde es mich nicht weiter wundern. Ich glaube, es war in der Zeit, in der er als Streckenreiniger arbeitete und mit einer langen Eisenstange für die Sauberkeit der Schienenwege sorgte, als er die Bekanntschaft einiger Anarchisten machte und sich sehr bald mit ihnen anfreundete. Nun glaub aber nicht, daß er Bomben fabriziert oder gelegt hat. Mal abgesehen davon, daß ich selber Anarchist bin, war es in seiner Lage das Natürlichste von der Welt, daß er für eine Lehre Sympathie empfand, die ihn von dem Gewicht seiner Erziehung befreite; der Kampf gegen die Ungerechtigkeit und für die Gleichheit stimmt genau mit dem besten Teil des Christentums überein. So wie die Dinge heute in Spanien stehen, wundert es mich nicht, daß es so viele Anarchisten gibt, sondern nur, daß nicht alle Anarchisten sind, einschließlich der Pfarrer; na ja, dazu müßten sie echte Christen sein. Um auf meine Geschichte zurückzukommen: Lucas begann also die Bücher der Bibliothek des Ateneo zu lesen, dessen Mitglied er wurde, und zwar Kropotkin, Mantegazza, Tolstoi, Spencer, Marx, Voltaire, Reclús, Emerson und so weiter, alles durcheinander. Er arbeitete damals in einer Druckerei in der Calle del Conde del Asalto; er mußte die Druckfahnen korrigieren, aber den ganzen Tag über zu sitzen entsprach nicht seiner Natur. Diese Druckerei, die einem gewissen Costa gehörte, war an einem Verlagsunternehmen in der Calle de la Diputación beteiligt, und unser Mann begann Bücher zu verkaufen, zuerst an Vereine, dann von Haus zu Haus, als er nämlich entdeckte, daß der Verkauf anderer Bücher, vor allem wissenschaftlicher Werke, mehr einbrachte. Natürlich verkehrte er auch weiterhin im Ateneo und blieb auch Anarchist oder sympathisierte zumindest mit der Sache. Er hat es bewiesen, wenn sich die Gelegenheit bot: Mehr als einem Genossen hat er geholfen, und mehr als zwei hat er versteckt, wenn Not am Mann war. Nie nahm er am aktiven Kampf teil, und vielleicht war er deshalb zufällig nicht bei der Polizei karteimäßig erfaßt.

Nachdem er ein Jahr mit Büchern gehandelt hatte, machte er in der Calle de Tallers einen kleinen Buchladen auf: Als er nun eines Tages einem Universitätsprofessor einige Bücher anbot, fragte ihn der, ob er niemanden wüßte, der ihm seine Bibliothek abkaufe. Sie war zwar nicht sehr gut, aber sie enthielt viele Bände. Man wurde handelseinig, und Lucas ging zu einem alten Karlisten, der eine Eisen- und Haushaltswarenhandlung hatte, in der Call, glaube ich, der ihm Sympathien entgegenbrachte, weil er Navarrese war. Unser Mann hatte ein paar Monate als Hilfsarbeiter bei ihm gearbeitet. Er erklärte ihm das Geschäft und bat ihn, ihm auf die Bücher dreitausend Peseten zu leihen. Der Eisenhändler – der auf die Ehrlichkeit des Navarresen vertraute – lieh sie ihm gegen einen anständigen Zinssatz von sechs Prozent; noch vor Ablauf eines Jahres gab Lucas sie ihm zurück.

Sie lebten sehr ärmlich, er und seine Frau, denn das Geschäft ging nicht gut; aber die Arbeit gefiel ihm, und er wußte bald über alle Fragen dieses Berufes Bescheid. Leider packte ihn eine krankhafte Leidenschaft für seltene Bücher. Bei einem Pfarrer zwar verständlich, nicht aber bei einem Anarchisten. So kam es, daß er ein interessantes Buch, das er irgendwo aufgestöbert hatte, unter keinen Umständen verkaufen wollte. Daß er auf diese Weise harte Zeiten durchmachte, kannst du dir denken. Er war glücklich mit seinen Erstausgaben und seinen Inkunabeln. Zweifellos war ihm die Kenntnis des Lateinischen sehr nützlich. Seine Kollegen waren sehr bald hinter seine Leidenschaft gekommen, und sobald sie ein seltenes Exemplar fanden, boten sie es ihm an. Er tat sein Mögliches und sogar das Unmögliche, um es in seinen Besitz zu bekommen, doch wenn ein Sammler davon hörte und es ihm abkaufen wollte, lehnte er stets ab. Um diese Zeit wußte er, daß die Krankheit seiner Frau unheilbar sei, obgleich er alles getan hatte, was er konnte, damit sie geheilt wurde; daß das viel Geld gekostet hat, brauche ich dir wohl nicht zu sagen. Geld hatte er keins, wohl aber so viele Bücher, die, ob gut oder schlecht verkauft, genügt hätten, die Kosten für Ärzte, Medikamente und was weiß ich alles zu bezahlen. Er verkaufte ein seltenes Exemplar von Seneca und wurde krank. Die Erinnerung an dieses Buch vergiftete sein ganzes Leben. Die Bibliomanie ist offenbar etwas Furchtbares. Man erzählt sich, daß er wochenlang nicht mehr schlafen konnte. Er machte dann ein gutes Geschäft mit Schulbüchern und suchte den Käufer des kostbaren Exemplars in der Absicht auf, es ihm wieder abzukaufen. Der wollte natürlich nichts davon wissen. Es verging einige Zeit, dann ging es ihm wieder schlechter, und Lucas sah sich genötigt, eine andere Inkunabel zu verkaufen. Damals, so erzählt man sich, soll ihm die rettende Idee gekommen sein. Wohlgemerkt, ich erzähle bloß das weiter, was man mir gesagt hat.

Sie bestellten die köstlichen Koteletts und dazu noch eine Flasche Wein.

– Obwohl er nach wie vor mit seinen wirtschaftlichen Problemen zu kämpfen hatte, mietete er sich eine bessere Wohnung in der Calle de Aribau. Er hatte seinen Laden, dahinter sein Büro, eine Wohnung im Erdgeschoß und einen Keller, der ihm als Lager diente. Der Laden war normalgroß, er mag vielleicht dreieinhalb oder vier auf fünf oder sechs gewesen sein, dazu ein Schaufenster, in der Ladenmitte einen Tisch mit zerfetzten Büchern zu herabgesetzten Preisen; wenn man einen Kretonvorhang beiseite schob, gelangte man in das Büro, wo ein Schreibtisch stand, eine Schreibmaschine sowie einige Bücherschränke mit Büchern, die noch besser erhalten waren. Im Keller bewahrte er medizinische und juristische Bücher sowie Restauflagen von Verlagshäusern auf, ferner einige Bilder, die es immer als Zugabe gibt, wenn man alte Bücher kauft: Jungfrauen und eine Auswahl von Heiligen. Oben waren zwei Schlafzimmer; in dem seinen drei große Koffer voller wertvoller Bücher. Ich kann es dir deshalb so genau beschreiben, weil ich dort gewesen bin. Ein Wohnzimmer gab es nicht, nur ein Eßzimmer, eine dunkle Küche und die Kammer für das Dienstmädchen, dem es an Arbeit nicht fehlte: der Haushalt, die Küche, die Kleine. Lucas half viel. Er ist von Natur aus gut (wie alle Männer übrigens), und außerdem hatte seine Erziehung ihn gelehrt, vor keiner Arbeit zurückzuschrecken. Er pflegte die Kranke sehr liebevoll. Er zog sie an und aus, wusch sie, trug sie vom Sessel zum Bett, stets auf alle ihre Bedürfnisse bedacht. Ein Heiliger. Ich brauche dir nicht zu sagen, daß seine Frau ihn anbetete. Sonntags morgens ging er mit seinem Töchterchen in den Tierpark spazieren, um ihr die Tiere zu zeigen; am Nachmittag, wenn niemand zu ihnen auf Besuch kam, spielten sie Domino. Die Ärzte rieten ihm, die Kranke in eine Heilanstalt zu schicken, aber er widersetzte sich und zog es vor, sie jedesmal in die Klinik zu bringen, wenn sie eine diathermische Behandlung brauchte oder Bestrahlungen bekam, die letzten Endes doch nichts nützten; die Rechnungen mußten allerdings bezahlt werden. Er bezahlte sie.

Man brachte die Koteletts, die wunderbar dufteten.

– Wie ich dir schon sagte, hatte er sehr gute Bücher, und wenn er sie verkauft hätte, wäre er aller Geldsorgen ledig gewesen. Aber er war ein Bibliophiler. Diese Leidenschaft hielt ihn am Leben. Er las seine Bücher nicht, sondern verwahrte sie in Truhen neben seinem Bett. Dann kam er auf folgende Idee . . .

– Was sind eigentlich Inkunabeln? fragte Agustín, der nur eine undeutliche Vorstellung hatte, was dieses Wort bedeutete.

– Bücher, die vor dem sechzehnten Jahrhundert gedruckt wurden.

– Gibt es viele davon?

– Ziemlich, aber im allgemeinen sind sie sehr teuer. Lucas besaß unter anderem eine katalanische Inkunabel, einen Dante, einen Plinius und zwei oder drei Psalterbücher. Ein gewisser Baron de X..., mindestens ebenso bibliophil wie Lucas, wußte, daß unser Mann einen Dante besaß, der 1472 gedruckt worden war. Er hatte ihm mehrere Angebote gemacht, aber der Buchhändler hatte nie etwas davon wissen wollen; eines schönen Tages rief Lucas den Baron an und sagte ihm, daß die Umstände ihn dazu zwängen, das berühmte Exemplar zu verkaufen, daß er es allerdings nur unter der Bedingung verkaufe, daß niemand etwas davon erführe. Der reiche Kauz, der ganz in der Nähe wohnte, ging so schnell ihn seine Füße trugen in die Calle de Aribau. Das Geschäft wurde in dem kleinen Büro hinter dem Laden abgeschlossen, man wurde sich nach einigem Hin und Her handelseinig, und glücklich wie ein König zog der alte Katalane ab, um zu Hause in seinem Schatz zu blättern. Die Bibliophilen sind Sonderlinge, sie sind so etwas wie die Geizhälse der Bücherfreunde; sie wollen nicht nur diese seltenen Bände besitzen, sondern fast alle haben das Bestreben, sie niemandem zu zeigen, als könnten fremde Blicke sie abnutzen. Darin unterscheiden sie sich stark von den Bildersammlern, die genießen, indem sie ihre Wunder oder das, was sie dafür halten – denn mit den Bildern der Privatsammlungen wird natürlich viel Schwindel getrieben –, jedem zeigen. Abgesehen davon ist von dem Augenblick an, in dem so ein Herr ein Bild kauft, daß dem »Sowieso zugeschrieben« wird, jeder Zweifel verschwunden, es ist dann eben nur noch ein Van Dyck, ein Goya oder ein Picasso, und er ist stolz auf das kleine Goldschild, das ihm als Beweis unbestreitbarer Echtheit gilt. Bei den Büchern ist es etwas anderes, vielleicht, weil ein Buch in Wirklichkeit schon eine Reproduktion ist. Vielleicht auch nur, weil man sie leichter stehlen kann, oder weil man fürchtet, daß auf den Büchern Fingerabdrücke zu sehen sind. Ich weiß es nicht, und ich verstehe es auch nicht, weil mich Bücher nur zum Lesen interessieren und die Ausgabe mir gleichgültig ist. Ob es sich um ein Manuskript handelt oder um ein Original. Die Originale sind nämlich die Bibliophilen selber; es gibt da alle Sorten, weißt du ... Kurzum, wo war ich stehengeblieben? Ach ja, der Graf ...

– Vorhin sagtest du Baron ...

– Das kommt aufs selbe raus, mit den Titeln halte ich's wie mit den Buchausgaben, das läßt mich kalt. Der Baron blätterte die Seiten durch – die Folios, wie sie sagen –, als sich ihm plötzlich die Haare sträubten, fast hätte er einen Herzanfall bekommen; es fehlten zwei. Mit anderen Worten, der famose Dante war nichts wert oder doch viel weniger, als er dafür bezahlt, und zwar gut bezahlt hatte. Im Eilschritt lief er wieder in Lucas' Buchhandlung. Ich habe vergessen dir zu sagen, daß der Ex-Seminarist sich am späten Nachmittag mit ihm verabredet hatte. Daher war der Laden schon geschlossen, als der Aristokrat ankam. Der vornehme Bibliophile wußte, daß der Buchhändler im gleichen Haus wohnte; er klingelte, ganz aufgebracht. Lucas kam herunter, um ihm aufzumachen, und schloß die Tür hinter ihm; sie gingen in das Büro hinter dem Ladenraum, Lucas bat ihn Platz zu nehmen, blätterte aufmerksam den Band durch, stellte sich dann wie von ungefähr hinter den Alten und erdrosselte ihn wie ein Vögelchen. Einer anderen Version zufolge soll er ihn mit einem Bleirohr niedergeschlagen haben, aber was stimmt nun? Auf jeden Fall wird behauptet, daß er im Keller bereits ein schönes, tiefes Loch gegraben hatte. Damit hatte Lucas zwei Fliegen mit einer Klappe geschlagen; er hatte Geld und Buch; er setzte nun die beiden Folios, die er zuvor mit großer Sorgfalt entfernt hatte, schnellstens wieder ein. Böse Zungen behaupten, daß er es mit andern genauso machte, immer im Schutze der Heimlichkeit, mit der sich die Liebhaber seltener Bücher umgeben. Natürlich kann ich nichts mit Bestimmtheit sagen. Immerhin ließ er sich kurze Zeit danach in Madrid nieder. Wie er sagte, weil er dort bessere Geschäfte machte. Es ist möglich, daß alle diese Geschichten nur die Erfindung böser Zungen oder Produkte des Neides sind. Die Wahrheit ist, daß seine Frau starb und daß er untröstlich darüber war; denn siehst du, trotz seiner mächtigen Gestalt ist er empfindsam.

– Was doch nicht alles erfunden wird!

– Sag das nicht: In den fünfziger Jahren des vergangenen Jahrhunderts soll es einen ähnlichen Fall gegeben haben.

16 Angelita zerbrach sich den Kopf, wo Agustín hingegangen sein mochte und mit wem: Er hatte ausrichten lassen, »daß der mit einem Freund zu Abend esse«. Die arme Spindeldürre betastete ihren voluminösen Bauch, während sie sich immer wieder vorstellte, daß ihr Mann bei einer anderen Frau sei, bei irgendeiner. Bei welcher? Angelita ging von der Voraussetzung aus, daß Agustín sie in ihrem augenblicklichen Zustand unmöglich ertragen könne und er sich daher mit einer anderen vergnügen müsse. Sie machte ihrem Gatten deswegen keine Vorwürfe, wohl aber der Natur, die sie so gemacht hatte, wie sie war, hinzu kam noch ihre Schwäche, die es ihr nicht gestattete, ihren Hausfrauenpflichten nachzukommen. Angelita, einer von keinen Zweifeln geplagten Katholikin, kam es gar nicht in den Sinn, vom Himmel Rechenschaft über ihren kläglichen Zustand zu verlangen; allerdings betete sie, daß sie wenigstens gehen könne ohne diesen Brechreiz und diese Ohnmachtsanfälle, die sie immer wieder ankamen, sobald sie die Füße auf den Boden setzte.

Es klingelte, und Cristina öffnete die Tür: Es war Riquelme.

– Kommen Sie herein, Doktor.

Nach den üblichen Fragen plauderte der Arzt, da er es nicht eilig hatte, einen Augenblick mit seiner Kranken. Sie war ihm sehr sympathisch, weil sie so ergeben war. Sie erzählte von ihrem Leben als junges Mädchen, wenn man das überhaupt Leben nennen konnte.

– Nein, ich hatte nie Hunger.

Von ihrer Gutherzigkeit getrieben, brachte Angelita schüchtern und diskret das Gespräch auf das, was sie unaufhörlich bei Tag und bei Nacht quälte: das traurige Leben Agustíns, an dem sie sich schuldig fühlte.

– Was kann ich tun, Doktor?

– Sich keine Gedanken machen und tüchtig essen.

– Ich möchte ja gern, aber ich kann nicht.

– Sie müssen, nicht nur Ihretwegen, sondern auch wegen des Kindes, das Sie tragen.

– Armer Kleiner ...

Der Ehemann kam; der Arzt führte ihn ins Wohnzimmer.

– Deine Frau hat etwas, das ihr Sorgen macht. Es gibt Dinge, gegen die wir nicht ankommen. Sie glaubt, daß sie zuviel ist auf dieser Welt. Du mußt sie vom Gegenteil überzeugen, es ist das beste Heilmittel und vielleicht auch das einzige, denn wenn sie nicht wieder zu Kräften kommt, kann ich nicht für das Ergebnis der Entbindung garantieren.

Agustín erschrak.

– Aber das sind doch alles nur Einbildungen.

– Wenn es etwas anderes wäre, hätten wir es natürlich leichter ...

– Sie stellt sich wahrscheinlich vor ...

– Nein, so wie ich die Dinge sehe, stellt sie sich nichts vor. Es ist viel schlimmer. Ich habe den Eindruck, daß sie sich für überflüssig hält. Daß sie glaubt, eine Belastung für dich zu sein.

– Das ist doch absurd.

– Es liegt an dir, das zu ändern.

– Sag mir, was ich tun soll.

– Kümmere dich um sie, pflege sie, bleib bei ihr.

– Das tue ich ja.

– Dann sprich offen mit ihr.

– Aber wie soll man über etwas sprechen, von dem man nicht weiß, was es ist?

– Laß dir was einfallen ... Erinnere dich an den Katechismus ...

Agustín ging ins Schlafzimmer zurück, nachdem er den Arzt verabschiedet hatte. Er wußte nicht, was er tun sollte; er setzte sich auf den Bettrand und sprach zu seiner eigenen Überraschung ohne Umschweife.

– Riquelme hat mir gerade gesagt, daß ...

– Die Ärzte verstehen überhaupt nichts.

Agustín nahm ihre Hände in die seinen; er streichelte ihre Stirn und fuhr fort:

– Ich weiß nicht, was du dir vorstellst oder was für Gedanken dir durch den Kopf gehen, aber du sollst ein für allemal wissen, daß es nichts auf der Welt gibt, das ich mehr liebe als dich, und daß für mich nichts zählt, als deine Gesundheit und die unseres Kindes.

Angelita war zutiefst gerührt, und etwas Röte trat auf ihre Wangen; sie drückte die Hände ihre Mannes so fest sie konnte und begann leise zu weinen. Agustín war erschüttert, nicht nur über die Reaktion seiner Frau, sondern auch über seine eigenen Worte, die er jetzt außergewöhnlich fand und die er ohne den Rat Riquelmes nie auszusprechen gewagt hätte. Sie waren zwar nicht der genaue Ausdruck der Wahrheit, aber allein die Tatsache, sich so reden zu hören, hatte ihn überzeugt, daß er auch so fühlte.

Während der folgenden Tage besserte sich der Gesundheitszustand Angelitas ein wenig, und sie konnte sich sogar für ein paar Stunden in einen Sessel setzen: Ihr Körper war nach all den Spritzen, die ihr eine Krankenschwester dreimal am Tag gab, wie ein Nadelkissen; für diese Spritzen hatte Doña María ursprünglich ihre Dienste angetragen; da aber die Nadel schon beim ersten Versuch abgebrochen war, mußte sie sich »mit dieser unnützen Ausgabe, wenn man es selber machen kann« abfinden.

Agustín schlief von diesem Tag an wieder im Ehebett, was er seit der ständigen Übelkeit seiner Frau nicht mehr getan hatte. Bis dahin hatte er im Wohnzimmer auf dem Sofa geschlafen – was er für ein Opfer hielt –, wobei er die Tür offenließ »für den Fall, daß sie etwas brauche«.

In Wahrheit war Angelita vor Eifersucht verzehrt, aber sie gestand es sich selber nicht ein und ließ auch in ihren Gesprächen nichts durchblicken. Sie dachte nicht an eine bestimmte Frau – was vielleicht noch schlimmer war –, und sie erinnerte sich nicht einmal mehr an Remedios, weil sie wußte, daß sie nicht in Madrid war, vor allem aber weil Agustín ihr die Dinge so geschildert hatte, daß seine Liebe nicht durchschien. Diese gegenstandslose Eifersucht brachte sie zur Verzweiflung; hinzu kam, daß sie einfach nicht verstehen konnte, warum Agustín sie geheiratet hatte, da doch viel gewichtigere Proportionen zu seiner Verfügung gestanden hatten, wie zum Beispiel die Tochter des Möbelhändlers. Sie maß sich so wenig Bedeutung zu und ihre Selbstmißachtung war so aufrichtig, daß sie sich auf der Suche nach Gründen ständig den Kopf zerbrach. Nachdem die Glut der Hochzeitsreise erloschen war, suchte sie in den Ruhestunden, die ihr Zustand ihr bescherte, eifrig nach dem Grund ihrer Ehe. Sie begriff nicht, daß ihre Eltern und das dürftige Leben, das sie bei ihnen hatte führen müssen, für diesen

Minderwertigkeitskomplex verantwortlich waren. Daran gewöhnt, unter dem allgemeinen Niveau der anderen zu stehen, sah sie die Welt und die Menschen aus diesem Gesichtswinkel. Alles erschien ihr riesig, außerhalb ihrer Reichweite liegend und zu fern für ihre schwachen Kräfte. So taten ihr die Worte ihres Mannes außerordentlich wohl, und sie begann sich sehr schnell wieder zu erholen. Agustín merkte es und verwöhnte sie. Er machte es sich zur Gewohnheit, ihr Kuchen und Süßigkeiten mitzubringen, die die Kranke entdeckte, als handelte es sich um unbekannte Inseln. Da sie der Liebe Agustíns nun gewiß war, obgleich sie hierzu keinen anderen Grund hatte als diese wenigen, mit Leidenschaft gesprochenen Sätze, tat Angelita etwas, das ihr noch nie passiert war: Sie dachte an die Zukunft. Bis dahin hatte sie sich noch nicht um die Kleidchen für den zukünftigen Sprößling gekümmert, aber nun holte sie alles nach; mit zärtlicher Beständigkeit begann sie zu schneiden, zu nähen, zu stricken. Dieser Eifer verband sich aufs schönste mit dem ihrer Schwiegermutter, die sie jetzt öfters besuchen kam, wenngleich ihre Besuche nur kurz waren, weil sie unmöglich die Dienstmädchen allein zu Hause lassen konnte, »man weiß ja nie, wozu sie fähig sind«. Sie brachte den Jungen mit, der brav war und fast die ganze Zeit über auf dem Kissen schlief, die man ihm aufs Sofa gelegt hatte.

Seit seiner Begegnung mit Chulia hatte sich in Agustín etwas geändert. Es gab ihm zu denken, daß er so leicht auf die Reise nach Barcelona verzichtet hatte. Er überdachte sein Leben und stellte sich vor – ohne daß ihm »Ideen kamen«, wie dem Erfinder –, was ihn in den nächsten Jahren erwartete, neben einer Frau, die er nicht liebte. Die Kinder vielleicht... Gut und dann? Er machte sich keine Illusionen. Hatte er sich je welche gemacht? Er freute sich nur, wenn er das unschuldige Glück seiner Mutter sah, die sich um ihren »Enkel« kümmerte. Eines Tages, als er ihr einen kurzen Besuch abstattete, traf er bei ihr Don Cándido Monterde, den Pfarrer der Almuneda, ein Landsmann seiner Eltern. Agustín hatte ihn seit seiner ersten Kommunion nicht mehr gesehen. Doña Camila erklärte, daß sie ihn zu sich gebeten hatte, um ihm ein Almosen zu geben – Don José María machte immer noch gute Geschäfte – und ihn bei dieser Gelegenheit zu bitten, einige Messen für das Seelenheil Remedios' zu lesen. Wieder einmal bekam Agustín Gewissensbisse, als er sah, in welch einem Irrtum seine Mutter lebte, Gewissensbisse, die noch quälender wurden bei dem Gedanken, daß die Unglückliche tatsächlich Messen nötig hatte, wenn Chulia, wie anzunehmen war, nicht gelogen hatte, als er von seiner Begegnung mit der früheren Büglerin erzählte.

Don Cándido war ein rundlicher, sympathischer, gutmütiger Mann, der viel gesehen und sich alles gemerkt hatte. Er wohnte zusammen mit seiner Schwester, einer hageren, hinkenden Frau, am Ende der Calle Mayor. Er hätte nach Höherem streben können, aber er begnügte sich mit seiner Pfarrei und seiner Bibliothek; er war ein begeisterter Leser der Klassiker, und man sagte ihm sogar nach, ein Versemacher zu sein, da das Wort Poet in den Ohren seiner Umgebung schlecht klang.

Agustín hatte ihn in seiner Kindheit oft gesehen, vor allem weil eine Schwester des Pfarrers *(requiescat in pace)* eine sehr gute Freundin von Doña Camila gewesen war und die beiden Frauen sich damals häufig schrieben oder sich gegenseitig mit Besorgungen in Segovia und Madrid beauftragten, wobei ihnen Don Cándido als Vermittler diente.

Agustín begleitete den Priester ein Stück, und er konnte sich nicht verkneifen, ihm die wahre Geschichte des Kindes zu erzählen.

– Es gleicht sehr deinem Vater.

– Nicht von ungefähr . . .

Agustín ging nicht weiter als bis zur Geburt des Kleinen,

aber das genügte, um den Pfarrer in Wut zu bringen, der den Erzeuger sehr gut kannte.

– Ich will nichts Schlechtes über deinen Vater sagen, mein Sohn, aber er hat nie gewußt, was Scham ist.

– Meinen Sie, es wäre besser, meiner Mutter die Wahrheit zu sagen?

– Ich weiß es nicht, mein Sohn, ich weiß es nicht. Komme mir bloß nicht noch mit Problemen an, in einer so unruhigen Zeit. Ich habe schon genug mit all dem Gift, das von überall eindringt. Man läßt einem weder Sonne noch Schatten. Es ist zum Verrücktwerden. Kannst du dir vorstellen, was passiert, wenn wir eine Republik bekommen, wie sie sagen? Und wie steht es mit deinem Gewissen? Gehst du zur Messe? Empfängst du die heilige Kommunion?

Don Cándido ging mit unglaublicher Leichtigkeit von einem Gegenstand zum andern über, da er ausschließlich mit seinen eigenen Problemen beschäftigt war. Diese Art hatte ihm den Ruf der Unbesonnenheit und der Verworrenheit eingebracht. Er wußte es, tat aber nichts dagegen, da er gern alles vermied, was ihn Arbeit kostete.

Agustín gab ihm zu verstehen, daß er schon lange nicht mehr über die Schwelle einer Kirche getreten war.

– Ich sage nicht, daß du dich nach außen hin kirchentreu zeigen sollst, aber gute Werke vollbringen, wie Nieremberg sagt, schadet niemandem. Oder hast du etwa den Glauben verloren? Sag ja nicht, daß dem so ist. Ich kenne euch, dich und deinesgleichen, ihr seid Unentschlossene. Im Grunde seid ihr es, ihr Ungläubigen, die sich wünschen, daß es eine andere Welt gibt. Ihr wünscht es, um uns zu beweisen, daß es keine gibt, oder daß sie nicht so ist, wie wir sie uns vorgestellt haben. Was für ein Gesicht wird er wohl machen, denkt ihr gern, wenn er feststellen muß, daß es weder Paradies noch Hölle gibt, daß mit dem Tode alles vorbei ist? Was für ein Fiasko! Aber damit es uns so ergeht, muß es ja »etwas« geben, und daher seid ihr unsere besten Verbündeten, denn angenommen, daß es im Jenseits nichts gibt – wie ihr das wollt . . .

Agustín deutete eine Gebärde des Protestes an.

– Oder wie die es wollen, von denen ich annehme, daß sie deine Freunde sind – wer raubt uns den Trost, den die Religion auf dieser Welt gibt? Na, so antworte doch . . .

– Aber, ich . . .

– So hab doch wenigstens den Mut, zu deinen Meinungen zu stehen. Oder hast du etwa keine?

Nein, ich habe keine, dachte Agustín

– Und sag mir, ob ich nicht recht habe . . .

Sie gingen einige Schritte schweigend nebeneinander her.

– Ist es schon lange her, seit du zum letzenmal gebeichtet hast?

Du brauchst es mir nicht zu sagen. Warum besuchst du mich nicht ab und zu?

Agustín versprach es ihm. Er hatte nicht die Absicht, sein Versprechen zu halten, und schon gar nicht, nachdem Don Cándido ihm nicht seine Meinung kundtun wollte, ob man seiner Mutter nun die Wahrheit sagen solle oder nicht.

Teufelskind und Teufel von José María, dachte der Priester. Was für eine Welt, Herr, was für eine Welt! Er beschleunigte seine Schritte und kostete schon im voraus das Vergnügen aus, das ihm eine Ausgabe der *Moralia* Plutarchs aus dem Jahre 1570, übersetzt von Diego Gracián de Alderete, verschaffen würde, ein Buch, das sein Freund Lucas ihm geschickt hatte, »um einen Blick hineinzuwerfen«. Alles andere konnte warten.

17 Wie er schon zu Agustín gesagt hatte, war sich Riquelme seiner Sache gar nicht so sicher, als für Angelita die Stunde der Niederkunft kam, und er verlangte, daß man sie für alle Fälle ins Krankenhaus bringen solle. Die junge Frau weigerte sich ganz entschieden. Es braucht nicht hinzugefügt zu werden, daß die zukünftigen Großmütter ganz ihrer Meinung waren: Kinder werden zu Hause geboren. Die Niederkunft in einer öffentlichen Einrichtung hielten sie für einen Frevel.

– Außerdem besteht immer die Gefahr einer Kindsverwechslung.

Die ersten Wehen kamen am Freitag abend. Agustín war viel nervöser als seine Frau; zum erstenmal fühlte er sich direkt verantwortlich für eine Sache, die durch seinen Willen herbeigeführt worden war: Er hatte Angelita gewählt – ohne daß ihn die Leidenschaft dazu getrieben hatte – und sie befruchtet. Und jetzt bestand durchaus die Möglichkeit, wie der Arzt versicherte, daß es zu einer Katastrophe kam. Und was für eine Katastrophe. Der Tod zweier Menschenkinder, das eine von ihm selber geschaffen, das andere vielleicht zerstört, aus einer Laune heraus.

Carlos Riquelme gab ihm einige Beruhigungstabletten:

– Mach dir nichts draus, es hat schon schwierigere Fälle gegeben, die ohne größere Komplikationen gelöst wurden. Ich verhehle dir nicht, daß die angeborene Schwäche deiner Frau einer der heikelsten Faktoren ist, doch dich trifft dabei nicht die geringste Schuld.

– Ihre Eltern sind sehr arm.

– Auf jeden Fall . . . , sagte der Arzt in seinem immer etwas pathetischen Tonfall. Ich kenne arme Leute, die kräftig sind, und reiche, die schwach sind, das hängt zu einem großen Teil – nicht ausschließlich – davon ab, was man vom Leben erwartet und wie man das Geld einteilt, das man hat. Arm sein und knausrig ist zweierlei. Wir können noch froh sein, daß sie sich in den letzten Monaten ein wenig erholt hat.

– Aber du glaubst? . . .

– Ich glaube nichts, Agustín: Ich sehe und tue was ich kann. Der entscheidende Augenblick ist gekommen. Nun verlangt der Fötus seine Unabhängigkeit, und die Mutter muß das ausstoßen, was sie nicht mehr ernähren kann. Wenn beide das ihre dazutun, wird alles gut verlaufen, aber natürlich wird etwas Blut dabei fließen, genau wie wenn ein Volk seine Unabhängigkeit erlangt. Das Leben ist unteilbar; manchmal sind die Nationen mit der Geburtszange zur Welt gekommen, manchmal auf natürliche Weise.

– Einige wurden totgeboren.

– Und andere trugen den Tod der Mutter in sich.

– Glaubst du? sagte mechanisch der zukünftige Vater, der sich fragte, was er tun würde, wenn Angelita stürbe.

– Schon wieder? Ich habe dir doch gesagt, daß ich nicht glaube. Das Kind scheint in ausgezeichneter Verfassung zu sein, und das wird viel helfen.

– Wird sie die Schmerzen ertragen?

– Am Schmerz ist noch niemand gestorben, vergiß das nicht; der Schmerz an sich existiert nicht, alles hat eine Ursache.

– Willst du sie nicht chloroformieren?

– Nein, sagte der Arzt, es sei denn, wir müßten operieren. Ich bin gegen Entbindungen, die dem Ziehen eines Zahnes gleichen, und auch da . . .

– Du bist ein Barbar! Und am liebsten hätte er irgendeine der Hebammen geholt, die ihm sowohl seine Mutter als auch seine Schwiegermutter so warm empfohlen hatten. Beide waren dagegen, daß ein Mann der Wöchnerin beistehen sollte, selbst wenn dieser Mann sich von einer Hebamme helfen ließ, die er selber mitbrachte und die alles Notwendige vorbereitete.

– Vielleicht. Aber ich fürchte sehr, daß eine Verminderung des Schmerzes, wenn dieser Schmerz eine Funktion hat, die Menschheit zu einer Atonie führt, die sie das Leben kostet, sobald eine Krankheit auftritt, die organische Abwehrkräfte verlangt.

Die Hebamme legte ein Brett unter die Matratze, um eine feste Unterlage zu bekommen, stellte einen Stuhl umgekehrt darauf, in den ein Kissen kam, und hing an die Stuhlbeine, die in die Luft standen, ein Handtuch, damit die Gebärende sich daran festklammern konnte. Dann stellte sie auf jede Seite einen Stuhl für die Füße, legte ein gummiertes Untertuch auf, das am Bettrand in eine große Schüssel herunterhing, die zwischen den Stühlen und drei Krügen mit abgekochtem Wasser stand, und machte auf einem kleinen Tisch in der Nähe des Balkons das Geburtshilfebesteck einsatzbereit, das aus der Apotheke gebracht worden war.

Angelita begann sich zu winden und zu schreien – obgleich sie sich ganz fest vorgenommen hatte, es nicht zu tun –, aber es war falscher Alarm, der von einem Muskelkrampf verursacht worden war.

Doña Camila hatte eine Statue der Jungfrau de la Almudena mitgebracht, und Doña María hing ihrer Tochter ein Skapulier um den Hals.

– Es wirkt Wunder, die Frau von Don Paco hat es mir geliehen, es ist ein Stück vom Knochen des heiligen Sebastian drin.

– Preß, Mädchen, preß.

– Señora, sagte der Arzt zur Uhrmachersfrau, reden sie kein dummes Zeug, und zu Agustín:

– Das Zusammenziehen der Gebärmutter geschieht völlig unbewußt. Was anderes ist es, wenn es sich um die Austreibung handelt, aber dann brauchte es ihr niemand zu sagen. Das beste ist, du machst einen Spaziergang.

– Nein.

– Wenn sich die Sache auch noch so gut anläßt, es wird immerhin seine drei, vier oder gar fünf Stunden dauern, da deine Frau zum erstenmal entbindet.

– Und du meinst, daß sie es aushalten wird?

– Geh ins Café oder ins Kino: Hier bist du doch nur im Wege.

Angelita sagte ihm mit den Augen, daß er bleiben solle: Er setzte sich ins Wohnzimmer, den Kopf in den Händen vergraben.

Die Niederkunft dauerte sehr lange, zwölf Stunden. Angelita schwitzte furchtbar, weinte, war an der Grenze der Verzweiflung. In den letzten Augenblicken sah es aus, als sei ihr Kopf angeschwollen, die Adern traten stark hervor und klopften.

Alles verschwand mit der Ankunft eines winzigkleinen Mädchens, das Riquelme in die Luft hielt, wobei er ihm so lange auf den Hintern klopfte, bis es weinte.

– Sieh her, Agustín, sieh her – und die Mutter lächelte, denn sie hatte alles vergessen außer einem Bündel rötlichen Fleisches, das sie im rechten Arm hielt.

Eine halbe Stunde später wurde an der Puerta del Sol die Republik ausgerufen. Agustín gefiel diese Koinzidenz: zwei neue Leben. Von nun an würde alles gut werden. Durch die Straßen fuhren Autos und Lastwagen, zum Bersten voll mit Männern und Frauen, die aussahen, als seien sie betrunken; alle Welt schrie und sang. Die Großmütter bekreuzigten sich: Dabei konnte nichts Gutes herauskommen. Am betrübtesten war Don José María, der alle seine Felle davonschwimmen sah und wütend schimpfte:

– Und das ist oder war also ein König? Warum! Ich würde die Trupppen auf die Straße schicken, ohne von der Guardia Civil zu reden, und in einer halben Stunde wäre ich mit diesem ganzen stinkenden Pöbel fertig! Oder wollen die uns vielleicht vormachen, daß Spanien mit einem Schlag aufgehört hat, eine Monarchie zu sein? Feigheit, reine Feigheit! Was hier fehlt, das brauch ich wohl nicht ausdrücklich zu sagen. Das ist das Ende vom Ende! Verrätergenerale ... Wenn ich Ministerpräsident wäre ... Wehe, die riefen mir eine Republik aus! Kanaillen ...

Riquelme verabschiedete sich, entzückt. José María sprach weiter auf seinen Sohn ein:

– Und ich habe gerade einen Vertrag unterzeichnet, das mußt du dir mal vorstellen! Ich hätte mich endlich von den Geschäften zurückziehen können. Verdammt und zugenäht! Schweinebande, Kanaillen, Feiglinge! ... Aber es wird nicht lange dauern! Wie immer sind diese Liberalen nur Schwärmer.

Agustín hörte seinem Vater zu, sah ihn an und kannte ihn nicht.

– Was haben die Brüder denn geglaubt? Noch gestern hat der Conde de Torreblanca zu mir gesagt: Die liederlichen Zustände dauern hier zwei Jahre, die guten hingegen – die konservativen – zwanzig; dadurch ist Spanien eben Spanien. Das da unten – und er zeigte mit einer weiten, verächtlichen Gebärde auf die Straße – ist nur der Einfluß der Franzosen, die alle degeneriert sind. Denen würde ich die Republik beibringen, diesen Armleuchtern! ...

Nach zwei Monaten hatte er seine Meinung völlig geändert, unter anderem, weil man den bewußten Vertrag trotzdem unterzeichnet hatte.

– Nein, es sind keine schlechten Leute. Diese Republik ist in Ordnung.

Und als sich neue Gelegenheiten boten, bei denen er auf seine Rechnung kam:

– Man kann sagen, was man will, aber jetzt klappt alles wie am Schnürchen.

Der Verwaltungsapparat war immer noch der gleiche, und sein Kumpan, jetzt Ex-Unterstaatssekretär, verstand sich bestens mit der neuen Regierung. Da seine wirtschaftliche Zukunft nun gesichert war, hörte er auf, gewisse Vorsichtsmaßregeln zu ergreifen, und am Ende des Jahres hinterbrachte man seiner heiligen Frau, daß er eine Geliebte hatte. Sie hielt dieses Geschwätz für puren Neid. Als man ihr die Geschichte wieder erzählte und sie es immer noch nicht glaubte, sprach sie mit ihrem Mann darüber. Der zuckte nur die Achseln.

– Und was glaubst du?

– Was soll ich glauben, José María, daß es nicht wahr ist, natürlich.

So viel Naivität löste bei dem Neureichen eine sogar für ihn selber unerwartete Reaktion aus.

– Es ist aber wahr.

– Du machst Spaß.

– Nein. Früher oder später mußtest du es ja doch erfahren. Und außerdem, was kann dir schon daran gelegen sein? Du hast doch den Kleinen, oder nicht? Dann unterhalte dich mit ihm und laß mich in Ruhe. Von heute an werde ich in Agustíns Zimmer schlafen.

– Sprichst du im Ernst?

– Ganz im Ernst, Camila. Oder machst du dir etwa noch Illusionen? Hast du dich schon einmal im Spiegel betrachtet? Für dein Alter hast du dich ganz gut gehalten. Aber nicht für meins. Ich brauche frisches Fleisch. Du bist jetzt jenseits von Gut und Böse.

Die arme Frau weigerte sich hartnäckig, es zu glauben.

– Es scheint dir wohl Spaß zu machen, mich auf den Arm zu nehmen!

Der Geschäftsmann faßte sich und dachte, daß es eigentlich sinnlos sei, ihr unbedingt die Wahrheit einzutrichtern: Sein Eheweib stellte kein Hindernis dar für sein Vergnügen. Er gab herablassend zu, daß der witzige Einfall, den er gerade gehabt hatte, das Produkt seiner guten Laune gewesen war, worauf er ihr zum Beweis fünfhundert Peseten als Nadelgeld schenkte. Doña Camila dankte dem Himmel, daß sie so gute Menschen um sich herum hatte.

Mit der Mutterschaft bekam Angelita Gefallen am Leben: Alle Zweifel schwanden: Das Kind war die lebendige Erklärung, warum Agustín sie gewählt hatte. Sie wurde unmäßig dick, ihre Brüste schwollen an, und stolz ließ sie ihren Bauch vorstehen als äußeres Zeichen ihres Mutterseins, was sie, wie man sich denken kann, keineswegs zu ihrem Vorteil veränderte, da ihre Arme und ihre Beine weiterhin mager blieben. Einen Teil ihrer Liebe behielt sie dem Gatten vor, aber ansonsten zählte nichts mehr auf der Welt als die Mißgeburt von Tochter; die Ärmste war bleich, mager, weinerlich. Agustín brachte die Nächte damit zu, sie auf seinen Armen spazierenzutragen, und versuchte, ziemlich lustlos allerdings, sie zum Schweigen zu bringen. Er erinnerte sich voller Beklemmung an Remedios; denn von Angelita blieb nicht einmal mehr der Diminutiv. Es blieb nur noch Doña Angela, und sie hatte jetzt eine Art an sich, von der niemand wußte, wo sie sie herhatte. Nicht etwa, daß sie sich wegen ihres früheren Lebens rächen wollte, aber nachdem sie nun dem Elend entronnen war, zwang sie den andern ihren Willen auf. Sie war herrschsüchtig, maßlos, ungeduldig. Die Dienstmädchen blieben nie länger als eine Woche, es war ein ständiges Kommen und Gehen: Carmen, Antonia, Bienvenida, Amparo und wieder eine Antonia. Agustín mischte sich lieber nicht ein. Er betrachtete seine Tochter voller Verwunderung, hätte sie gern geliebt, konnte es aber nicht. Die Uhrmachersleute waren nicht besser dran, ihre Tochter behandelte sie wie Untergebene, und da sie es nicht fassen konnten, blieben sie zu Hause.

Eines Tages stieß Agustín an der Puerta del Sol mit Petra zusammen, die so tat, als sähe sie ihn nicht; er sprach sie an, um sie zu fragen, ob sie inzwischen etwas von Remedios gehört hätte. Die Frau sagte nein und verabschiedete sich unter dem Vorwand, in Eile zu sein, was aber nicht stimmte. Es war ihr unangenehm zu lügen; sie wußte nichts

Genaues über ihre ehemalige Freundin, aber ungefähr alle sechs Monate schrieb sie ihr ein paar Zeilen, um ihr mitzuteilen, daß es dem Kleinen immer noch gut ging. Doch auch das konnte sie jetzt nicht mehr tun, da Doña Camila wegen einer Kundin der Uhrmachersleute mit dem Kleinen nach Segovia verzogen war. Diese Kundin hieß Tomasa Cardiel und verkaufte zu Hause Schmuck, Strümpfe, Parfüm, überhaupt alles, was sich bot. Gelegentlich war sie auch Hehlerin. Seit Jahren schon reparierte Marcelino die zahlreichen Uhren, die ihm in die Hände fielen, ohne daß er über ihren Ursprung Fragen stellte, weil das nicht sein Beruf war; Tomasa hielt gern ein Schwätzchen mit Doña María, wenn diese sich im Laden aufhielt, was seit der Verheiratung der Tochter immer öfter vorkam. An jenem Tag sprach man von dem jungen Ehepaar und von dem gutherzigen Agustín.

– Wolle Gott, daß er nicht seinem Vater nachschlägt, sagte die Tomasa.

Sie kamen vom einen zum andern, und schließlich erzählte Tomasa von der kleinen Gans, die Don José María in der Nähe des Klosters de las Descalzas aushielt. Sie gab alle möglichen Einzelheiten, verschwieg aber manches, denn diese junge Person brachte ihr ziemlich viel Geld ein.

Doña María hatte nichts Eiligeres zu tun, als einen Schal überzuwerfen und zur Schwiegermutter ihrer Tochter zu laufen, um ihr alles zu erzählen.

– Ach, ich sage es ja . . . alle Männer sind gleich, sobald sie Geld in den Fingern haben. Daher segne ich unsere Armut, wir essen vielleicht wenig, aber ich kann wenigstens meines Marcelino sicher sein. Das kann man von manchen, die ich kenne, nicht sagen.

Doña Camila begriff nicht, was gemeint war, sie hielt nichts von Tratschereien, und außerdem war sie nicht intelligent genug, um Anspielungen zu verstehen. Das lag zum Teil an ihrer Taubheit, weil sie tatsächlich immer schlechter hörte, zum Teil aber auch daran, daß sie nicht verstehen wollte und sich in die Liebe zu dem Kleinen flüchtete.

– Das Geld, Camila, das Kleingeld ist an allem schuld; daher sage ich auch immer: Wenn man welches hat, soll man es behalten, dafür ist es gemacht. Ich kenne welche, die geben es aus, als koste es nichts, es zu vedienen.

Sie sprach so laut sie konnte, um sicher zu gehen, gehört zu werden.

– Wir haben keins im Überfluß . . .

– Im Überfluß haben, Camila, ist ganz was anderes . . .

– Was wollen Sie damit sagen?

– Mein Gott, sind Sie dumm.

– Ich bin es, und ich bin stolz darauf.

– Aber wissen Sie denn nicht Bescheid?

– Was denn?

– Daß José María . . .

– Wollen Sie mir auch noch dieses Märchen aufbinden?

– Es ist kein Märchen, Camila. Ich bin genau informiert.

– Ich glaube es nicht.

– Das steht Ihnen natürlich frei. Aber machen Sie doch einmal einen kleinen Spaziergang an die Plaza San Martín, Nummer sieben, dann werden sie schon sehen. Man nennt sie »La Pálida«.

– Sind Sie jetzt zufrieden?

– Nein, Camila, nein, aber ich kann es einfach nicht zulassen, daß man so was jemandem antut, den ich schätze und der dazu noch zur Familie gehört. Denken Sie doch an das Geld, das Ihr Mann verschwendet, er stiehlt es unseren Kindern und unserer Enkeltochter; wenn es Ihnen schon egal ist, Marcelino und mir ist es das jedenfalls nicht. Wenn es Ihnen nichts ausmacht, daß José María ein Flittchen hat, na schön, aber mit dem Geld der Familie spielt man nicht.

Die Besucherin war außer sich.

– Was haben Sie denn? Soll ich Ihnen eine Tasse Kamillentee machen?

– Nein, vielen Dank; Sie scheinen aus Stein zu sein.

– Das bin ich nicht. Aber ich möchte jetzt allein sein; nehmen Sie mir das bitte nicht übel. Wir werden uns morgen wiedersehen.

Die arme Frau versuchte liebenswürdig zu sein. Als das Klatschmaul weg war, brach Doña Camila in Tränen aus. Sie dachte einen Augenblick daran, mit Agustín darüber zu sprechen, aber gleich darauf sagte sie sich, daß die Sache nur sie etwas angehe. Sie suchte Don Cándido auf, und in der Sakristei schüttete sie ihm ihr Herz aus. Was sie erzählte, war für den Kirchenmann nichts Neues, und da seine Beichttochter hartnäckig darauf bestand, daß er mit dem Ehebrecher reden solle, hielt er es für seine Pflicht und Schuldigkeit, ihr zu sagen, daß es seiner Meinung nach sinnlos wäre: Der Baum war schon zu wurmstichig.

– Was soll ich also tun?

– Verzeihen, meine Tochter, als gute Christin verzeihen; ich nehme an, daß du nicht daran denkst, dieses teuflische Gesetz über die Ehescheidung in Anspruch zu nehmen, das die Atheisten soeben in den Cortes durchgebracht haben . . .

– In meinem Alter?

– Also?

– Und wenn ich nach Segovia ginge?

– Zu deiner Schwester?

– Ja.

– Für einige Zeit wäre es vielleicht nicht schlecht.

– Ich werde den Kleinen mitnehmen; Agustín hat bestimmt nichts dagegen. Willst du zu ihm gehen und mit ihm reden? Ich müßte mich schämen, ihm diese Dinge von seinem Vater zu erzählen.

– Geht in Ordnung.

– Aber wie ist es denn möglich, daß ein so guter, so anständiger Mann? . . . Es gibt eben Frauen, die verdienen nicht, daß sie leben! Denn das kann mir keiner ausreden, daß diese . . .na ja, du verstehst schon, daß die ihm den Kopf verdreht hat. Armer José María!

– Warum sprichst du nicht mit ihm?

– Ich? Du, ja: Das wäre was anderes.

– Ich habe dir schon gesagt, daß es sinnlos wäre. Ich kenne ihn lange genug.

– Also, ein Grund mehr . . . du weißt, daß er immer ein braver, gutherziger Kerl gewesen ist . . .

– Nein, Camila – sie duzten sich seit ihrer Kindheit – nein.

Siehst du, deine Idee, nach Segovia zu gehen, ist nicht schlecht. Möglich, daß er wieder zur Besinnung kommt, wenn er auf einmal allein dasteht, und daß er dich dann holen kommt. Wenn das der Fall ist, laß dich nicht zu lange bitten.

– Wie wird er ohne mich leben?

Vortrefflich, dachte der Pfarrer, aber er sagte es nicht und mischte sich auch nicht in die Angelegenheit ein.

Im letzten Augenblick mußte Doña Camila ihrem Sohn doch den Grund ihrer Abreise gestehen. Es war eine sehr schmerzliche Szene, und Agustín konnte nichts dagegen tun. Angelita hielt sich aus der Sache heraus, und sie waren ihr dankbar dafür.

Sie begleiteten das alte Frauchen zum Bahnhof: Ihre Augen waren ganz verquollen vom Weinen. José María, er war jetzt sechs Jahre alt, war brav und gehorsam wie gewöhnlich. Doña Camila versprach ihnen, oft auf Besuch zu kommen, für einen Tag. Agustín ließ seine Frau zu Hause und suchte seinen Vater auf. Die Szene war kurz und heftig.

– Misch dich nicht in Dinge ein, die dich nichts angehen.

– Meine Mutter geht mich wohl nichts mehr an, wie?

– Das ist vorbei, und nicht durch meine Schuld.

– Das ist doch die Höhe.

– Sag mal, Kleiner, vergiß bitte nicht, daß du mein Sohn bist.

– Dafür schäme ich mich.

Don José María zuckte die Achseln, drehte sich um und ging hinaus. Er beglückwünschte sich, daß er sein Verlangen unterdrückt hatte, seinem Sprößling eine herunterzuhauen. Das ist vorbei, reden wir nicht mehr davon, dachte er.

Doña Camila langweilte sich in Segovia zu Tode. Sie hielt ihr Versprechen und besuchte ab und zu ihren Sohn und ihre Enkeltochter. Sie kam mit dem ersten Zug an und fuhr gegen Abend wieder zurück, jedesmal ein wenig älter und ein wenig schwerhöriger.

Dritter Teil

1 Don Cándido Monterde war ein Glückspilz. Er war es seit seiner Seminarzeit. Wie seine ganze Familie stamme er aus Escalona del Prado, etwa dreißig Kilometer nördlich von Segovia. Sie lebten von Erbsen, und da sie eine große Familie waren, mehr recht als schlecht. Cándido war der zweite aus einer Schar von neun und der Liebling des Pfarrers; er las nämlich gern und hatte eine schöne Stimme für den Chor. Mehr bedurfte es nicht, um mit der Zeit die heitere Stütze der ganzen Familie zu werden – heiter aber nur, wenn sie nicht seine Bücher anrührte, denn dann wurde er zornig und sagte tausend häßliche Worte, die er sofort tiefzerknirscht bereute, wobei er sich den Schweiß abtupfte, der von seiner Glatze perlte –; sehr früh schon hatte er die feinen blonden Haare verloren, die seinen Schädel zierten. Er war rundlich und ziemlich klein, hatte eine römische Nase, einen breiten Mund, der gern lächelte, kurze Arme, fleischige Hände und unruhige Finger, mit denen er gern schnalzte oder auf jeder Oberfläche trommelte: Tisch, Stuhllehne, Kaminsims, auf die eigenen oder auf fremde Knie. Er ließ Gott einen guten Mann sein – aus dieser Besonderheit zog er Nutzen, ohne es zu beabsichtigen – und ließ sich lieber von den Ereignissen überrumpeln, als daß er sie herausforderte. Außerdem war er ein entschlossener Parteigänger der Göttlichen Vorsehung: Sie verließ ihn nie. Don Cándido sagte gern und oft, daß das Glück vom Himmel fällt, und in seinem Fall war auch wirklich was dran: Er hatte in seiner Jugend einmal Gelegenheit gehabt, einen Prinzen der königlichen Familie, der ein Mädchen aus einem Fenster des zweiten Stockwerks geworfen hatte, vor Unannehmlichkeiten zu bewahren; Don Cándido sah das Mädchen über sich und blieb stehen; er hatte sich dabei mehr weh getan als die kleine Hure, die nicht schwer und außerdem sehr leicht bekleidet war. Schon kam der Aristokrat herunter, zur Flucht bereit und voller Reue, denn dieser Wutanfall war, wie er sagte, »auf das heiße Blut der Bourbonen zurückzuführen«. Dieser Don Fernando war ein unbesonnener, aber im Kern doch guter Mensch, wie er selber sagte, allerdings, wie wir gerade gesehen haben, zu den größten Dummheiten fähig, wenn er glaubte, daß man ihm nicht den Respekt zollte, der seinem Rang zustand. Es hatte genügt, daß das Mädchen eine seiner Kapricen ablehnte, um sie zum Fenster hinauszuwerfen. Er schickte sie ins Zimmer zurück, eingehüllt in seine Capa, und bemühte sich um den Seminaristen, der von einer seiner Sanskrit-Lektionen zurückkam, die ihm um diese Stunde ein halbgelähmter Kanoniker erteilte, der nahe bei San Millán, am Rande des Paseo Nuevo, wohnte. Fortan genoß Don Cándido die Gunst des königlichen Hauses, die ihn schließlich in die Bibliothek des Palastes und in die Almudena führte. Ein Teil seiner Familie wollte Escalona nicht verlassen, da sie ihre Ländereien vergrößert hatten; ein anderer Teil, seine Tante Eulalia vor allem, die Freundin Camilas, blieb in Segovia, während er selbst sich mit zwei anderen Tanten und vier Neffen in Madrid niederließ. Eine von ihnen starb kurz nach ihrer Ankunft in der Hauptstadt, die andere pflegte ihn wie ihren Augapfel. Die Neffen wuchsen und gediehen; der eine stellte Heiligenfiguren her – seine Spezialität war der heilige Joseph –, der andere machte in der Calle del Barquillo eine Konditorei auf, der dritte sang die Messe, und der letzte verheiratete sich mit einem bigotten Weib, das viel älter war als er und selbstverständlich auch viel reicher. Der Bildhauer hatte einen zweifelhaften Ruf, und der Konditor hatte zusammen mit der stämmigen Tochter eines Gastwirteehepaares aus der Calle Reoyo zwölf Kinder, die schön waren wie zwölf Sonnen. Mit der Zeit nahm die Bibliothek Don Cándidos ungewöhnliche Ausmaße an: Es gelang ihm, viertausend Bände Theologie und Mystik aus dem sechzehnten und siebzehnten Jahrhundert zu versammeln. Nicht etwa, daß er Spezialist in diesen Fragen war, aber er hatte die Gelegenheit gehabt, die Bücher eines Kanonikers, der in Geldschwierigkeiten war, günstig zu erwerben, und diese Bücher bildeten den Grundstock zu seiner Bibliothek. Deshalb verachtete er aber nicht die Werke anderer Epochen, wenn die Ausgabe sich lohnte – selbst wenn sie weit davon entfernt waren, den Geruch der Heiligkeit zu atmen.

Er war glücklich inmitten seiner alten Schmöker und hielt sich, wo immer es anging, aus allem heraus. Am 18. Juli 1936 war er sechsundsechzig Jahre alt geworden. Der Militäraufstand und seine revolutionären Folgen erfüllten ihn mit Bitterkeit, nicht aus politischen Gründen, da machte er sich keine Sorgen, sondern weil er acht Tage später vom Bischof Bescheid bekommen hatte, daß es gut sei, sich »für eine gewisse Zeit«, das heißt bis zum Sieg der »Guten«, zu verstecken. Da es Don Cándido nicht an gesundem Menschenverstand fehlte, dachte er, daß diese »gewisse Zeit« länger dauern könnte, als manche meinten; er begann also ernsthaft darüber nachzudenken, an welche Tür er klopfen sollte. Es gelüstete ihn nicht sonderlich danach, bei seinem Neffen zu wohnen: Er war nicht naschhaft, und zwölf Kinder sind für jemanden, der die Ruhe und die Lektüre liebt, zuviel; der Herrgottsschnitzer war ihm unsympathisch, und der mit der reichen Frau saß auf einer seiner Beziehungen in der Sagra. Er zog seine Capa an, die ihm nicht schlecht stand, und ging in die Calle de San Bernardo, um mit seinem Freund Lucas, dem Antiquar, über diesen Fall zu reden; aufgrund ihrer gemeinsamen Leidenschaft hatten sie sich immer gut miteinander verstanden.

– Bleiben Sie, Don Cándido, bleiben Sie. Sie werden in dem Zimmer meiner verstorbenen Frau schlafen, und wenn Sie wollen, können Sie mir helfen, meinen Katalog aufzustellen. Es ist nicht das erstemal, daß ich jemandem Asyl gewähre, obgleich es das erstemal einer von ihrer Partei ist.

– Welcher Partei?

Lucas lächelte und fand die Lösung, indem er antwortete:

– Der Partei der Bibliophilen.

Lucas wußte übrigens, daß sein Freund kein Reaktionär war und auch nie einer gewesen war. Der Katalog war großartig und sollte noch vollständiger werden als der immerhin berühmte von Palau; das Dumme war nur, daß er nie zum Druck kam; immer wieder mußten neue Katalogzettel dazwischengeschoben werden.

– Sie brauchen nicht in den Laden herunterzukommen, Pilar wird Ihnen Gesellschaft leisten. Der einzige, der Sie sehen könnte, ist Agustín, aber ich glaube, er ist sogar ein entfernter Verwandter von Ihnen. Auf jeden Fall können Sie Vertrauen zu ihm haben. Ramón ist mein zweites Ich, da besteht keine Gefahr. Und Ihre Tante?

– Die kümmert sich um die Wohnung.

Sie blieb bis Kriegsende dort, da sie von der Kommission zum Schutz der Kunstschätze beauftragt war, über die Bibliothek ihres Bruders zu wachen.

– Von welchem Agustín sprechen Sie denn? Etwa von Agustín Alfaro?

– Ja.

– Seit wann interessiert er sich denn für alte Bücher?

– Er kommt wegen Pilar.

2 Pilar war sieben oder acht Jahre älter als Agustín, aber das war ohne Bedeutung – für sie jedenfalls. Sie war eine etwas männliche Frau, wie man es bei kräftigen Bauernmädchen bisweilen findet, die in die Stadt gekommen sind, oder bei Baskinnen, wenn sie hochgewachsen sind und außerhalb ihres Heimatlandes leben. Sie war etwa ein Meter siebzig groß, und ihre Knochen waren überall gut gepolstert. Kleiner Kopf, breite Stirn, fleischige Lippen, anmutige Nase und leuchtende Augen, dichtes, etwas nachlässig frisiertes Haar. Diese Nachlässigkeit gehörte irgendwie zu ihrer Wesensart. Sie war salopp in der Kleidung und sauber wie ein blanker Taler, ein hybrides Erzeugnis. Als Kind war sie in Barcelona in die von Francisco Ferrer gegründete *Escuela Moderna* gegangen, wo sie immer durch ihre unter Mediterranen ungewöhnlichen Größe auffiel. Zu ihrem gesunden, bäuerlichen Menschenverstand und ihrer baskisch-navarresischen Aufrichtigkeit war der aggressive Atheismus einer freien Erziehung und mit acht Jahren der Verlust ihrer Mutter gekommen. Kurz bevor sich Lucas 1912 in Madrid niederließ, war die Frau an den Hängen des Motjuich begraben worden. Der Buchhändler hatte auch das Schlafzimmer der Verstorbenen in die Wohnung in der Calle de San Bernardo bringen lassen, und hier pflegte er sich jeden Nachmittag eine Zeitlang auszuruhen. Wenn dieser Ritus im Laufe der Jahre zur Siesta wurde, so lag es vor allem an seiner schwierigen Verdauung. Die ältesten und zugleich unauslöschlichsten Erinnerungen Pilars waren eng verknüpft mit der *Tragischen Woche*, mit Schüssen, Bränden, durch die Straßen laufenden Menschen, geheimnisvollen Winkelkonzilen im Erdgeschoß der Calle de Arbau.

In Madrid ist Pilar jetzt Hausherrin und Herrin ihres Lebens; sie kennt die Schriften Kropotkins *An die Jugend* auswendig. Nicht daß sie entschlossen ist, »für das Wohl der Menschheit zu arbeiten«, aber sie vermöchte sich einfach nicht vorzustellen, daß sie jemanden schätzen könnte, für den dieses Programm nicht die natürlichste Sache von der Welt ist. Sie liest, was ihr gefällt, und die Welt – so glaubt sie wenigstens – hat keine Geheimnisse für sie; sie weiß, wie sie entstanden ist und sich verwandelt hat, sie haßt Vorurteile und Heuchelei und jagt den jungen Männern, die sich ihr nähern, Angst ein. Sie lernt zu Hause, was ihr Vater ihr gerade angibt, und hat mit fünfzehn Jahren ihren ersten Liebhaber. Sie hat die Ohrfeige nicht vergessen, die Lucas ihr am Abend gab, als sie ihm das Vorgefallene stolz erzählte. Es war ihr eine Lehre, und da sie bei ihrem Abenteuer nicht das geringste Vergnügen gehabt hatte, vergingen Jahre, bis sie wieder mit einem ins Bett stieg. Durch dieses Experiment fühlte sie sich frei, bis sie sich hoffnungslos in Manuel Escalante, einen jungen Taugenichts, verliebte.

Der Mutterinstinkt war immer sehr stark bei ihr entwickelt gewesen; vielleicht, weil ihr die Mutter gefehlt und sie sie nur krank gekannt hatte, oder weil sie sich seit ihrem frühesten Alter um den Haushalt kümmern mußte, vielleicht aber auch wegen ihrer Größe und ihres Gewichts. Manuel war zweiundzwanzig Jahre alt, sie über fünfundzwanzig; er war ein schlechter Student, weil er selber es so wollte, übrigens der einzige Punkt, bei dem er einen starken Willen bewies. Da die Universität ganz in der Nähe war, kannte Pilar eine Menge junger Leute, die Bücher verpfändeten oder verkauften, wenn sie etwas Geld brauchten, um die täglichen Bedürfnisse zu befriedigen – das Billard, den Kaffee, die kleine Freundin, ein anderes Buch, eine Einschreibung, eine kleine Reise, eine Krawatte, die Rückzahlung einer geliehenen Summe; keiner machte so viel Eindruck auf sie wie Manuel: Es war Liebe auf den ersten Blick. Er war klein und häßlich und immer auf der Suche nach Auswegen; seine Familie, die in Soria wohnte, schickte ihm genau das, was er unbedingt zum Leben und für sein Studium brauchte. Manuel lag den ganzen Tag rauchend auf dem Bett, das war seine einzige Beschäftigung. Er aß wenig, ging viel spazieren, dachte an nichts. Er studierte, wenn man so sagen darf, Jura, hatte einige Vorlesungen in Philosophie belegt und meinte am Ende, daß die Medizin ihm vielleicht besser gefallen würde: Nach zwei Tagen an der medizinischen Fakultät San Carlos war er von seinem Irrtum geheilt. Er versuchte es mit manueller Arbeit und war eine Woche lang Kellner. Im Grunde wußte er genau, was er werden wollte, und war überzeugt, daß er sich auch bald durchsetzen würde, wenn er nur eisern dabeiblieb. Manuel Escalante, sagte er zu sich, ist dazu geschaffen, Schauspieler zu werden. Die Enttäuschung war groß, er stolperte über seine Zunge und hatte kein Gehör.

– Sind Sie ein Verwandter von Don Eduardo?

Er sagte ja, obgleich es nicht stimmte, nur um etwas zu erreichen. Aber er kam über Anfängerrollen nicht hinaus. Außerdem war es viel Arbeit, und er hatte nicht die Figur zum jugendlichen Helden, sondern zum Komiker. Wieso hatte er das nicht früher gemerkt? An dem Tag, an dem man es ihm ins Gesicht sagte, hatte er vor, Selbstmord zu begehen.

Er begann Bücher zu stehlen, die er Lucas verkaufte: So lernte er Pilar kennen, die sie ihm besser bezahlte als sonst irgendwer. Eines Nachmittags führte er sie in ein Café in der Calle de Preciados – ein Café mit Spiegeln und Polsterbänken aus rotem Plüsch –, fast an der Ecke der Plaza de Santo Domingo, in der Nähe der Pension, in der er wohnte, in der Calle de Tudescos.

– Wo haben Sie eigentlich alle diese Bücher her?

– Ich stehle sie.

Er weiß, mit wem er es zu tun hat und daß er alles sagen kann.

– Ich brauche das, um zu leben.

– Warum arbeiten Sie denn nicht?

– Ich tauge zu nichts.

– Wir taugen alle zu etwas.

– Man müßte nur wissen, wozu.

– Haben Sie keine Angst, daß Sie geschnappt werden?

– Nein, die Buchhändler sind Dummköpfe. Außerdem sind sie daran gewöhnt. Ab und zu kaufe ich eins, die Angestellten sind Freunde von mir.

– Studieren Sie?

– Wenig.

– Was wollen Sie werden?

– Ich weiß nicht. Ich habe es nie gewußt.

Er log, aber aus Spielerei, da er merkte, daß Pilar geradezu danach lechzte, ihn zu beschützen.

– Aber so können Sie doch nicht leben.

– Da bin ich ganz Ihrer Meinung.

– Also?

– Wenn ich es leid bin, werde ich mir eine Kugel durch den Kopf jagen, und dann hat die arme Seele Ruhe . . .

Er sagte es, um anzugeben, aber es war wahr.

– Lieben Sie niemanden?

– Niemanden und nichts. Als ich klein war, hatte ich einen Pudel, man hat ihn mit Stockschlägen getötet: ein Trunkenbold, hinter dem er hergebellt hat. Ich glaube, daß mir deshalb der Wein nie geschmeckt hat.

Sein einziges Laster – wenn es eins war – war der Tabak: Er zündete sich eine Zigarette an der anderen an.

– Rauchen Sie nicht so viel, es schadet Ihnen.

– Mir schadet nichts.

– Aber das ist doch kein Leben.

– Und doch lebe ich.

– Und was gedenken Sie zu tun?

– Weitermachen, in der Hoffnung auf ein Wunder.

– Glauben Sie an Gott?

– Das ist etwas, das mir gleichgültig ist.

– Haben Sie eine Freundin?

– Nein.

– Na?

– Ich nehme, was anfällt.

– Vom Himmel?

– Aus der Umgebung: Es gibt genug.

– Sind Sie nie verliebt gewesen?

– Ich nehme an: Die Frauen sind sich alle gleich.

Er möchte Pilar bange machen, ihre Vorurteile verletzen, obgleich er weiß, daß sie sich schmeichelt, keine zu haben.

Aber der Eindruck, den sein zerrissenes Hemd, seine abgewetzten Manschetten und seine schmutzigen Kleider auf sie machen, ist stärker.

– Wer kümmert sich um Sie?

– Das Dienstmädchen.

– Warum laufen Sie so zerlumpt herum?

– Können Sie sich mich als Dandy vorstellen?

– Nein, aber wenigstens sauber.

– Kümmern Sie sich doch drum.

– Wenn Sie mich lassen.

– Ich lasse alles mit mir machen, aber verlangen Sie nicht, daß ich meinen Teil dazu beitrage. Trinken Sie noch einen Kaffee.

– Sie sind alles andere als ein Dummkopf.

– Ich weiß nicht, es ist möglich.

– Ihnen fehlt nur jemand, der Sie antreibt, der Ihnen hilft.

– Wollen Sie es versuchen?

– Ja.

– Aber ich warne Sie gleich, es wird nicht viel dabei herauskommen.

– Solange ich etwas für Sie tun kann ...

– Wissen Sie, Dankbarkeit ist nicht meine Starke.

– Niemand verlangt das.

– Gefalle ich Ihnen?

– Ich glaube ja.

– Was wird ihr Vater sagen?

– Nichts. Ich tue, was ich will.

Es dauerte sechs Monate. Nach dem dritten war Pilar schwanger, und nach dem fünften brachte Manuel sie zu einem Medizinstudenten, den er kannte und der ihr mit einigen Spritzen, einem Abführmittel und Mutterkorntabletten die Frucht abtrieb. Eines Abends, als sie in das dunkle Zimmer in der Calle de Tudescos kam, wo der Student wohnte, hatte er sich an einer der vergoldeten Kupferstangen des ungemachten Betts mit seinem eigenen Gürtel erhängt.

Pilar ertrug die Prüfung mutig. Nur sie, ihr Vater und das Dienstmädchen der Pension folgten dem Sarg. Später, als Ramón in den Dienst Lucas' trat, sah man sie nicht mehr in der Buchhandlung.

Ramón stammte aus Murcia; er war nach Barcelona gekommen, um sich zu verstecken. Er hatte an zwei Attentaten teilgenommen, in deren Verlauf er verwundet worden war. Wie durch ein Wunder konnte er sich in Sicherheit bringen und hatte keine Lust mehr, sich noch einmal auf solche Abenteuer einzulassen. Er war ein schweigsamer Mensch, der gewissenhaft seine Arbeit verrichtete. Er bekam Gefallen an der Lektüre kabbalistischer Bücher, war ein überzeugter Anhänger des Esperanto und eines sehr komplizierten Jenseits; er schlief in der Dachkammer. Da die Buchhandlung um Mittag nicht geschlossen war, ging er erst zum Essen hinauf, wenn Lucas nach seiner Siesta herunterkam. Gegen Abend pflegten sich einige unbedeutende Bibliophile, solche, die auf der Jagd nach einem günstigen Gelegenheitskauf waren, in dem Büro hinter dem Laden zu treffen. Am Tag kamen viele Studenten in den Laden, einige Neugierige und verschiedene Freunde des Hauses. Ab und zu kam Pío Baroja mit seiner Baskenmütze, um in den Regalen zu wühlen; oder man sah Azorín mit seinen kleinen, halbgeschlossenen Augen und seinem dümmlichen, roten Gesicht im Laden auftauchen. Enrique Díez-Canedo, der ganz in der Nähe Französischunterricht gab, kam, die

Arme hinterm Rücken verschränkt, mit kleinen Schritten und schriller Stimme öfters herein; auch Núñez de Arenas kam, Luis Bello, José María de Cossío mit seiner beschlagenen Brille, seiner rundlichen Figur, seinem Gehabe eines Pfarrers sowie José Bergamín, immer seitwärts gehend, mit vorgestrecktem Kopf. Keiner von ihnen war ein guter Kunde; sie suchten das seltene Buch, das für den gewöhnlichen Sterblichen wertlos ist, aber sie wußten nie genau, welches.

Auch José Waldmann mit seiner dicken Nase und Antonio Zaragozá, dessen einzige Originalität in dem Akzent auf dem letzten a seines Namens bestand, tauchten hier auf. Zaragozá war Gallizier und lebte vom Organisieren von Banketten. Er ergriff alle Gelegenheiten beim Schopfe und lag ständig auf der Lauer – im Ateneo, in den Clubs, den Akademien, den Tertulias – nach einem Namen und einer Gelegenheit. Er telefonierte dann mit der Creme der Gesellschaft – Malern, Architekten, Abgeordneten, Romanciers, Dramatikern, Journalisten –, und mit zwei, drei gutangesehenen Unterschriften versehen ging er zu Lhardy, ins Ritz, ins Palace oder in ein Speiserestaurant, je nach den Umständen und den finanziellen Möglichkeiten der zu Ehrenden, organisierte alles für das Bankett und steckte seine Kommission im voraus ein. Doktor Marañón war seine sicherste Einnahmequelle, aber auch die Ortegas brachten allerhand ein. Zaragozá suchte pornographische Bücher.

Bisweilen hörte sich Agustín eine Diskussion an:

– Sie wollen doch nichts anderes, Don Pío, als mit einem Federstrich das auslöschen, was Sie stört. Wenn Sie könnten, würden Sie das Mittelmeer in einen zweiten Golf von Biskaya verwandeln.

– Jeder sucht das ihm Gemäße. Mir mißfallen Lärm, theatralische Gebärden und hohle Beredsamkeit.

– Aber Sie können doch nicht leugnen, daß Sie in der

Minderheit sind. Der Spanier liebt das Theater mehr als alles und mehr als sonst irgend jemand.

– Es ist nicht meine Schuld.

– Aber das ist doch kein Grund, die Hälfte Spaniens zu verachten, und merkwürdigerweise gerade jene Hälfte, die einigen Ihrer Ideen am nächsten steht.

– Das ist nicht sicher.

– Wieso nicht? Die Levante ist das einzige anarchistische Land, das existieren könnte, wenn man ihm die Möglichkeiten dazu ließe.

– Dieser Anarchismus ist nicht der meine.

– Klar, Ihnen ist der russische Anarchismus lieber; je finsterer, um so besser. Aber dieses Spanien, das Sie nicht mögen, ist zwanzigmal größer als das Baskenland.

Don Pío zuckte die Achseln und fing an, über Blasco Ibañez zu schimpfen. Agustín dachte, daß dem Autor von *Zalacaín* vor allem der Erfolg des Valencianer im Vergleich zu seinem eigenen mißfiel. Auf der anderen Seite mißfiel ihm auch die lärmende Art der Levantiner, die beharrlich jene harten Dialekte sprachen, die er nicht verstand.

– Das Katalanische ist eine Beleidigung, wie Don Práxedes Galeana, ein Kunde aus der Calle de Zorilla, zu sagen pflegte. Aber vielleicht hatte Lucas tatsächlich recht:

– Was man auch tut, um es zu vergessen, etwas bleibt immer hängen.

– Leider, murmelte Don Pío im Weggehen.

Seit Chulia ihn hierhergebracht hatte, kreuzte Agustín ab und zu in der Buchhandlung auf, wenn er auf dem Nachhauseweg noch einen Augenblick Zeit hatte. Galdós gefiel ihm jeden Tag besser, und er kaufte wahllos alle seine Romane. Eines Tages bediente ihn Pilar, da ihr Vater aufs Finanzamt gegangen war. Was ihn an Remedios erinnerte, als er sie sah, ist schwer zu sagen. Die Körpergröße war es nicht, eher die Stimme. Eines Tages traf er Don Cándido in der Buchhandlung, der nach Agustíns Weggang nicht an Lob sparte.

– Ein sehr anständiger Junge, von seiner Art gibt es nicht viele. Er hätte ein besseres Lob verdient.

Pilar und Agustín trafen sich zufällig an einem wunderbaren, kalten Januarmorgen im *Madrid-Paris* wieder. Sie tranken in einem Café an der Gran Vía, neben der Plaza del Callao, einen Wermut. Pilar ging auf die Vierzig zu, und Agustín war gerade dreiunddreißig Jahre alt geworden, obgleich sein weißes Haar ihn älter erscheinen ließ. Er wurde nicht müde, ihr zuzuhören; Pilar wußte über alles etwas zu sagen.

– Ich bin ein Ignorant, sagte Agustín, und ich fange jetzt an, es zu bedauern. Aber ich bin zu alt, um noch zu lernen, es langt gerade noch zum Leben.

– Sie sind sehr jung.

– Aber nicht innerlich.

Fast ohne es zu merken, wurden sie ein Liebespaar. Es schien ihnen bei ihrer Freundschaft vollkommen natürlich. Zum erstenmal war Pilar glücklich, wegen der Dankbarkeit. Agustín kam mit allem zu ihr. Es wurde ihm zur Gewohnheit, jeden Tag in die Buchhandlung zu gehen, aber er ging in die Wohnung und floh die Tertulia, die ihn langweilte. Ab und zu verbrachten sie den Nachmittag in einem benachbarten Hotel. Lucas sagte, wie immer, nichts. Für ihn existierte Agustín nicht: nichts von dem, was ihm etwas bedeutete, interessierte den Vertreter. Es schien ihm absurd, daß seine Tochter mit einem so nichtssagenden Mann befreundet war. Er fand sich damit ab, wie man sich mit etwas abfindet, das einen nicht weiter belästigt. Das dauerte drei Jahre: bis zum Bürgerkrieg 1936 und der Ankunft Don Cándidos in den oberen Stockwerken der Buchhandlung.

Beim Putsch der Militärs bekam Chulia sofort einen »wichtigen« Posten, wie er selber sagte. Die Anarchisten waren nicht übermäßig mit Intellektuellen gesegnet, und der Erfinder hatte dank seiner Verbindungen mit einigen hohen Tieren der *Confederación* bei einer Unzahl von Organisationen der Regierung von Aragón seine Hand im Spiel. Er war mit den verschiedensten Dingen beauftragt, da er von allem etwas verstand; er entwarf phantastische Pläne für Schulen und Museen, die die begeisterte Zustimmung seiner Genossen fanden; für Staudämme, Gebäude, Flugplätze, Parks, Waffenfabriken; die Verwirklichung war zwar eine andere Sache, aber bis dahin standen ihm drei Wagen zur Verfügung und eine Prestige verleihende Leibwache: acht bis weit über die Zähne bewaffnete Männer. Er war glücklich, weil ihm jeden Tag eine neue »tolle« Idee kam, die angenommen wurde. Das genügte ihm, um zu einer anderen überzugehen. Er machte häufig Reisen nach Barcelona. Eines Tages aß er im Hostalet zu Abend, bemerkte Tula und ging mit ihr weg. Als er am anderen Morgen aus dem Bad kam, stieß er mit Remedios zusammen; der Erfinder war über diese Begegnung nicht verwundert; er hatte schon ganz andere Sachen erlebt.

– Kennt ihr euch? fragte Tula.

– Ja, haben uns zwei- oder dreimal in Saragossa gesehen, nicht wahr? Und einmal hier. Es ist übrigens schon lange her, daß ich Ihren Bruder das letztemal gesehen habe. Ich bin ihm eines Tages in Madrid begegnet, kurz nachdem ich Sie in der Bar des Colón getroffen hatte. Erinnern Sie sich noch? Ich habe es ihm erzählt, und er hat mir eine Menge Fragen gestellt. Wissen Sie, daß er verheiratet ist?

– Ja. Wie geht es ihm?

– Inzwischen ist viel Wasser den Berg runtergelaufen. Na ja, es ging ihm gut, er ist immer noch der gleiche brave Kerl – und sich an Tula wendend –, völlig unbedeutend.

– Sagen Sie das nicht, der Schein trügt, protestierte Remedios

Nur wenn jemand große Gemeinheiten begeht, spricht

alle Welt von ihm; wenn es sich aber um eine gute Tat handelt, über die man schweigen muß, dann ...

– Du hattest mir nie gesagt, daß du einen Bruder hast, bemerkte Tula erstaunt.

– Es ist Agustín.

– Ach so! Das hättest du mir gleich sagen können. – Sie lachte – Dein Bruder: Das ist gar nicht schlecht.

– Was habt ihr? fragte Alberto, der nicht recht verstand.

– Nichts, sie macht Scherze, erklärte Remedios. Du hast wohl nicht gedacht, daß du mich hier treffen würdest?

Sie duzt ihn, weil der Beruf und die Umstände es erfordern.

– Nein. Du hast dich verändert.

– Das kannst du nicht beurteilen.

– Aber zu deinem Vorteil.

Remedios hat bei dem schlechten Tausch gewonnen. Sie versteht sich jetzt zu kleiden und ihre Vorzüge herauszustreichen, und das ist nicht wenig; Alberto möchte sogar schwören, daß sie sich die Nase hat richten lassen.

– Ich habe deinem Bruder natürlich nicht erzählt, was du hier tust. Ich nahm an, daß es ihm nicht gefallen hätte ... daß du so gut gefällst.

– Du hast gut daran getan. Er ist ein Prachtkerl. Wohnst du in Barcelona?

– Nein. Ich komme und gehe. Ich bin mit einer wichtigen Aufgabe betraut; ich habe über dreitausend Mann unter mir, bald werden es achttausend sein: Ich werde den ganzen Abhang der Pyrenäen aufforsten. Morgen fahre ich nach Llivia und nach Puigcerda.

– Könntest du uns nicht Butter und Tabak mitbringen?

– Soviel ihr wollt. Wenn ihr was habt, ich erledige alles für euch ... Und dein Junge?

– Er ist in Segovia, bei ... seiner Großmutter. Ich habe schon jahrelang nichts mehr von ihm gehört. Ich mache mir Sorgen.

– Das werde ich in Ordnung bringen.

– Wie?

– Nur keine Sorge, laß das meine Sache sein. Gib mir die Adresse, dann wirst du schon sehen.

Denn Chulia ist so: er kann alles, wenigstens glaubt und verspricht er das. Wenn er dann sein Versprechen nicht hält, ist es kein schlechter Wille, sondern weil er etwas anderes zu tun oder andere Versprechen einzulösen hatte. Darauf erfindet er alles mögliche und führt die Widerwärtigkeiten des Zufalls an; man solle sich aber bloß keine Gedanken machen: das bringe er schon in Ordnung. Er ist nicht umsonst mit denen so eng befreundet, die alles können, mögen sie sein, wer sie wollen.

3 Die Belagerung von Madrid brachte keine Veränderung in Agustíns Leben; er besuchte seine Kunden und erledigte ihre Aufträge. Als die Ware knapp wurde, machte er kleine Tauschgeschäfte. Einmal gelang es ihm, mit einem Lastwagen, der Verwundete nach Alcoy brachte, nach Ibi zu fahren. Als er zurückkam, hatte er den Wagen mit Spielsachen hoch beladen. Als das Leben dann immer schwieriger wurde, brachte er einen Teil seiner Zeit damit zu, sich die für den Haushalt unentbehrlichen Dinge zu besorgen. Wie alle andern gewöhnte er sich an die Bombenangriffe und die Einschränkungen.

Was ihm Kummer machte, waren seine Schwiegereltern, die nie in den Luftschutzkeller gingen, ja nicht einmal das Haus verlassen wollten, aus Angst, eine Granate oder eine Bombe würde die Wohnung zerstören und ihren Reichtum hinwegfegen. Don Marcelino reparierte weiterhin Uhren und hatte eine Heidenangst.

Während des Winters 1937 konnte Agustín Angelita dazu

überreden, nach Ibi zu fahren, zu Don Francisco, dem Fabrikanten, dessen Vertreter er war und mit dem er sich ausgezeichnet verstand. Er versuchte, die Uhrmachersleute so weit zu bringen, daß sie sie begleiteten, aber es war nichts zu machen: sie verließen ihre Wohnung nicht. An einem kalten Morgen fuhren Angelita und die Kleine zusammen mit anderen Evakuierten im Autobus los. Agustín blieb zurück. Er mußte sich um die Wohnung und seine Geschäfte kümmern. Das Dienstmädchen, das sie im Augenblick hatten, reiste mit der »Señora« ab. Agustín, der nun allein in Madrid war, verbrachte die meiste Zeit in der Buchhandlung, in der man nicht mehr einen Fuß vor den andern setzen konnte. Durch Bombenangriffe waren zahlreiche Häuser zerstört worden, und in den Trümmern fand man massenweise Bücher, die zwar meistens nicht zusammengehörten, die aber einen großen Haufen bildeten. Gar nicht zu reden von den Bibliotheken, die Lucas aufkaufte, ohne sich viele Gedanken darüber zu machen – höchstens wenn er allein war –, wo sie herkamen. Der Buchhändler und Don Cándido diskutierten ausführlich über den Krieg, seine Ursachen und Abhilfe. Die beiden Latinisten zogen alle Register ihrer Gelehrsamkeit zugunsten verschiedener Theorien. Tag und Nacht redeten sie über den gerechten und den ungerechten Krieg, über das Recht zur Rebellion, über die Gerechtigkeit und die Freiheit.

Es war die glücklichste Zeit im Leben Agustíns. Pilar verwöhnte ihn wie ein Kind, und er liebte sie und ließ sich lieben. Die Erinnerung an Remedios, die in der Stimme seiner Geliebten wieder lebendig wurde, war ihm ein kleiner Halt. Der Krieg zwang ihn zu einem bewußteren Leben und zu größerer Aufmerksamkeit für die Tagesereignisse, bis Pilar am 30.11.1938 von einer Granate getötet wurde, als sie um Kohle Schlange stand: ein winzigkleiner Splitter war ihr in die Schläfe gedrungen.

Zum erstenmal verließ Don Cándido das Haus. Es war

ein furchtbares Begräbnis; es war sehr kalt, und im Hintergrund donnerten die Kanonen. Lucas hatte einen annehmbaren Sarg und einen Leichenwagen gefunden. Dicke, dunkelviolette Wolken hingen am Himmel, und es fielen ein paar Tropfen. Der Buchhändler und der Pfarrer stritten sich, weil Lucas bemerkte, daß Don Cándido betete. Agustín, die Hände in den Taschen seines Überziehers, ganz eingemummt in einen Schal, den Pilar ihm gestrickt hatte, stand am Grab und dachte an nichts: der Kopf schmerzte ihn so, als wäre er ihm abgeschlagen worden. Nachdem die beiden Alten sich fragend angeblickt hatten, gingen sie weg, ohne sich zu verabschieden; sie ließen ihn stehen, und Agustín mußte zu Fuß nach Hause gehen.

Er fühlte sich allein. Zum erstenmal in seinem Leben ganz allein. Er hatte wenig zu tun, und niemand war da, mit dem er reden konnte. Er hatte seine Mutter gehabt, Remedios, Angelita, Pilar, aber nie richtige Freunde, denn er hatte sich immer unter einen Frauenrock geflüchtet. Jetzt wurde er sich dessen ganz deutlich bewußt. Er versuchte mit Bekannten auszugehen, sich dem Stammtisch eines Cafés anzuschließen, aber er langweilte sich entsetzlich. Das Haus war kalt, das Ehebett zu groß, er fühlte sich von allem abgeschnitten, als hätte sich plötzlich eine Rinde gelöst, die seine Haut bedeckte und ihn von allem trennte. Seine Mutter in Segovia, Remedios weiß Gott wo, Angelita in Ibi, Pilar tot; er, leer. Leer und schmerzgebeugt ließ er sich aufs Geratewohl durch die belagerte Stadt treiben, ohne sich für irgend etwas zu interessieren, nicht einmal für die Nachrichten und die Verpflegung. Er ließ sich gehen: wenn es zu kalt war, stand er nicht auf; er rasierte sich tagelang nicht, etwas noch nie Dagewesenes, denn er hatte immer sehr auf sein Äußeres geachtet. Er wußte nicht, was er wollte. Er ließ seine Erinnerungen Revue passieren, er war ohne Wunsch. Remedios wuchs in ihm hoch wie Efeu. Er ging wieder in die Calle del Peñón. Paca und Petra waren zu sehr mit ihren

Alltagsproblemen beschäftigt, um viel mit ihm herzumachen. Ihre Männer waren im Krieg.

– Und Sie, warum sind Sie nicht an der Front?

– Man hat mich untauglich geschrieben.

El Canillas kam oft heim, er war an der Front von Madrid. Rafael, El Gorra, kämpfte in Estremadura und war gerade zum Leutnant befördert worden.

– Sie sehen aus, als hätten Sie Kummer, sagte Petra zu Agustín. Tun Sie doch etwas, Mann.

– Was denn?

– Melden Sie sich als Sanitäter oder als sonst was.

Aber er wollte nichts tun. Eines Nachmittags, vom Himmel regnete es Bomben (diese fiel bei Bravo Murillo, diese bei Chamberí, diese nicht weit von der Puerta del Sol entfernt . . .), kam die Nachricht, daß El Canillas gefallen ist. Petra sagte kein Wort und ließ sich auf einen Stuhl fallen. Paca fluchte gotteslästerlich. Agustín hielt es für seine Pflicht, Petra zu trösten; die Frau hob den Kopf, warf ihm einen wilden Blick zu und sagte ganz leise:

– Gehen Sie und kommen Sie nie wieder: Sie bringen Unglück.

Agustín machte kehrt und ging weg. Er lief lange durch die Straßen; er wußte genau, daß er Unglück brachte. Aber was konnte er dafür? Wessen Schuld war es? Die Schuld seines Vaters, jawohl, die Schuld seines Vaters. Ihn umbringen. Ihn sofort umbringen, hier, am Rand des Bürgersteigs.

Er ging nicht mehr in die Buchhandlung; sein Jahrgang wurde einberufen, und obgleich er bei der Musterung untauglich geschrieben worden war, wurde er jetzt zu einem Pionierbataillon in der Provinz Cuenca eingezogen. Zu seiner großen Überraschung traf er hier seinen Vater, der mit der Verpflegung des IX. Armeekorps beauftragt war.

– Was tust du denn hier?

– Du siehst ja.

– Ich werde dich in mein Büro abstellen lassen.
– Ich will nicht.
– Warum nicht?
– Weil ich nicht will.
– Es wird dir gutgehen, es wird dir an nichts fehlen.
– Ich will nicht.
– Aber warum denn nicht?
– Weil ich deine Visage nicht mehr sehen will.
– Schon gut.

Das Bataillon bestand aus Wehrdienstuntauglichen und Taugenichtsen, die man zur Strafe für die Zügellosigkeit hierhergeschickt hatte. Es gab viel Arbeit, und sie ging langsam von der Hand. Sie mußten im Gebirge Schützengräben ausheben und schliefen zusammengepfercht in Baracken und unter Zelten. Man sprach wenig und schimpfte über alles.

Agustín hätte vom Militärdienst freigestellt werden können, wenn er sich an Zaragozá gewandt hätte, der ihm sofort seine Dienste anbot. Er erwies nach wie vor gern Gefälligkeiten, die ihn nichts kosteten, da sie ihm selber zum Dank für seine Bankette gewährt wurden. Von einigen Intellektuellen, die in vielen Ministerien gute Stellen innehatten, bezog er kleine Einkünfte und erlangte mancherlei Vergünstigungen. Agustín wollte nicht. Der Tod Pilars hatte ihn endgültig davon überzeugt, daß er unter einem schlechten Stern geboren war. Diese Gewißheit – die ihm übrigens den Schlüssel zu den Schicksalsschlägen lieferte, die er im Leben hatte einstecken müssen – verdankte er Ramón, der ihm sein Horoskop gestellt und ihm gewissenhaft aus der Hand gelesen hatte: die Sterne standen ungünstig, was ließ sich dagegen tun? Agustín war in keiner Weise dazu veranlagt, sich von esoterischen Strömungen tragen zu lassen, aber sein Unglück schmerzte ihn weniger, als er damit ans Schicksal verwiesen wurde. Jaime Borrás, El Tellina, konnte es sich nicht verkneifen, darüber zu lachen, als er ihm in den langen Winternächten – stückweise – die traurigen Begebenheiten erzählte, die ihn in einen Abgrund von Gleichgültigkeit gestürzt hatten. Er begnügte sich mit der Soldatenkost, die schlecht war; El Tellina hingegen und Sebastían Correcher, der in seinen Diensten zu stehen schien, besorgten sich nahrhafte Sonderrationen: Sardinen, Schinken, Knackwurst und Brot. Da sie unter einem Zelt schliefen und auf engstem Raum zusammengedrängt waren, teilten sie nach wenigen Tagen ihre Güter mit Agustín, einschließlich zweier Decken, mit denen sie sich nachts zudeckten, während sie die Decke Correchers als Matratze benutzten. El Tellina hatte sofort den Dreh heraus, nichts zu tun, indem er einen imaginären Posten als Wachmann für sich erfand; er hatte einen gewissen Glanz in den Augen, der auf jeden, mit dem er sprach, Eindruck machte und erst gar nicht den Wunsch aufkommen ließ, ihm zu widersprechen. Agustín hingegen ging der Arbeit nicht aus dem Wege. Die Müdigkeit war für ihn eine Art Heilmittel. Marschieren und nochmals marschieren, glauben, daß man keinen Schritt mehr tun könne, und ihn doch tun; die Gewißheit, daß es der letzte war, und der es dann doch nicht ist, lenkte ihn von sich selber ab und richtete alle seine Sinne auf seinen erschöpften Körper. Den Rücken aufgescheuert von oben bis unten, die Arme nicht mehr spüren, die Schultern wie gerädert und dennoch marschieren. Wünschen, daß man vom Blitz getroffen umfällt, daran denken, Hacke und Spaten über den Steilhang einer Schlucht zu werfen, die nicht tief genug ist, um sich selber hinabzustürzen, und somit ein für allemal Schluß zu machen; nicht die Kraft haben, davonzulaufen, jeden Augenblick den Wunsch verspüren, sich hinzulegen und auszuruhen, und es auch tun, da weder Unteroffiziere noch Leutnants in dieser anarchistischen Einheit sie bestrafen konnten. Schlafen wie ein Murmeltier, und am nächsten Tag von neuem auf dem Damm sein. Schützengräben ausheben, mit der Schaufel umgehen – stechender Schmerz im Rücken, Sonnenbrand auf der Schulter und Blasen an den Händen; das Kreuz kaputt: mit dem Fuß auf die obere Kante des Spatens treten, ihn in die harte, steinige Erde stoßen, die Widersstand entgegensetzt. Schützengraben, wozu? Gegen wen? Gegen was? Gegen sich selber. Ein Glück, daß Winter war, im Sommer soll es noch schlimmer sein. Wenn es regnet, stellt man sich unter, wo man kann, und wartet, bis es sich aufhellt. Ja, der Krieg. Was hat er mit dem Krieg zu tun? Hatte er nicht schon genug mit seinen eigenen Problemen? Was liegt ihm an den Problemen der andern. Geht ihn das was an? Weitermachen wie vorher? Das auch nicht. Weder wie früher noch wie jetzt. Man soll ihn allein lassen mit Remedios. Remedios! Nie so fern und so nahe. Wie groß ist seine Müdigkeit. Er spürt nichts mehr, oder doch: seine Hände brennen, aber trotzdem schläft er einen traumlosen Schlaf, den Schlaf der Erschöpfung; er fühlt sich matt, kraftlos, der Außenwelt ausgeliefert, und das ist sein Trost. Seine Blasen hatten sich entzündet, und El Tellina brachte es fertig, daß er zum Kompaniebriefträger ernannt wurde.

4 So lernte er Dolores kennen, die Tochter Juan el Carcamaleros, Inhaber des einzigen Ladens in dem Dörfchen, das dem Lager am nächsten war und das die einen Santa María nannten, die andern – seit Beginn des Krieges – aus Gott weiß welchen Gründen El Portazgo. Der Laden bestand nur aus einem kleinen schmutzigen Raum, in dem so ziemlich alles – und durchweg von schlechter Qualität – verkauft wurde: von Stecknadeln über Taschentücher und Schokolade bis zu Kerzen. Vor einigen Jahren prangten vor der Tür noch das Silber und Himmelblau der Sardinen, die zusammengepreßt waren wie von einer Tür, die man plötzlich zuschlägt. Gegrillt schmecken sie köstlich zu dem Schwarzbrot, das El Carcamalero einmal wöchentlich verkaufte. El Carcamalero war ein hinkender, asthmatischer Greis mit einer spitzen Nase, an der ewig ein schillernder Tropfen hing, den er vergeblich hochzuziehen oder mit dem Ärmel abzuwischen versuchte. Dolores war Mädchen für alles, und sie tat jede Arbeit, ohne etwas zu sagen. Sie war klein und mager mit pflaumenfarbenen Äuglein, aus denen sie jedem grollende Blicke zuwarf, ganz unwahrscheinlich kleine Augen. Sie hatte flache Brüste und keine Hüften, um ihre ständig rutschenden Röcke zu halten, die sie mit einer Ausdauer, die einer besseren Sache wert gewesen wäre, hochzog. Sie kehrte, wusch und war von Sonnenaufgang bis Sonnenuntergang beschäftigt. Ihre ganze Zuneigung galt einem Kaninchen. Sie sprach wenig, unter anderem, weil es ihr an Worten fehlte: niemand hatte sie ihr beigebracht, und sie schien nur das Notwendigste zu verstehen. Agustín hatte Mitleid mit ihr; in seiner freien Zeit, wenn er auf die Post wartete und diese Verspätung hatte, half er ihr hinter der Theke, von seinen kaufmännischen Gewohnheiten angetrieben. Der Alte klagte nur über den Mangel an Rauchwaren; Agustín besorgte ihm über El Tellina eine Kiste Stinkadores; von diesem Tag an konnte er den kümmerlichen Laden als seinen eigenen ansehen, aber das war nicht viel. Die Warenknappheit wurde so groß, daß sich niemand mehr an der Tür, der einzigen Lichtquelle dieses finsteren Lochs, zeigte. Angeregt vielleicht von der Regierungspropaganda, die sich in einigen im Lager hängenden Plakaten widerspiegelte, machte Agustín den Versuch, Dolores das Lesen beizubringen:

– Wozu?

– Damit du es endlich kannst.

– Wozu?

– Damit du lesen kannst.

– Was denn? Ich weiß, was ich wissen muß.

Es war der längste Satz, den er sie bisher hatte sprechen hören. Sie begnügte sich sonst mit »ja«, »nein«, »ich komme«, »haben wir nicht« und dem Aufsagen der Preise, wenn sie ihre Kunden bediente.

Agustín dachte zwar, daß sie recht habe, da er aber nichts anderes zu tun hatte, drang er weiter in sie:

– Möchtest du nicht wissen, was in der Welt vorgeht?

– Wozu?

– Du hast recht, es lohnt sich nicht.

Eines Tages fragte er sie, ob sie einen Bräutigam habe oder gehabt habe.

– Nein.

– Möchtest du einen haben?

– Nein.

– Warum nicht?

Dolores warf ihm einen haßerfüllten Blick zu und ging ihm drei Tage lang aus dem Weg.

– Was hat denn die Kleine? fragte er El Carcamalero.

Der zuckte die Achseln und gab keine Antwort. Agustín begriff, daß zwischen ihm und diesen armen Leuten etwas stand: vielleicht das Elend und das unfruchtbare Land, das sie umgab: er war aus der Stadt.

Die Gasse des Dorfes war eine einzige Kloake, schmutzig lief das Wasser zwischen den schwarzen Steinen hindurch; es war kalt und regnete in diesen Tagen ununterbrochen. Agustín setzte sich auf einen niedrigen Stuhl an die Tür, die Füße auf dem festgetretenen und schlammigen Boden, und sah zu, wie der Regen fiel, und er fühlte sich elender denn je. El Carcamalero sprach mit ihm über den Krieg.

– Was ihr wollt, wird nie möglich sein ...

– Was wollen wir denn?

– Die Republik, wie ihr sagt.

– Aber wir haben sie doch, oder nicht?

– Man sagt das so, aber ich glaube nicht daran. Wovon sollten die Armen leben, wenn es keine Reichen gibt?

– Aber es gibt Reiche, die zu reich sind.

– Man ist nie zu reich. Und es wird immer welche geben, die befehlen.

Er führte den rechten Arm an die Nase und zog den Rotz hoch, wobei er gleichzeitig mit dem Vorderarm unter seinem langen Anhängsel hinwegfuhr.

– Sie könne es drehen, wie Sie wollen. Sie werden schon sehen.

Sie werden schon sehen.

Agustín wußte nicht, was er antworten sollte. Er sah, wie der Regen fiel, und sagte sich, daß etwas nicht war, wie es sein sollte, und daß dies auf ihm lastete. Als das Wetter sich klärte, half er Dolores im Hof Holz hacken. Er stellte sich ungeschickt an, und das Mädchen sah ihm mitleidig zu.

– Sie können nicht.

– Nein.

Sie nahm ihm das Beil aus der Hand.

– Du mußt es mir beibringen.

– Das kann man nicht beibringen.

– Hat es dir niemand beigebracht?

– Nein.

Manchmal dachte Agustín, daß es das beste wäre, in einem solchen Dorf wohnen zu bleiben. Doch sogleich verwarf er diesen Gedanken.

Er ging zwischen Portazgo und dem Lager hin und her, mißvergnügt und ohne an etwas zu denken. Ab und zu betrachtete er die Berge und erinnerte sich an seine Mutter, die auf der anderen Seite sein mußte, in Segovia. Oder an Remedios, die sein Leben gewesen war.

– Was waren Sie denn? fragte ihn eines Tages der Alte.

– Vertreter.

– Von was?

– Handelsvertreter.

– So was wie ein Reisender also?

– Ja.

Dolores, die die schmale, wurmstichige Theke saubermachte, sah ihn interessiert an. Zwei Tage später fragte sie ihn:

– Sind Sie Reisender?

– Mehr oder weniger.

– Haben Sie Rafael Gómez gekannt?

– War er Reisender?

– Ja.

– Welche Branche?

– Er hatte alles. Haushaltswaren für eine Firma aus Albacete.

– Nein. Warum?

– Nur so.

Die Kleine ging weg, als sei sie müde von einem so langen Gespräch. Agustín betrachtete sie und dachte, daß es tatsächlich Leute gab, die noch unglücklicher waren als er. Er erinnerte sich an die bekannte Fabel, fand aber keinen großen Trost darin.

Wer war Rafael Gómez? Wahrscheinlich ein Schürzenjäger, der Dolores verführt hatte. Er fragte den Alten, so obenhin. Der sah ihn an und zuckte die Achseln.

– Kannten Sie ihn?

– Nein.

– Um so besser.

– Warum?

– Pah! Geschichten, die niemand interessieren.

Nein, und mich auch nicht, sagte Agustín zu sich selber. Aber er mußte trotzdem an diesen Rafael Gómez denken, der Dolores verführt hatte.

– Wer ist eigentlich dieser Rafael, von dem du mir neulich erzählt hast?

– Ich weiß nicht.

– Wie, du weißt nicht? Aber du selbst . . . ?

– Ich?

– Ja, du.

– Nein.

Sie ließ ihn stehen. Agustín kannte niemand im Dorf und wollte die beiden Alten, die ihn als einzige jeden Tag grüßten, wenn er vorbeikam, nicht fragen.

Eines Tages, als er in der Dämmerung von der Höhe herunterkam, die das Dorf vom Lager trennte, sah er unten Dolores, die in einem Gebüsch verschwand. Er folgte ihr von weitem und sah, wie sie in eine verfallene Kapelle trat, die er noch nie bemerkt hatte; er ging darauf zu und stand direkt vor dem Mädchen, das wieder zurückkam.

– Hallo. Wo kommst du denn her?

– Von da.

– Was gibt es da?

– Nichts.

Er drang nicht weiter in sie. Schweigend gingen sie nebeneinander her. Es war kalt, und die violetten Wolken liefen dicht über den Weg hin, krochen dann über die Abhänge der Sierra, die gegenüber lag.

– Warst du beten?

– Ja, sagte sie sofort, als wolle sie jede andere Frage abschneiden. – Oder ist es etwas Schlechtes?

– Nein, natürlich nicht. Ich finde es gut.

Dolores sah ihm in die Augen, nur schwarze Pupille, als glaube sie ihm nicht.

– Glaubst du nicht?

Das Mädchen zuckte die Achseln. Sie begegneten Correcher, und am Abend rissen die andern Witze.

– Mann, nun leugne doch nicht. Wenn es nur Röcke trägt, das genügt. Hauptsache, man kann sie hochheben.

– Ihr seid richtige Schweineigel.

– Das nennst du Schweineigelei? sagte El Tellina lächelnd. Na, ich weiß nicht, was das Gegenteil ist! . . .

– Sie ist ein armes Mädchen.

– Ja und? Oder fehlt ihr das, was die andern haben?

Agustín drehte sich auf die andere Seite und stellte sich

schlafend. Dieses Thema, das Tag für Tag das gleiche war, kotzte ihn auf einmal an.

– Laß ihn, schloß Correcher lachend, er ist sicher müde.

Am nächsten Tag ging Agustín zu der Kapelle, von der nur noch drei Mauern standen. Der Boden, den seit Jahren schon Steingeröll und Schutt bedeckten, war von Unkraut überwuchert; unter dem, was einmal der Altar gewesen sein mußte, befand sich ein Gestell aus Maschendraht, in dem ein großes Kaninchen saß, mit muffelndem Maul, langen, sanften Ohren und erstaunten Augen, ein graues Kaninchen mit weißem Bauch, das ihn erstaunt, aber keineswegs erschreckt ansah.

An den Wänden konnte man halb verwischte, obszöne Kritzeleien lesen.

Agustín sagte Dolores kein Wort von seiner Entdeckung, aber als sie sein Lächeln sah, wurde ihr klar, daß er Bescheid wußte. Manchmal gingen sie nachmittags zusammen zur Kapelle des Heiligen Geistes. Dolores nahm das Kaninchen in ihre Arme und streichelte es. Sein sanftes Fell, vor allem an den Ohren, entschädigte sie für alle Zärtlichkeiten, die sie nicht gekannt hatte.

– Ich habe es hierhergebracht, weil ihr alles niedergemacht habt.

Alles nicht, dachte Agustín, ohne so recht zu verstehen, was er damit sagen wollte.

5 Sein Leben im Lager verlief eintönig. In den drei Monaten, die Agustín dort zubrachte, traten nur zwei Ereignisse ein, die die Eintönigkeit unterbrachen. Eines Morgens kam ein junger Mann in der Uniform eines Kommissars, gut gekleidet, gut rasiert und gekämmt, bei ihnen an. Er stand stramm vor Pater Benito und schnarrte seinen Namen herunter: Javier Barroso, politischer Kommissar, der sich seinem Befehl unterstellte. Der alte Anarchist brummte, daß er nicht wisse, was er mit ihm anfangen solle, auch wenn er vom gleichen Armeekorps sei. Man wies dem Neuankömmling eine Unterkunft zu, und der fing an, sein ziemlich umfangreiches Gepäck auszupacken.

– Was bringst du denn da an?

– Bücher, Broschüren, Plakate . . .

– Was bist du?

– Ich? Kommunist.

– Dann hör mal gut zu, mein Junge, sagte Pater Benito, wir leben hier in Frieden und Harmonie und tun, was wir können, weil wir uns alle einig sind . . . Hier sind alle Richtungen vertreten: Anarchisten, Republikaner, Sozialisten und andere, die nicht wissen, was sie sind; wir respektieren alle Anschauungen, und wenn du Kommunist bist, gut so, in Ordnung. Was wir aber nicht dulden und nicht dulden werden, ist Propaganda, gleichgültig, von welcher Seite sie kommt. Das ist unser Pakt. Verstanden?

– Aber . . .

– Es gibt kein Aber. Du weißt jetzt, wo du dran bist; wenn du bleiben willst, dann bleib, wenn nicht, dann geh wieder dorthin, wo du hergekommen bist. Ruhe und Frieden gehen hier vor . . .

– Aber . . .

– Also hör gut zu, mein Junge, wenn ich dich erwische, daß du Propaganda treibst, lasse ich dich erschießen.

Javier Barroso, der zwanzig Jahre alt war, stand stramm, machte kehrt und ging in seine Baracke zurück. Er hatte gerade sein Abitur gemacht, als Francos Truppen sich erhoben. Er stammte aus einer wohlhabenden Madrider Familie und gehörte zur F.U.E. Er hatte in Guadarrama gekämpft und in Teruel, wo er verwundet wurde. Durch eine Kugel in den rechten Ellbogen war sein Arm gelähmt. Man hatte ihn als Kommissar hierhergeschickt, und er war entschlossen, seine Mission allen Widrigkeiten zum Trotz zu erfüllen. Er unterhielt sich mit den andern und traf dabei auf zwei Genossen oder, um ganz genau zu sein, zwei Ex-Genossen.

Diese versuchten vergeblich, ihm den Proselyteneifer auszutreiben.

– Und du, was bist du? fragte er Agustín

– Ich? Republikaner.

– Von welcher Partei?

– Von keiner.

– Sehr gut. Willst du mir helfen?

– Was tun?

– Den Kerlen hier ein paar Ideen einzutrichtern.

– Was für Ideen?

– Die Notwendigkeit auszuhalten.

– Ich glaube, davon sind alle überzeugt.

– Die Einheit . . .

– Das ist eine andere Sache. Hier handelt jeder, wie er will.

– Das ist ja gerade das Übel. Auf diese Weise werden wir nie den Krieg gewinnen. Und wir müssen ihn gewinnen.

El Tellina, der zuhörte, warf ein:

– Warum bist du nicht an der Front?

Es wäre für Barroso ein leichtes gewesen, auf seine Verwundung hinzuweisen; aber aus Anständigkeit verschmähte er es:

– Weil man mich hierhergeschickt hat.

– Was wir hier brauchen, sind Leute, die Schützengräben ausheben können. Kannst du das?

– Es gibt Dinge, die sind genausowichtig, wenn nicht noch wichtiger.

– Zum Beispiel?

– Die Überzeugung, daß . . .

El Tellina stand auf und ging weg.

– Hilf mir, sagte Javier zu Agustín.

Im Handumdrehen stellte der Kommissar seine Wandtafel auf, klebte die Plakate, Zeitungen und Skizzen daran und begann mit dem freundlichsten Lächeln Broschüren zu verteilen. Gegen Abend versammelte er alle Männer, die er herbeitrommeln konnte, im Zentrum des Lagers, das mit der Zeit die Form eines kleinen Platzes bekommen hatte, stieg auf den Stuhl und versuchte eine Rede zu halten. Nach fünf Minuten stellte sich Pater Benito mit zwei Männern ein.

– Sag mal, Junge, ich hatte dich gewarnt. Mach mir bitte das Vergnügen steig hier runter.

– Aber . . .

– Hier gibt's kein Aber. Entweder du kommst runter, oder wir legen dich um.

– Aber Sie sind doch selber Kommissar . . .

Pater Benito befahl seinen Männern, den Halsstarrigen ins Magazin zu führen, das als Arreststube diente. Er sperrte ihn dort ein, nachdem er ihm gesagt hatte:

– Ich hatte dich gewarnt. Morgen lasse ich dich wegen Befehlsverweigerung erschießen.

Am Abend brachte Agustín mit der Erlaubnis seines Vorgesetzten dem jungen Burschen etwas zu essen.

– Sag mal, spricht der Alte im Ernst?

– Ich weiß nicht. Ich glaube nicht.

– Es ist jedenfalls eine Schande. Ich tue nur meine Pflicht.

– Ja, aber offensichtlich sieht man es hier anders..

– Man muß dem Generalkommissar Bescheid sagen.

– Wer?

– Kannst du nicht gehen?

– Ich? Mit wessen Erlaubnis? Ich bin der Postbote. Ich kann höchstens einmal mit Pater Benito sprechen.

Er tat es. Der Anarchist versicherte ihm, daß er dem Jungen nur eine Lektion hatte erteilen wollen: er würde ihn zwei oder drei Tage eingesperrt halten und dann laufenlassen, wohin er wollte; fing er allerdings jetzt wieder an, wäre es was anderes. Jedenfalls würde er jetzt die ganze Kompanie antreten lassen und den Fall darlegen, um zu einem gemeinsamen Beschluß zu kommen, denn auf diese Weise wurden die Probleme im IV. Armeekorps geregelt.

– Genossen, ihr wißt Bescheid, was mit diesem Kommissar, den man uns hergeschickt hat, vorgefallen ist. Wir sind hier alle einer Meinung: keine Propaganda, gleich welcher Art. Alle einverstanden?

Die einstimmige Antwort ließ nicht auf sich warten.

– Ihr habt gesehen, daß ich ihn in die Arreststube gesperrt habe. Was sollen wir jetzt mit ihm tun?

Die gleiche Einstimmigkeit wie zuvor:

– Ihn erschießen.

Pater Benito zog an seinem linken Ohrläppchen, ein Zeichen, daß er bekümmert war.

– Gut, Genossen, gut. Also dann ... morgen früh bei Tagesanbruch. Aber ...

– Aber, sagte einer der Männer, du fängst also auch schon mit Wenn und Aber an?

Correcher und Agustín suchten Pater Benito auf, um mit ihm zu reden:

– Weißt du, sagte der Valencianer zu ihm, ich finde, daß du etwas zu weit gehst ...

– Ich hatte ihn gewarnt.

– Ich weiß, aber ...

– Mit Wenn und Aber gewinnen wir keinen Krieg.

– Wenn wir unsere Kameraden erschießen, auch nicht.

– Er ist nicht unser Kamerad. Wenn die nämlich befehlen, bleibt von uns nicht mehr viel übrig.

– Aber zuerst müssen wir den Krieg gewinnen, sagte Agustín.

– Jetzt seh sich einer dieser Duckmäuser an!

– Na, ich finde, daß er gar nicht so unrecht hat.

– Außerdem, sagte Correcher, wird uns das Unannehmlichkeiten bringen. Die sind imstande und kommen hierher.

– Wir wüßten sie schon zu empfangen. Wer befiehlt hier? Ich! Was hatte ich ihm befohlen? Keine Propaganda zu treiben. Hat er mir den Gehorsam verweigert oder nicht?

– Darüber streiten wir ja nicht.

– Also? Welche Strafe erwartet einen Soldaten, der an der Front den Gehorsam verweigert?

– Es gibt Ungehorsam und Ungehorsam ... Gehorsamsverweigerung und Gehorsamsverweigerung ...

– Hier kann nur von Auflehnung und Rebellion die Rede sein.

– Du machst wohl Witze.

– Ich mache keine Witze, ich erschieße. Und jetzt laßt mich in Ruhe mit eurem Geschwätz. Ins Bett!

Pater Benito stattete seinem Gefangenen einen Besuch ab.

– Du hast dich da ganz schön in die Brennesseln gesetzt. Warum hast du nicht auf mich gehört? Bin ich dein Vorgesetzter oder nicht? Jetzt sag mal selbst, welche Strafe steht auf Ungehorsam vor dem Feind?

– Ich bin hierhergeschickt worden, um die Kampfmoral der Truppe zu stärken. Das sind die Befehle, die ich auf dem Generalkommissariat erhalten habe.

– Ich scheiße aufs Generalkommissariat.

– Dann müßten Sie erschossen werden.

Pater Benito hatte schon ganz andere Dinge erlebt, und der Junge war ihm sympathisch.

– Du wirst jetzt auf der Stelle verschwinden, aber laß dir nicht einfallen, noch einmal hier aufzukreuzen. Und sag dem Genossen Generalkommissar, daß wir in dieser Kompanie keine Kommunisten wollen. Ist das klar?

– Sonnenklar. Aber wenn man mir den Befehl gibt, zurückzukehren, werde ich zurückkommen.

– Ich rate es dir nicht. Und jetzt hau ab. Wenn du dort entlang gehst, bist du in einer halben Stunde in Portazgo und in zwei Stunden auf der Hauptstraße.

Niemand wunderte sich sonderlich, als beim Morgengrauen, einem trüben, düsteren Morgen, die Tür weit offenstand.

Es war der Kommandant der Heeresgruppe, der Pater Benito rufen ließ. Der suchte sich sechs Mann aus, bewaffnete sie mit Gewehren und Handgranaten und fuhr nach Minglanilla. El Tellina, mit dem er unter vier Augen sprach, lehnte es ab, ihn zu begleiten.

– Das ist nichts für mich.

Der Alte drang nicht weiter in ihn.

Pater Benito kam am Vormittag im Generalkommissariat an. Er war dort sehr gut bekannt, und einige drehten sich um, damit sie ihn nicht grüßen mußten. Nur ein paar undeutliche: »Hallo! Grüß dich!«

Trotz der Sonne war es kalt; die Erde war hart, alles sah alt aus. An der Tür versuchte man seine Begleitung aufzuhalten und ließ ihm sagen, er solle allein hereinkommen.

– Sie sind bei mir. Wenn man sie nicht hereinläßt, kehre ich wieder um.

Die sechs Männer trugen sichtbar ihre Handgranaten in der Hand. So kamen sie ins Büro des Generalkommissars, die Ordonnanz, die sie anmelden sollte, zwischen sich. Das Büro war ein großer, kahler Raum mit dunklen Balken; in einer Ecke ein alter Tisch aus Fichtenholz, ein paar wacklige Stühle.

– Ich habe dich rufen lassen, damit du mir eine ausführliche Erklärung über dein unbegreifliches Verhalten gibst. Aber schick zuerst diese Männer raus.

– Sie sind bei mir.

– Sie sollen rausgehen und draußen auf dem Platz warten.

– Sie werden nicht rausgehen.

– Wer befiehlt hier?

– Du bist der Chef der Einheit, aber ich auch. Also bin ich genausoviel wie du. Und hierhergekommen bin ich nur, damit du siehst, daß ich keine Angst habe. Wir führen den Krieg so, wie wir glauben, daß er geführt werden muß. Man hat uns gesagt, wir sollten Schützengräben ausheben. Also heben wir Schützengräben aus. Aber ohne Propaganda, ja?

– Du gehst jetzt sofort zu Kommissar Barroso und entschuldigst dich bei ihm vor versammelter Mannschaft.

– Wenn du es sagst. Na, gut, du wolltest mich sehen, du hast mich gesehen, ich bin gekommen, nun gehe ich. Ich stehe zu deinen Diensten. Auf geht's Genossen.

Und wie sie hereingekommen waren, gingen sie auch wieder hinaus.

– Ruhig bleiben! befahl der Generalkommissar seinen Männern. Ruhig bleiben! Sonst kommt's zu einer Schlägerei. Laßt sie jetzt gehen und fahrt dann gleich hinter ihnen her, auf der Landstraße.

Pater Benito und seine Männer waren in einem alten Rappelkasten gekommen; einen Kilometer hinter dem Dorfausgang, bei der ersten Straßenbiegung, ließ er seine Männer aussteigen und verteilte sie auf beide Seiten der Straße. Sobald die beiden Autos des Generalkommissariats auftauchten, eröffneten sie das Feuer. Die andern ließen es nicht darauf ankommen und machten kehrt. Im Lager wurde das Ereignis als großer Sieg gefeiert. Agustín fragte El Tellina:

– Wie sollen wir unter solchen Umständen den Krieg gewinnen?

El Tellina zuckte die Achseln. Agustín, der den Krieg von Madrid miterlebt hatte, begriff, daß die Sache schlecht ausgehen würde.

6 Die Geschichte El Tellinas

El Tellina war Valencianer; der Sohn einer kleinen, runzligen, silberhaarigen Alten, die einen Stand – eine *paraeta* – mit *tellines* auf dem San-Juan-Markt hatte. Die *Tellina* ist eine gelbliche Miesmuschel mit violetten Rändern und köstlich zubereitet mit Zwiebeln und Tomaten. Die Alte hatte zwei erwachsene Söhne, zwei sehr seriöse, sehr anständige Jungen, die Schreiner waren und in einer Schreinerei in der Calle San Vicente, gegenüber der Calle de Troya, arbeiteten; beide waren verheiratet, hatten schon viele Kinder und noch mehr zu erwarten. Obgleich sie gut verdienten, konnten sie ihrer Mutter nicht viel helfen. El Tellineta war viel jünger als seine Brüder, »hübsch wie ein Jesuskind«, klein, sehr gut gebaut, mit einer angenehmen, sanften Stimme und einem steten Lächeln auf den Lippen; außerdem intelligent und aufgeweckt: ein richtiger Schlauberger. Er war ein verwöhntes Kind. Man schickte ihn einige Monate in die Escuela Moderna, aber dann konnte er nicht mehr am Unterricht teilnehmen, da er jeden Morgen um fünf Uhr den Stand seiner Mutter aufschlagen mußte. Er wuchs auf dem Marktplatz auf, wo der Bursche manches lernte. Als er etwa sechzehn Jahre alt war, verliebte er sich in die Tochter einer Büglerin aus der Calle de Cuarte, neben dem Tros Alt. Sie war eine kleine, zierliche Person mit kastanienbraunem, goldschimmerndem Haar, hübsch und zärtlich. Die Mutter, die noch sehr gut aussah, hatte in zweiter Ehe, die möglicherweise hinter dem Standesamt geschlossen worden war, einen Schläger aus der Zeit Blasco Ibañez' geheiratet, der in der Calle de Guillén de Castro, an der Ecke der Calle de Murillo, direkt gegenüber den Torres de Cuarte, einen Barbierladen hatte. Die Büglerin arbeitete von sechs Uhr morgens bis elf Uhr abends, sie war mit Arbeit überlastet, denn sie war bekannt dafür, daß sie gut die Vorhemden stärkte und die kleinen Falten der Torerohemden bügelte; ihre Tochter half ihr und stellte sich dabei geschickt an.

Der Barbierladen war klein, mit goldenen Becken, die in der Sonne glänzten, wenn sie schien, und das war dort fast den ganzen Tag der Fall, da der Laden an der Straßenecke lag. Kam die Sonne nicht von der einen Seite, kam sie von der anderen; gestreifte Markisen, die sich herauf- und herunterdrehen ließen, schützten die Türen. *El Botiquer* – so nannte man den Meister – übte noch immer den gleichen Beruf aus, der ihn vor Jahren schon bei den Zigeunern am Ufer des Turia – klassische Kesselflicker und Händler von Vieh höchst zweifelhafter Herkunft – sowie in den verschiedenen Spielhöllen, die damals in Valencia eröffnet wurden, berühmt gemacht hatte. Er täuschte niemanden mit seiner Großmäuligkeit, seiner Streitlust und seinem Stock, den er immer in der Hand trug. Eines schönen Morgens stellte sich El Tellineta bei ihm vor, prächtig herausgeputzt, sorgfältig gekämmt, ein Seitenscheitel wie mit dem Lineal gezogen und einen Strohhut in der Hand. Es wehte eine kleine, frische Brise. Ohne sich zu verhaspeln, trug der Junge seine Heiratsabsichten vor, wobei er alle Formen wahrte. Der Barbier lächelte selbstgefällig, nahm mit einem Gesicht, als ob nichts wäre, seinen Stock in die Hand, betrachtete den Freier von Kopf bis Fuß, bevor er sein Gutachten abgab:

– Weißt du überhaupt, mit wem du sprichst? Um meine Tochter zu heiraten, die zwar nicht meine Tochter ist, aber doch so gut als ob, muß man Verdienste haben und Prüfungen bestehen, junger Mann . . .

Er hatte seinen Satz noch nicht zu Ende gesprochen, da bestreute ihm El Tellina die Füße mit Kugeln, denn er hatte unter seinem Strohhut eine Pistole versteckt gehabt. Der Schläger zuckte zusammen und sagte zitternd:

– Heirate wann du willst, wie du willst und wann es dir Spaß macht, und lief in die Calle de Cuarte.

Aber das genügte El Tellina nicht; nach dieser Heldentat, vielleicht weil er sich durch die erste Reaktion seines zukünftigen Schwiegervaters beleidigt fühlte, entführte er die Kleine ganz einfach. Ein paar Monate später heiratete er sie, als erwiese er ihr damit eine Gunst: dem war aber nicht so, denn er liebte sie. Er mußte auch weiterhin für seine Mutter sorgen, und mit seinen siebzehn Jahren, ohne Beruf und Einkommen, kam er natürlich nicht weit. An einem Nachmittag, an dem ein Stierkampf stattfand – in der Calle de Ruzafa waren die Cafés halb leer und zeigten die weißen Oberflächen ihrer Marmortische –, betrat er das Café Martí und ging schnurstracks auf einen Mann von einnehmendem Äußeren zu, der von etwa fünfzehn oder zwanzig Burschen umgeben war, die gar nicht vertrauenserweckend aussahen. Don Rodolfo Lucientes, der als Herr über die Spielhöllen von Valencia herrschte, trank, von seiner Leibwache umgeben, Kaffee. El Tellina ging zu ihm an den Tisch, sehr sanft, sehr herzlich, sehr demütig.

– Don Rodolfo, wenn Sie gestatten, möchte ich gern ein paar Worte mit Ihnen reden.

– Was willst du?

– Ich möchte einen Augenblick allein mit Ihnen reden.

Don Rodolfo, der ein liebenswürdiger Mensch ist, macht sich die Mühe und steht auf.

– Was willst du von mir, Junge?

– Ich muß Geld verdienen, für meine Mutter und meine Frau. Geben Sie mir eine Stelle, ich versichere Ihnen, daß Sie es nicht bereuen werden.

Don Rodolfo lächelt, vielleicht etwas mitleidig, dreht den Kopf um und zeigt auf seine Wächter:

– Sieh dich vor, Mann! . . .

Diese Sippschaft, eine Musterkollektion von Galgenvogelgesichtern, konnte einem schon Angst einjagen. Der Chef holt bedächtig seine Brieftasche heraus, entnimmt ihr einen Fünfzigpesetenschein und hält ihn El Tellina hin, der die Gabe mit einer knappen Gebärde zurückweist:

– Überlegen Sie sich die Sache, Don Rodolfo: Ich werde heute abend wiederkommen.

Don Rodolfo ist eingeschnappt, und während der junge Mann auf die Straße tritt, setzt sich der hohe Herr und kommentiert:

– Diese junge Burschen! . . .

An den Festtagen schließen die Spielhöllen spät. Der Spielsaal des Casino Liberal war zwar nicht der bedeutendste, aber dort versammelte Don Rodolfo seine Männer, wenn die andern schlossen. Die Geschäftsführer kamen mit der entsprechenden Begleitung schlagkräftiger Burschen her, um abzurechnen und das Geld auf den Tisch in der Mitte zu legen. Alle begannen zu zählen und mit pedantischer Ehrlichkeit Haufen zu machen. El Tellineta kam mit den letzten herein:

– Na, Don Rodolfo, haben Sie sich die Sache überlegt?

– Stör uns jetzt nicht, Junge.

– Ihr seid nichts weiter als feige Hurensöhne, Sie und Ihre Konsorten.

Und ohne lange zu fackeln, begann er aus zwei Pistolen zu schießen. Das gab ein schönes Gedränge; man lief zu den Türen und zu den Fenstern, die wegen der Julihitze offengeblieben waren, um etwas frische Luft hereinzulassen. Der junge Mann blieb allein zurück; er zündete sich eine Zigarette an und hob einige Geldscheine auf, die auf den Boden gefallen waren. Dann machte er kleine Haufen von tausend Peseten und wartete. Nicht lange, denn bald kamen sie wieder zurück, mit der Polizei und der Gewißheit, daß er mit dem Zaster getürmt sei. Aber ganz im Gegenteil, er bewachte ihn, die Zigarette im Mundwinkel.

– Such dir die Stelle aus, die du willst.

– Nein, Don Rodolfo; jetzt schickst du mir jeden Tag fünfhundert Peseten nach Hause.

Das Duzen erstickte jeden Protest im Keim.

– Gute Nacht.

Und er ging weg, ganz ruhig.

7 Fortsetzung der Geschichte El Tellinas

Sechs Monate später kam ein muskelbepackter, streitsüchtiger Kerl, der in den einschlägigen Kreisen unter dem Namen El Cudol bekannt war, aus dem Gefängnis von San Miguel de los Reyes heraus. Er hatte sieben oder acht Menschenleben – man war sich über die genaue Zahl nicht einig – auf dem Gewissen und kam zurück, um wieder in den Dienst Don Rodolfos zu treten. Er bekam Wind von der Rente, die El Tellina täglich ausgezahlt wurde, und geriet in Wut:

– Ich werde dafür sorgen, daß das ein Ende nimmt. Das ist ja unglaublich! Und zwar heute noch, oder ich will nicht mehr El Cudol heißen.

Die Drohung wurde Don Rodolfo hinterbracht, der nichts darauf entgegnete, was natürlich einem Einverständnis gleichkam. Man gab El Tellina, der spät aufstand – er führte ein großes Leben – und eine neue Wohnung bezogen hatte, in der es an nichts fehlte, einen Wink.

– Wo ist er zur Arbeit eingesetzt?

– Im *Lion d'Or.*

Ein gutes Lokal, das aussieht wie eine deutsche Stehbierhalle, an der Plaza de la Pelota. Die Spielhölle liegt im ersten Stock, man erreicht sie über eine Treppe im Hintergrund, die von dem großen Saal durch ein Podium getrennt ist, auf dem fünf sehr gute Musiker spielen. In dem dahinterliegenden Raum kommen die Mitglieder einer *Peña*, einer Vereinigung von Freunden des Stierkampfs, zusammen, alles ehrbare Geschäftsleute. Ihr Club nennt sich *La Araña*, und sein Patron ist der Novillero Manuel Vaqueret, genannt Vaquerito, der anfängt berühmt zu werden.

Für den gleichen Abend hatte sich El Tellina mit einem seiner Freunde verabredet, der wegen seiner langen Nase und seiner Vorliebe, Leichtgläubige hereinzulegen, El Gancho genannt wurde. Er geht mit ihm ins Kasino hinauf, setzt sich ans Roulette und streicht im Handumdrehen einen Gewinn ein, der ihm nicht zusteht. Man zahlt ihn aus und sagt El Cudol Bescheid, der gerade auf der Terrasse der *Bar Inglés* ein Bier trinkt. Währenddessen kassiert El Tellina einen zweiten Gewinn, der ihm nicht zustand. Beim drittenmal weigert sich der Croupier ganz schlicht, ihn auszuzahlen.

– Dann gib alles her.

Er zieht seine Pistole, während El Gancho mit seiner bekannten Geschicklichkeit alles auf dem Tisch liegende Geld zusammenrafft und direkt vor dem Auszahler – aus reinem Luxus – zwei oder drei Schüsse abgibt. Dann gehen die beiden Falschspieler weg, ohne belästigt zu werden. Sie waren schon auf der Straße, als der Maulheld ankam. Die Blicke und das Schweigen seiner Kameraden, im Morgengrauen und im Casino Liberal, waren ziemlich beredt: es kommt zuweilen vor, daß jemandem der Tod im Gesicht geschrieben steht.

Am andern Abend um sieben Uhr ging El Tellina in die Bar Inglés, um einen Wermut zu trinken. Er wußte, daß auch El Cudol jeden Tag dort hinkam. Es dauerte nicht lange, bis er in Begleitung eines seiner Spießgesellen auftauchte. Er bestellte mit lauter Stimme:

– Einen Wermut mit Tellines.

– Wir haben keine Tellines, erklärt der Kellner.

– Das ist aber schade, ich kam nämlich in der Absicht her, Tellines zu essen.

– Viele kann ich Ihnen nicht anbieten, aber eine biete ich Ihnen an, die Sie essen können, wann Sie wollen.

Sie gingen hinaus, und als sie an der Ecke der Calle de Vicente Querol und der Calle de Miñana angekommen waren, sagte El Tellina:

– Du kannst ja inzwischen schon mal mit Würmern anfangen.

Er ließ ihn auf dem Straßenpflaster liegen und verwundete sogar noch den anderen, der in die Callejón de la

Redención rannte. Am andern Tag wurde er verhaftet, aber niemand konnte ihm die Tat nachweisen: er hatte bereits eine Pistole von einem anderen Kaliber, und keiner von seiner Bande zeigte ihn an. Man ließ ihn wieder frei, und er wurde der Herr Valencias. Der Herr einer bestimmten Welt, da es aber die seine war, genügte es ihm.

Ein Jahr später rief General Primo de Rivera seine Diktatur aus. El Tellina nahm das sehr übel auf, aber nicht etwa, weil die Spielhäuser geschlossen werden sollten, sondern weil El Tellina Republikaner und Liberaler war.

Man mußte vielleicht Valencianer und in der Atmosphäre der levantinischen Handelshauptstadt erzogen worden sein, um das zu verstehen. Die ganze Clique der schweren Jungs war republikanisch; Don Vicente Blasco Ibañez der liebe Gott, Lerroux sein Stellvertreter auf Erden und Azatti, Castrovido, Zozaya seine Propheten. Was die Republik eigentlich ist, weiß keiner genau: die Freiheit, der Laizismus, die Möglichkeit für jeden, das zu tun, was ihm gefällt, sie ist die Hoffnung, das Manna, das alle Übel heilt, das Morgenrot, die aufgehende Sonne in ihrer ganzen Pracht. Die Monarchie ist ein alter Hut, den man erträgt, weil man nichts anderes tun kann. Aber die Diktatur, nein. Vor allem nicht mit dieser Bürgerwehr, einem lächerlichen Haufen von Ladenbesitzern und pensionierten Guardias Civiles, die die ehrenamtlichen Diener der öffentlichen Ordnung spielen. Auf der einen Seite die Anarchisten – Draufgänger, die man respektieren muß –, auf der anderen Seite die Sozialisten, Bürokraten, die keinen Mumm in den Knochen haben, Erstkommunikanten, in der Mehrzahl aus Bilbao, blutleere Gestalten mit ihrem Nieselregen und ihrem Nebel. Wichtig sind nur die Republik und die Republikaner, alles andere zählt nicht, und daß man sie nicht, wie jetzt, wie Hunde aus dem Stadtrat jagt.

In einer Februarnacht 1924 kommen gegen zwei Uhr morgens drei Bürgerwehrsoldaten in eine Kneipe an der

Plaza de las Escuelas Pías. El Tellina weiß, daß sie seinetwegen kommen, weil er nirgendwo mit seiner Meinung hinterm Berg hält. Von den dreien, die hereinkommen, das Gewehr umgehängt, kennt er vor allem den Chef, der Stiefvater seiner Frau, der berüchtigte Barbier, der seit jener Szene seinen Ruf verloren hatte und ohne jegliche Scham zur Geheimen gegangen war. Es hat Höhen und Tiefen in ihren Beziehungen gegeben. Aber seit drei Jahren sprechen sie nicht mehr miteinander. Der Barbier glaubt, daß nun seine Stunde gekommen ist: er tut, als sehe er seinen Schwiegersohn nicht, er läßt ihn links liegen; die andern verlangen von allen Anwesenden die Ausweise. Sie blättern drin herum und trinken ein paar Glas Wein, die ihnen der Wirt spendiert. Dann geht El Botiquer ruhig zu dem Tisch, an dem El Tellina rauchend und als ob nichts geschehen sei, in Gesellschaft zweier Freunde sitzt. Er läßt sie durchsuchen: bei dem einen finden sie ein feststehendes Messer; dann noch eins. El Botiquer gibt dem Bürschchen eine Ohrfeige, und El Tellina protestiert:

– Mensch, das ist doch keine Art und Weise.

Der Ex-Barbier gibt ihm zornig zur Antwort:

– Dir werden wir auch gleich eine verpassen.

Er hebt den Arm und läßt ihn erst wieder fallen, als er tot ist, denn El Tellina hatte seine Neun-Millimeter-Astra gezogen und im Nu die drei Vertreter der Behörde umgelegt.

Um fünf Uhr morgens klopfte er an die Tür Alberto Chulias.

– Ich muß weg.

Der Erfinder versteckte ihn. Man besorgte ihm falsche Papiere, mit denen er nach Barcelona fuhr, wo er sich ohne besondere Schwierigkeiten auf der *Marqués de Comillas* einschiffte. Vierzehn Tage später stolzierte er durch die Straßen Havannas.

Er heiratete dort eine Kreolin, die hübsch war und viel Temperament besaß. Diese Frau übte einen großen Einfluß auf ihn aus, und El Tellina begann auf die ehrlichste Weise von der Welt Geld zu verdienen. Er machte eine Bar auf, zu der bald noch ein Restaurant hinzukam. Er hätte dort in aller Ruhe sein Leben beschlossen, wenn in Spanien nicht die Republik ausgerufen worden wäre. Er gab alles auf, als er die Lorbeerbäume seiner Jugend wieder grünen sah.

Dolores – seine erste Frau – war in einem kleinen Haus in El Vedat an Tuberkulose gestorben, von einer Glut verzehrt, die sie nicht mehr teilen konnte. In ihren letzten Stunden sah sie El Tellina überall.

Als er 1931 zurückkehrte, fand er alles verändert, aber er wurde sich nicht bewußt, daß die in Kuba verbrachten Jahre ihn verwandelt hatten. In Valencia erinnerte man sich an ihn wie an etwas, das zur Vergangenheit gehört. Die Worte »Erinnerst du dich noch? ...«, die bei jedem Gespräch wiederkehrten, machten ihn wild. Er fuhr zurück nach Barcelona in der Absicht, nach Havanna zurückzukehren. Dort bot sich ihm die Gelegenheit, eine Weinhandlung in Villanueva y Geltrú zu übernehmen – an Geld fehlte es ihm nicht –, und er bleib, heiratete die Tochter des Bahnhofwirts und führte ein geordnetes Leben.

Im Juli 1936 stand er auf der richtigen Seite, obgleich es in dem kleinen Städtchen nicht viel zu tun gab; die Umstände zwangen ihn, einer Partei beizutreten. Die Partei, mit der er sympathisierte, die radikale nämlich, war zu den Rebellen übergelaufen, und unter dem Einfluß des Gepäckmeisters des Bahnhofs wählte er die P.O.U.M. (Arbeiterpartei der marxistischen Einheit).

In Barcelona wohnte er in einer Wohnung, die von seiner Partei, der er kleinere Dienste erwiesen hatte, beschlagnahmt worden war. Er ruhte sich auf seinem früheren Ruf aus, den einige der Parteiführer kannten. Die Politik interessierte ihn nicht, und so nahm er am Aufstand vom Mai 1937 nicht teil, da er ihn für sinnlos hielt. Dessen ungeachtet klopften eines frühen Morgens des gleichen Monats einige

Polizisten an seine Tür und verhafteten ihn. Nachdem sie ihn nach Waffen durchsucht hatten, nahmen sie ihn im Auto mit. Sie waren noch keine hundert Meter weit gefahren, als El Tellina sie schon alle umgelegt hatte: er besaß eine zweite Pistole, die er zwischen den Beinen versteckt hatte. Da der Paseo de Pedralbes um diese Zeit menschenleer war, konnte er verschwinden, noch bevor jemand herbeigelaufen kam.

Drei Tage später war er in Madrid mit einem Ausweis in der Tasche, der nicht ganz bombensicher war, obgleich er ihn dank einer Bombe während des ersten Luftangriffs auf Barcelona einem Verwundeten entwendet hatte. Entschlossen, von nun an unerkannt zu bleiben, hatte er sich nicht dagegen gesträubt, als er zu einem Pionierbataillon des IV. Armeekorps eingezogen wurde. Außer Correcher, der sich wie ein Blutegel an ihn hängte, war Pater Benito, Generalkommissar des Armeekorps, der einzige, der ihn wiedererkannte; aber ein Wink El Tellinas genügte, damit der Anarchist sich nichts anmerken ließ. Mit achtundvierzig Jahren hatte El Tellina alle seine Illusionen verloren und nur noch den einen Wunsch: nach Havanna zurückzukehren.

8 Correcher holte sich eine Lungenentzündung und kam ins Krankenhaus nach Cuenca; dort schloß er Freundschaft mit einem gewissen Jesus Molinero, der sich wahrscheinlich einmal anders genannt hatte, woran sich aber, wenn es wirklich so war, niemand mehr erinnerte. Sein Name war der seines Berufs (Molinero = Müller). Mit Erlaubnis der Behörden kam der brave Sebastían zur Erholung in das Haus des Müllers, auf dessen Ersuchen hin. Der Müller hatte ein Mädchen in seinen Diensten, das Alicia hieß, und dem der Valencianer, sobald er wieder bei Kräften war, mit

Worten, die man nicht wiederholen kann, den Hof machte; er schwor, daß sonst nichts vorgefallen sei. Aber mit der Ehre nimmt man es auf dem Lande sehr genau, und was auch immer vorgefallen sein mochte, der Küchendragoner verstand keinen Spaß und erzählte alles den Eltern, die ganz in der Nähe wohnten – der Vater war ein armer Ziegenhirte. Eines schönen Tages erschienen die Eltern in der Mühle, beklagten sich bitter über das Verhalten des Gastes und verlangten die Einlösung des Heiratsversprechens, das Correcher, wie Alicia behauptete, ihr gegeben hatte. Correcher redete sich heiser, sträubte sich hartnäckig – zu Recht, wie es scheint – und schwor, daß außer Worten, die ihm jetzt banal erschienen, nichts zwischen ihnen gewesen sei. Der Ziegenhirte und seine Frau ließen nicht locker, und Alicia – groß, dick und über die erste Jugend hinaus – gab sich als bemitleidenswertes Opfer aus, Rotz hochziehend und schamrot im Gesicht.

Es gelang Correcher, El Tellina zu verständigen, der mit einer ganzen Kompanie in der Mühle anrückte.

– Was ist los? Wer sind die Spione?

– Was für Spione?

– Herr Major, sagte der Ziegenhirte, es ist sehr gut, daß Sie gekommen sind. Wenn die Republik eine Republik ist – und ich bin mein Leben lang Republikaner gewesen –, werden Sie diesen Mann dazu zwingen, seine Pflicht zu tun.

– Wie? fragte El Tellina. Ein Soldat, der sein Wort nicht hält? Das ist ja noch schöner! Der Mann kommt vors Kriegsgericht, da steht die Todesstrafe drauf.

– Nicht doch, Herr Major.

– Hier gibt es keine Herren, sondern nur Genossen. Und keine Widerrede, wenn ich Kriegsgericht sage, es sei denn, Sie wollen in die Sache verwickelt werden. Verhaftet diesen Kerl – diesen Correcher – und auf geht's!

– Aber wir wollen doch nur, daß er Alicia heiratet.

– Zuerst die Befehle, Genosse.

Und sie führten Correcher ab, der den ganzen Winter über die Witzeleien seiner Kameraden über sich ergehen lassen mußte.

Um diese Zeit träumte Agustín eines Nachts, er sei ein Kaninchen. Er saß in seinem Erdloch. Ein zimtfarbenes Kaninchen. (Was tat ein Kaninchen von dieser Farbe in dem Bau eines Wildkaninchens?) Verschüchtert, in die Enge getrieben, in einen Winkel des dunklen Stollens gekauert, verzweifelt, ohne eine Möglichkeit zu entkommen, das Frettchen schon witternd, das sich näherte. Hingeduckt spürte er, wie sich die Vorderläufe in seine Brust und die Hinterläufe in seinen Bauch bohrten. Und dort das Frettchen mit seiner spitzen Schnauze, seinen scharfen Augen, die ihn schon sahen. Die Angst in den kalten Eingeweiden. Er streckte sich, ohne es zu wollen, und floh zum Ausgang. Das Frettchen dicht hinter ihm her. Am Ausgang, daran bestand kein Zweifel, war bestimmt eine Falle. Er wußte es, er war dessen sicher, aber lieber starb er durch einen kalten Mechanismus als unter den Zähnen des lebendigen Frettchens. Das Licht! Das Licht! Er sah nur die Füße des Jägers, die in riesigen Schuhen mit Schnallen aus glänzendem Metall steckten. Ein entsetzlicher Lärm von Riegeln. War er der Falle entgangen? Oder war er in den Jutesack hineingelaufen, der am Eingang des Erdlochs aufgespannt war? Das Gebirge! Er hoppelte verzweifelt den Berg hinauf; wenn er nur noch bis zum Waldrand kam! Er hoppelte durch Gräser und Gebüsche, über eine Lichtung. Er hörte zwei Schüsse und rollte am Boden, tödlich verwundet; er spürte die Kugeln – es war kein Schrot –, die seinen Bauch durchbohrten. Das kleine Tier zitterte, sein weißer Bauch war mit dunklem Blut gefärbt, sein Blick glasig, undurchdringlich. Die Pfoten des armen Tieres bewegten sich krampfhaft. Der Jäger nahm es am Hinterlauf, hielt es hoch und versetzte ihm einen kräftigen Schlag in den

Nacken. Agustín erwachte: sein Hinterkopf schmerzte ihn. Wer war der Jäger? Wer? Er drehte sich um. Correcher brummte.

Der Tag brach an, ein milchiges Licht hob sich vom Boden, drang unter dem schlecht schließenden Eingang des Zeltes ein. Plötzlich wurde die Spitze des Kegels sonnengelb.

Als die Nachricht von Casados Aufstand in Madrid bekannt wurde, desertierten viele.

– Das ist doch die Höhe.

– Wir wurden verraten.

Das war auch Agustíns Meinung, ja, es war genau der gleiche Verrat wie der, der den Krieg ausgelöst hatte. Aber darüber hinaus hatte man auch ihn persönlich, ihn, Agustín Alfaro, verraten. Wer? Er wußte es nicht, aber er hatte das Gefühl, daß jemand ihn persönlich verraten hatte, vor langer Zeit schon, seit er auf der Welt war, seit er erwachsen war.

9 Die Auflösung begann. Agustín beschloß, nach Ibi zu fahren, um bei Angelita zu sein. El Tellina und Correcher wollten nach Alicante; es ging das Gerücht, daß Schiffe genug da seien für alle, die wegwollten. In khakifarbene Umhänge gehüllt, gut vermummt, Agustín mit einer Lederjacke, die mit echtem Schafsfell gefüttert war und die er gegen seine Uhr eingetauscht hatte, Rucksäcke auf dem Buckel, gingen sie querfeldein in Richtung Motilla de Palancar.

Bevor sie ihren Weg fortsetzten, wollte Agustín El Carcamalero und seiner Tochter noch Lebewohl sagen. Die drei Männer marschierten zum Dorf, was kein großer Umweg für sie war. Das Wetter war prächtig und kündete den Frühling an.

– Ich sagte es euch ja, meinte der Alte schulmeisterlich. So was dauert nie lange. Ich habe die Karlisten gekannt. So schnell wie sie kamen, gingen sie auch wieder.

– Was haben denn die Karlisten mit . . . ? meinte Correcher.

– Laß das, schnitt ihm El Tellina das Wort ab. Wir haben keine Zeit zu verlieren. Bis zum nächsten Mal.

– Und Dolores? fragte Agustín.

– Ich weiß nicht. Sie hat euch kommen sehen und ist fortgelaufen. Wir haben es geahnt, daß ihr gehen würdet. Es sind schon andere vorbeigekommen.

– Und Sie, was gedenken Sie zu tun?

– Ich? Was soll ich denn tun? Ich bleibe hier, solange Gott will.

– Aber die Faschisten . . .

– Pah! Es wird immer welche geben, die kommandieren. Um die Armen kümmert sich kein Mensch, solange sie arm bleiben.

– Vor ein paar Tagen hättest du das nicht gesagt, bemerkte El Tellina.

Der Alte zuckte die Achseln, ohne eine Antwort zu geben.

– Gut, wir gehen.

– Sagen Sie Dolores, daß ich gekommen bin, um ihr auf Wiedersehen zu sagen, und daß es mir leid tut, daß ich sie nicht gesehen habe, sagte Agustín und drückte El Carcamalero die Hand.

– Adieu.

– Alles Gute.

Mitten auf der Anhöhe, ganz außer Atem vom Laufen, kam ihnen Dolores entgegen; sie trug ihr Kaninchen im Arm. Ohne ein Wort zu sagen, hielt sie es Agustín hin.

– Nein, Dolores, behalt es.

– Wieso denn das? protestierte Correcher. Das kommt uns doch wie gerufen.

Und er streckte die Hand nach dem Tierchen aus.

– Ich habe nein gesagt, schrie Agustín fast.

Seine beiden Kameraden sahen ihn erstaunt an.

– Es ist das einzige, was die Kleine besitzt, erklärte er verlegen.

– Und wenn es ihr Spaß macht, uns ihr Kaninchen zu geben?

Du schenkst es uns doch, Kleine, nicht wahr?

– Es ist für Agustín.

– Schluß mit dem Quatsch, sagte El Tellina trocken. Wenn er nicht will, soll er es bleiben lassen. Komm, wir gehen.

Er ging weiter und zog den anderen mit.

– Es ist für dich. Ich gebe es dir, murmelte Dolores und hielt ihm das Kaninchen hin.

– Sie werden es töten.

– Ich weiß. Ich geb's dir trotzdem.

– Sie werden es töten.

Dolores sah ihn hart an.

– Wenn du es nicht willst, laß ich es laufen.

Agustín sah, wie Correcher – der Jäger – das Tier an den Hinterläufen hochhob und es mit einem Schlag seiner dicken Hand im Nacken tötete.

– Mach damit, was du willst.

Er lief hinter seinen Kameraden her. So hatte er sich nicht von Dolores verabschieden wollen.

Correcher sagte nichts; anscheinend hatte ihn El Tellina ins Gebet genommen, aber er warf ihm einen bösen Blick zu.

Sie marschierten den ganzen Tag, ohne auf die Straße nach Valencia zu kommen, wie sie es sich vorgenommen hatten. Sie sprachen nur das Notwendigste. Sie gingen auf einen Holzschuppen am Rande der Weinberge zu und beschlossen, sich hier für ein paar Stunden auszuruhen. Sie machten ein Feuer aus Rebholz, teilten sich ein Brot und eine Dose Sardinen.

Sebastían Correcher war ein hochgewachsener Mann, der einmal sehr stark gewesen war. Blond und hager, hatte er El Tellina in dessen Glanzzeit gekannt; er war damals Zimmermann und arbeitete im Grao. Seine Spezialität war die Ausbesserung von Fässern und das Tragen von Hörnern; er hatte weder mit seiner ersten Frau Glück gehabt, die mit einem Fischer aus dem Cabañal durchbrannte, noch mit seiner zweiten Frau, die er bei einer Tracht Prügel fast totschlug. Er wurde zu dreieinhalb Jahren verurteilt; der Bürgerkrieg brach aus, als er seine Strafe im Zentralgefängnis von Cartagena absaß. Er war gut vierzig Jahre alt und trug seine Dienste an. Seine republikanische Vergangenheit, sein gute Führung und seine Liebe zur Musik bürgten für ihn: Er war lange Zeit Trompeter in der Musikkapelle von Pueblo Nuevo del Mar gewesen. Seine schönste Erinnerung ist jener große Tag, als man ihnen beim Julifest den zweiten Preis in der »Sonderklasse« zuerkannte. Was für ein Triumph! Was für eine Paella! Was für ein Rausch! Und wie stolz sie waren, daß ihnen das Vorspiel zu *Lohengrin* so gut gelungen war!

Er war ein gefälliger und geschwätziger Mensch, der sich freute, wenn er jemanden einen Dienst erweisen konnte. Er hatte keinen Groll auf das Leben; die Dinge waren nun einmal so, er paßte sich ihnen an. Sebastían war so demütig und hatte kein Glück. Wenn er damals doch nur anstatt Vicenteta – die erste – zu heiraten, Paquita Llorens geheiratet hätte! Aber wer kann die Zukunft voraussehen? Selbst seine Mutter – eine geübte Zigarrenarbeiterin – hatte die Gefahr nicht kommen sehen. Sein Vater war zu Anfang des Jahrhunderts bei einer Schlägerei zwischen Anhängern Blascos und Anhängern Sorianos – diesen Verrätern – ums Leben gekommen. So begann er denn, als sie kurz vor Valencia um das Holzfeuer herumsaßen, von der augenblicklichen verhängnisvollen Lage der Republik angeregt, von jenen heroischen Zeiten zu erzählen.

– Er war ein Gott, hört ihr, ein Gott, und außerdem sah er auch so aus: groß, kräftig, fast ein Herkules, krauses Haar, einen Kopf wie ein griechischer Grott, vielleicht etwas dick, mit kleinen, hübschen Händen, die aussahen wie aus Marmor. Und eine Stimme! Eine Stimme! Alle Register einer Tenorstimme, mit Baritonklängen zuweilen. Und wie er sprechen konnte! Hatte er irgendeinen Grund, mit Schreiben anzufangen? Nein, nicht den geringsten. Er schrieb mit dem, was er übrig hatte, mit den Resten. Ihr habt Blasco nicht gekannt, den wahren Blasco, er war ein Gott . . .

El Tellina war zu jung, und die Keilereien mit Rodrigo Soriano gehörten schon der Vergangenheit an, als er ins Mannesalter kam; außerdem hätte ihn das auch nicht interessiert. Agustín hatte eine völlig andere Vorstellung von Blasco Ibáñez, den er nur von Bildern aus seinen letzten Jahren her kannte sowie durch die abschätzigen Bemerkungen Pío Barojas in der Buchhandlung von Lucas. Er war übrigens auch nur ein einziges Mal in Valencia gewesen, und die Stadt hatte ihm nicht gefallen; er zog sein Kastilien vor, und wenn ihm Barcelona trotz der Katalanen noch einigermaßen gefiel, dann nur, weil es eine große Industriestadt war.

– Er sprach über alles: über Dichtung, über Bücher, die niemand gelesen hatte – wenigstens wir nicht, die wir ihm zuhörten –, über Geschichte, Geographie, und wir verstanden ihn! Ich habe eine riesige Menschenmenge gesehen, die ihm nicht nur stundenlang mit offenem Munde zuhörte, sondern die auch alles Wort für Wort wiederholte, was er sagte.

Sebastían schien zurückversetzt in jene ferne Zeit, wo er in Gesellschaft seines Vaters in die Calle de Libreros ging, um dem Propheten zu lauschen.

– Es ist leicht gesagt, und es sieht ganz einfach aus, aber Hunderte und Aberhunderte Gesichter sehen, wie ich es mit eigenen Augen gesehen habe, die zu ihm aufblickten und wiederholten, was sie hörten, als handele es sich um ein Gebet. Das könnt ihr gar nicht verstehen! Was war Valencia, bevor Blasco erschien? Ja, gut, eine Stadt mit gewissen republikanischen Neigungen. Aber die Provinz, was war denn die Provinz Valencia? Tradition, karlistische Tradition! Und sogar in der Stadt waren die Karlisten zahlreich und sehr mächtig. In allen Dörfern, die sich heute als republikanisch ausgeben . . .

– Heute? denkt Agustín. Heute?

– Alle, egal wie sie heißen, Burriana, Chiva, Liria, Alcira, Almuzafes, El Puig, alle wie sie kommen! Man konnte dort einfach nicht leben: alle waren Karlisten. Damit hat Blasco aufgeräumt und nur er. Aber um das zu verstehen, mußte man ihn sehen: Er war ein Gott. Ich habe ihn im Schein der Fackeln sprechen hören, auf einem Platz in Valencia – ich sehe ihn noch vor mir – auf dem Balkon eines republikanischen Gebäudes, ich weiß nicht mehr welches, ich war damals noch klein. Die Säle waren brechend voll, der Platz und die Seitenstraße schwarz von Menschen. Berittene Guardias Civiles wurden aufgeboten, um die Massen zu vertreiben; sie mußten unverrichteter Dinge wieder abziehen! Ich sehe Don Vicente noch vor mir, mit seinem Prophetenbart, wie er vom Balkon herab, im Schein der Fackeln eine Rede hielt. Er wuchs ins Riesenhafte, alle diese Männer hätten ihr Blut für ihn gegeben, bis zum letzten Tropfen. Wenn Blasco nicht gestorben wäre, wäre es jetzt nicht so weit mit uns gekommen. Mit Ideen allein ist es nicht getan; was fehlt, sind Männer, Männer wie er und wie die, die ihm folgten, und nicht solche, wie wir sie heute haben . . . Ich war damals noch ganz klein, meine Mutter trug mich auf dem Arm – ich habe noch den Geruch des Tabaks in der Nase, der immer an ihr haftete; in ihren Kleidern trug sie vier oder fünf Pistolen versteckt, die dann von Hand zu Hand gingen.

El Tellina hatte sich hingelegt, und wie gewöhnlich wußte man nicht, ob er schlief oder wachte; sie hatten ihn oft bei diesem Spiel ertappt. Sebastían wandte sich an Agustín:

– Wer hat denn mit den Prozessionen in Valencia Schluß gemacht? Und mit der morgendlichen Rosenkranzmesse? Blasco, kein anderer als Blasco und seine Männer. Ohne einen Schuß: nur mit Stöcken. Ein Onkel von mir, der gut im Fechten war, erteilte »Stechunterricht« in »La Democracia«; damals wußte man nämlich mit dem Knüppel umgehen können. Wenn Blasco den Mund auftat, machten die Leute, was er wollte; nie hat er sich dazu erniedrigt, jemanden zu beleidigen. Das war gut für Soriano. Einmal hieß es, daß sich ein Pilgerzug von Valencia nach Rom einschiffen würde; Blasco sagte nein, und obwohl man die gesamte Guardia Civil aufgeboten hatte, ich weiß nicht, wieviel Mann, schiffte sich niemand ein. Über achthundertfünfzig Pilger wurden im Hafen drunten ins Meer geworfen; ich war dort, und ich habe es gesehen, ich habe sogar dabei geholfen, so gut ich konnte. Das waren noch Männer! Die Guardias wußten nicht, was sie tun sollten, ob sie diese Dummköpfe aus dem Wasser ziehen oder sich gegen die Republikaner wehren sollten. Ich kann dir sagen, da ging's rund.

– Das waren noch Männer... Bei einem Mann kommt's nur drauf an, was er wert ist. Wie Carlos Segrelles sagte: Es gibt welche, die wiegen mit Silber auf, aber für uns ist der Wert was anderes; nur der Mumm zählt, den einer in den Knochen hat, alles andere ist unwichtig. Ein Angsthase, ein Feigling taugt nichts, wenn man ihn umlegt, ist es das gleiche, wie wenn man eine Null links wegnimmt.

Carlos Segrelles war ein Journalist mit einigem Talent, er war immer pleite, hatte eine Menge Kinder und eine dichterische Ader. Er lebte von der Gnade Don Rodolfos, der die Spielhöllen beherrschte und ihn sich mit einigen Wechseln, die immer zu Protest gingen, gefügig machte. Er hielt sich für einen schweren Jungen, weil er mit diesen Messerhelden verkehrte, eine Pistole in der Gesäßtasche trug, die er zum Zeitvertreib lud und entlud. Er wurde schießlich der Zuträger des Chefs und redigierte in den *Voz Valenciana* die Rubrik *Verschiedenes*, bis zu dem Tag, an dem er sich eine Kugel durch den Kopf schoß – der einzige Schuß übrigens, den er in seinem ganzen Leben abgegeben hatte, obgleich er immer nur von Schießereien geträumt hatte –, weil seine älteste Tochter mit einem Zuhälter der Bande durchgebrannt war.

Die Erinnerung an den Journalisten führte dazu, daß Correcher von bestimmten Zeitungsredaktionen erzählte: der des *Pueblo* zum Beispiel.

– Die gesamte Redaktion hatte zusammen mit der Familie Blascos einen Duro täglich zum Verleben. Was für eine Zeit! Es ist noch gar nicht so lange her – ein Vetter von mir, der Maschinensetzer ist oder eigentlich war, er ist in Teruel gefallen, hat es mir erzählt –, da kam eines Tages Mario Blasco (Mario ist einer der Söhne Don Blascos, kränklich und schwächlich) in die Redaktion, und als Azatti ihn sah, sagte er zu denen, die um ihn herumsaßen: »Es ist meine Schuld, daß er so ist.« Alle sahen Don Felix erstaunt an.

– Wieso? – »Ich mußte Kindermädchen spielen für Doña María, die Mutter Marios, und da trank ich ihm immer sein Fläschchen halb leer . . .

El Tellina rührte sich nicht, er schien wirklich zu schlafen. In Wahrheit suchte Correcher nur Trost in seinen Erinnerungen an das Volkshaus, La Democracia, die Schule für Kunst und Handwerk, alle jene Kulturzentren, die er hatte entstehen sehen, an den Prometo-Verlag mit seinen Bänden zu vier Reales, die er bei seinem Vater, einem Atheisten, Herrgottsschnitzer und Anhänger Blascos gelesen hatte.

– In dieser Redaktion schrieb Blasco seine besten Romane. Und weißt du, wie? Einer von der Druckerei kam herein und sagte: He, Don Vicent, es fehlen noch zehn Spalten fürs Feuilleton. – Er setzte sich allein in eine Ecke und schrieb dort an einer Tischkante die zehn Spalten, die noch fehlten, ohne auch nur ein einziges Wort durchzustreichen. Es waren seine Romane *Die Scholle, Sumpffieber, Arroz y tartana*. Ein Naturtalent. Anhand seiner Romane kannst du dir kein Bild von ihm selber machen, er sah aus wie ein Gott, mit seinem sanften, schwarzen Bart, der glänzte wie der eines Araberscheichs. Aber sie hatten nicht satt zu essen, und Azatti organisierte hin und wieder eine Versammlung in einem Nachbardorf: – Na, da wird er mal wieder kommen, ohne daß er zuvor zu Nacht gegessen hat, und hinterher wird es dann schon sehr spät sein.

– Mach dir keine sorgen, Kleiner. Don Vicent ist Don Vicent, bekam er dabei jedesmal zu hören. – Die ganze Redaktion begleitete nun Blasco, und sie aßen für eine ganze Woche.

Vielleicht treibt ihn der Hunger zum Reden, denkt Agustín. Aber nein, es ist seine alte Begeisterung, die durch die traurigen Umstände verletzt wurde.

– Heute kann man leicht davon reden, Schulen zu eröffnen, wenn die Regierung sie baut, aber damals? In jedem Stadtteil, in jedem Dorf gründete man nach und nach »Häuser der Demokratie« mit ihren Laienschulen, ihren Abendkursen für Erwachsene, ihrem Konferenzsaal, ihrer Schule für Kunst und Handwerk. Und wer hat das alles getan? Blasco, und niemand sonst als Blasco! Dann ist er in der ganzen Welt berühmt geworden, und selbstverständlich hat er sich geändert . . .

Er sprach jetzt leiser, Kummer schwang in seiner Stimme mit bei der Erinnerung an den letzten Besuch des Großen Mannes in seiner Heimatstadt und an die Enttäuschung seiner Bewunderer, als sie ihn so vorsichtig sahen, so glatt. Doch er faßte sich wieder, aus Gerechtigkeitsgefühl und um sich in seinen eigenen Augen zu rechtfertigen.

– Aber was er in Valencia getan hat, war groß, das kann niemand ausradieren, hörst du? Niemand.

Er schweigt jetzt und stößt mit dem Fuß ins Feuer. Die Glut glänzt, und die Asche fliegt umher. Er denkt daran, daß morgen oder in ein paar Tagen die Faschisten nach Valencia kommen werden; er senkt den Kopf und beißt sich so stark in die Unterlippe, daß es weh tut. Wenn diese Zeiten wiederkämen! Agustín geht nach draußen. Der Mond scheint, verschleiert von einem leichten Nebel; das Land erscheint riesenhaft mit seinen Unebenheiten und seinen schnurgeraden Rebfüßen auf dem sanften Abhang; in der Ferne Äcker, so weit das Auge sieht. Es ist kalt, aber er merkt es nicht, die Wärme des Feuers umhüllt ihn noch. Die Landschaft, die vor ihm liegt, erscheint ihm ebenso unverständlich wie sein eigenes Leben, dessen einziges Licht die Erinnerung an Remedios ist. Warum Remedios? Ist Pilar nicht viel näher, sie, die tot ist wie die Stille der Nacht? Nein, es ist Remedios, Remedios, die er ganz einhüllt in dieses Mondlicht, ein undurchsichtiges, unauslöschliches Licht. Er denkt daran, daß er verschwinden, weggehen, einen anderen Namen – und ein anderes Leben – annehmen, ein anderer Mensch werden, mit seiner Frau und seinem Vater brechen könnte. Aber wohin solle er gehen? Wenn er wenigstens wüßte, wo Remedios ist . . .

10 Der Tag brach an, als sie die Landstraße vor sich erblickten, und zum Glück fanden sie Platz in einem Lastwagen, der nach La Roda fuhr. Dort nahmen sie einen Zug, der allerdings nur bis Albacete ging. Die Nachrichten waren verworren; mit Hilfe des Mühlenverwalters, dessen Vertreter sein Vater lange Jahre gewesen war, ergatterte er einen Wagen, mit dem sie bis nach Cinchilla fahren konnten. Dort wurden sie zwei Stunden aufgehalten, bis der Hauptmann, unter dessen Kommando die Patrouille stand, ihnen angesichts der umherschwirrenden Gerüchte schließlich die Erlaubnis gab, nach Alicante weiterzufahren, unter der Bedingung allerdings, daß sie ihn mitnähmen. Niemand zweifelte daran, daß sie sich einschiffen könnten. Agustín verschwieg vorsichtshalber, daß er zu seiner Familie wollte, um dann nach Madrid zurückzukehren. Als sie in Villena ankamen, wollte er sich von den andern trennen, um über Albaida nach Ibi zu fahren. Der Bahnhofsvorsteher macht ihm klar, daß es praktischer sei, nach Alicante zu fahren und dann zu versuchen, auf dem Straßenweg nach Alcoy zu kommen.

In Monóvar sahen sie in der Nacht weiße Fahnen, und als sie im Morgengrauen des 31. März durch Novelda fuhren, sahen sie eine nationalistische Fahne flattern. Keiner sagte ein Wort. Alle dachten, daß sie zu spät kämen. Und so war es auch: Als sie in Vicente de Raspeig ankamen, sahen sie von weitem einige Panzerwagen: die Vorhut einer italienischen Kolonne. Sie ließen den Wagen in einer Gasse an einem Zaun stehen.

– Gut, Genossen, sagte El Tellina, die Reise ist zu Ende. Es ist besser, wenn wir uns trennen und jeder für sich sein Glück versucht.

Sebastían protestierte: warum sollten sie nicht weiterhin zusammenbleiben?

– Wozu denn? Hast du mir nicht gesagt, daß du in Elda Freunde hast? Es ist das beste, wenn du dorthin zurückgehst.

– Aber ich will mich doch einschiffen.

– Na, dann sieh zu, wie du dich durchschlägst.

Der Hauptmann riß sich die Sterne herunter und zerriß einige Papiere.

Agustín fluchte innerlich, weil er nicht in Villena geblieben war.

– Weiß einer von euch, wo die Straße nach Alcoy ist?

– Frag einen von den Einheimischen.

– Was soll ich denn mit dem Ding da machen? fragte Correcher wegen seiner Mauser, die er durchlud.

– Zahnstocher, antwortete El Tellina.

Der Valencianer ließ sein Gewehr im Wagen. El Tellina sah ihn hämisch an.

– Und du? sagte er zu Agustín.

– Ich nehme nichts mit.

El Tellina ging weiter, die Straße entlang. Die anderen folgten ihm in größerem oder kleinerem Abstand. Die italienische Vorhut schien auf Befehle zu warten und rührte sich nicht. So gelangten sie nach Alicante, ohne von jemandem belästigt zu werden.

Auf den Straßen sah man nur wenige Leute, der Zugang zum Hafen war verboten, seit zwei Tagen fuhr kein Lastwagen mehr nach Alcoy. Agustín wußte nicht, was er tun sollte. An einigen Balkonen wehten schon gelb-rote Fahnen. Eine Gruppe grüßte eine andere mit hochgestrecktem Arm, und man hörte Gewehrschüsse. Agustín ging in einen Friseursalon, dessen Tür halb geöffnet war, eine Tür aus hohen Läden, die sich zusammenschieben ließen. Der Inhaber wollte ihn nicht bedienen; er bat ihn inständigst darum, und schließlich rasierte er ihn.

– Was wird jetzt passieren?

– Gott weiß.

– Sind viele im Hafen?

– Mehr als hunderttausend.

Er übertrieb.

– Werden sie sich einschiffen?

– Gott weiß.

Die Angst verschloß ihm den Mund. Agustín wollte bezahlen, der Barbier nahm kein Geld an.

– An Ihrer Stelle, sagte er, würde ich nicht mir dieser Jacke herumlaufen.

Die schöne, mit Lammfell gefütterte Lederjacke, die ihn seine Uhr gekostet hatte: die Uhr, die ihm sein Vater geschenkt hatte, als er achtzehn Jahre alt geworden war.

– Was soll ich denn anziehen?

– Wenn Sie wollen, gebe ich Ihnen eine andere.

Agustín brachte keinen Ton heraus. Der Friseur ging in den Raum hinter dem Laden und brachte ihm eine Jacke, die noch brauchbar war.

– Sie gehört einem meiner Gesellen. Er ist vor vierzehn Tagen an der Front von Córdoba gefallen.

Es war ein alter Mann; ein paar Tränen glänzten in seinen kleinen Augen.

– Sie ist Ihnen ein wenig zu groß, aber sie steht Ihnen nicht schlecht. Viel Glück. Ich hebe Ihnen Ihre Jacke auf, falls Sie sie eines Tages brauchen.

– Ich glaube nicht. Vielen Dank.

Agustín trat auf die Straße, ohne zu wissen, was er tun und wie er sich die Zeit vertreiben sollte. Er kannte Alicante, aber er hatte keine Freunde hier. Er ging zur Post in der Absicht, Angelita anzurufen, obgleich er annahm, und zwar zu Recht, daß das unmöglich war. Tatsächlich wurde der Eingang von Falangisten bewacht. Er dachte daran, in ein Hotel zu gehen, aber dort müßte er seinen Namen angeben; er fürchtete zwar nichts, aber er hatte keine Lust mehr, irgendwem Erklärungen abzugeben.

Die Stadt bot einen ungewöhnlichen Anblick; alle Läden waren geschlossen, auf den Straßen waren nur wenige Menschen, und alle machten merkwürdige Gesichter, als gehörten sie ihnen nicht. Agustín ging in die Calle de San Fernando; er erinnerte sich an seinen letzten Aufenthalt in Alicante vor vier Jahren, als er mit Don Francisco Cid, »seinem« Fabrikanten, aus Ibi zurückkam. Dieser Don Francisco war ein kleiner, dicker Mann, schon etwas über die besten Jahre hinaus, jovial und gesprächig, mit einer rauhen Stimme und zweifelhaftem Geschmack, ferner sehr lebenslustig, da das Leben für ihn ohne Komplikationen war; gutes Fleisch, bei Tisch und sonstwo. Er war bestens bekannt in Alicante, in den guten Restaurants und in den schlechten Häusern. Don Francisco hier, Don Francisco da, er war in allem großzügig, vor allem wenn es sich um Trinkgelder handelte.

– Man lebt nur einmal, stimmt's nicht? Das muß man ausnutzen.

Angelita konnte ihn nicht ausstehen, und jedesmal, wenn er nach Madrid kam, was nur selten geschah, war sie schon acht Tage vorher hundsübel gelaunt.

– Du wirst dir mal wieder einen schönen Tag machen . . .

So war es, obgleich Agustín sich bemühte, sowenig wie möglich an den Vergnügungen Don Franciscos teilzunehmen. An den gastronomischen nicht, weil er anfing, Sodbrennen zu bekommen, das er mit Natron behandelte, an den anderen nicht, weil er noch nie sehr viel für Frauen übrig gehabt hatte, die allen gehören. Aber auf jeden Fall bezahlte er die Rechnung, wenn auch nur die kulinarischen Genüsse. 1935, als Agustín nach Ibi fuhr, um die Musterkollektion für die Winterartikel vorzubereiten, begleitete ihn Don Francisco unter dem Vorwand dringender Bankgeschäfte nach Alicante und ließ es sich nicht nehmen, Agustín nun ebenfalls auszuführen. Daher die Langustinen Santa Pola, der Reis à la Giorno, die Hammelkoteletts, die in einer scharfen Tomatensoße schwammen, die ganz großartig zu dem etwas bitteren Geschmack des knusprigen Fleisches paßte, und die appetitlichen Hetären in der Calle de Torrijos.

Agustín blieb stehen. Warum nicht. Und er schlug diese Richtung ein.

11 Was tue ich hier? Warten, und um sich die Zeit zu vertreiben, ist das immer noch der beste Ort. Ich kenne niemanden, wen sollte ich also besuchen? Ich werde Cid anrufen, er wird schon eine Möglichkeit finden – der weiß sich immer zu helfen –, mich hier abholen zu lassen.

Man wollte ihm nicht öffnen. Er klingelte noch einmal, ohne Erfolg. Das Haus war bewohnt, daran war kein Zweifel, denn ein Handtuch hing zum Trocknen auf dem Balkon. Er klingelte noch einmal. Die Tür öffnete sich halb.

– Es ist niemand da.

– Das sehe ich. Sagen Sie Concha, daß ich ein Freund von Don Francisco aus Ibi bin.

– Einen Augenblick.

Wie er vorausgesehen hatte, wurde nach einer Minute der Riegel herumgelegt, und man ließ ihn herein.

Das Haus roch ranzig, nach Krankenzimmer, nach Mief, nach Moder. Im Halbdunkel, denn die Jalousien waren heruntergelassen und die Vorhänge vorgezogen, erblickte man zur Rechten das abgenutzte Mobiliar des Salons, zur Linken das unaufgeräumte Eßzimmer; auf der Wachstuchdecke, die über dem Tisch lag, standen schmutzige Tassen und Kaffeeschalen, an denen noch die Spuren des Milchkaffees festzustellen waren, dazwischen Brotkrumen und Kippen, deren säuerlicher Geruch sich mit einem anderen, undefinierbaren Geruch vermischte, der aus den andern Zimmern kam: Kohl? Urin? Staub? Feuchtigkeit?

Die Alte in Pantoffeln, die ihm schlecht gelaunt die Tür geöffnet hatte, zeigte auf die Treppe gegenüber der Eingangstür.

– Die Señora sagt, Sie sollen raufkommen.

Agustín erinnerte sich undeutlich an die Raumeinteilung des Hauses. Auf der – einzigen – Etage waren die Schlafzimmer, vier im ganzen. Aus der einzigen geöffneten Tür hörte er eine näselnde Stimme:

– Herein.

Die Hausherrin lag im Bett, die Schultern mit einem rosafarbenen Morgenrock bedeckt, der sich nicht sehr gut mit der Steppdecke aus glänzendem, flaschengrünem Satin vertrug. Schwarze Samtkissen mit bunter, geometrischer Stickerei vervollständigten das schöne Bild. Die Señora rauchte:

– Entschuldigen Sie bitte, daß ich Sie in diesem Aufzug empfange, aber ich bin krank: die verfluchte Bläschenkrankheit; ist ja auch nicht verwunderlich, nach all der Aufregung. Und wie geht es Ihnen? Setzen Sie sich und erzählen Sie ... Setzen Sie sich in den Sessel ... Wie geht es meinem Don Francisco? Er ist ein undankbarer Mensch ... Vor zwei Monaten war er hier, aber nur auf einen Sprung, und als er wegging, hat er mir zwei Liter Öl versprochen; seitdem habe ich nichts mehr von ihm gehört.

Bringen Sie mir das Öl?

– Nein.

– Na ja. Zum Glück ist alles vorbei. Es war auch höchste Zeit.

Aber setzen Sie sich doch, setzen Sie sich doch.

Agustín gehorchte und versank in einem niedrigen, schmalen Sessel, dessen Federn sich ihm in den Hintern bohrten. Aber er hatte sich schon so lange nicht mehr ausgeruht, daß der abgeschabte Damast seinem Rücken, seinen Armen und seinen Händen wohltat.

– Ach, diese Kerle haben genau das gekriegt, was sie verdient haben. Wenn es nach mir ginge, ich würde sie alle ins Meer werfen. Was soll ich jetzt mit all den Geldscheinen anfangen, die ich habe und von denen es heißt, daß sie jetzt nichts mehr wert sind? Na ja, wenn die andern endlich da sind, wird das Geschäft wieder blühen. Gott sei Dank, heute nacht werden wir wieder alle Hände voll zu tun haben.

Agustín hörte ihr nicht zu: er betrachtete die zahlreichen Hochzeits-, Tauf- und Kommunionsbilder, die an der ge-

genüberliegenden Wand hingen; er saß am Fußende des Bettes.

– Werden die Italiener in Lire oder in Peseten bezahlen? Sie wissen es nicht. Gut, und was wollen Sie?

– Na ja . . . ich . . .

– Sag bloß? Du wirst doch nicht etwa eine Frau wollen . . .

– Warum nicht?

– Dazu ist weder der richtige Tag noch die richtige Stunde.

– Erinnern Sie sich nicht mehr an mich?

– Undeutlich, entschuldigen Sie bitte.

– Ich bin einmal mit Don Francisco hier gewesen . . . wir haben eine ganze Nacht hindurch Karten gespielt.

– Weißt du, das hat er so oft getan . . .

– Ich bin mit einer gewissen Tosca nach oben gegangen . . .

– Die ist weit fort! Sie ist vor etwa zwei Jahren nach Aguilas gegangen. Sie war ein braves Mädchen. Sag mal, willst du dich etwa hier verstecken?

– Aber nein, vor wem denn? Ich habe von niemandem etwas zu fürchten. Nein, ich will nach Ibi zu meiner Familie, die bei Don Francisco wohnt, und weil hier alle Lokale geschlossen sind und es sich nicht lohnt, ins Hotel zu gehen, bin ich zu dir gekommen, um eine Weile zu bleiben.

– Ich habe aber keine Frauen. Vor drei Tagen hatte ich noch zwei, doch sie bekamen's mit der Angst zu tun und sind nach Hause gefahren. Sie waren hier aus der Nähe. Es ging nämlich das Gerücht, daß sie den Hafen in die Luft sprengen wollten . . .

Ich war auch weg, in Elche, und ich bin erst gestern abend zurückgekommen.

– Hast du wirklich keine?

Die Perspektive, bald wieder auf der Straße zu stehen und nicht zu wissen, wohin, war Agustín unangenehm.

– Na, wenn du die Kleine rumkriegst, die ich hier aufgenommen habe . . .

– Wer ist es?

– Ein Prachtmädel, aber . . .

– Aber?

– Sie hat sich mit keinem einlassen wollen. Sie ist die Freundin einer Freundin aus Barcelona, mit der ich geschäftlich zu tun hatte. Sie ist seit vierzehn Tagen in Alicante, sie wartet auf ein Flugzeug. Aber ich glaube, sie hat den Zug verpaßt. Wegen der Bombenangriffe hatte sie Angst, im Hotel Victoria zu bleiben, deshalb ist sie zu mir gekommen. Na los, geh zu ihr, sie ist im Zimmer nebenan. Du klopfst und gehst hinein, sie ist bestimmt schon wach. Du kannst es ja versuchen.

Agustín klopfte an der besagten Tür, bekam aber keine Antwort.

– Gehen Sie rein, riet ihm Concha.

Er öffnete die Tür halb, es war niemand drin.

– Sie ist wohl ausgegangen. Socorro! kreischte sie.

Das Dienstmädchen schlurfte hinkend herbei.

– Ist sie ausgegangen?

– Vor über einer Stunde schon.

– Hat sie nicht gesagt, wo sie hingeht?

– Ins französische Dingsda.

Concha meinte, daß sie bestimmt bald zurückkäme.

– Spielst du eine Partie Karten mit?

– Einverstanden.

– Rück diesen Tisch heran. Wenn du bezahlst, gibt es Kaffee und Cognac. Und alles, was du willst. Im Grunde ist ja jetzt alles vorbei, und man wird bald wieder alles kaufen können.

Agustín hütete sich, ihr zu widersprechen, obgleich er Zweifel hatte. Er mischte die Karten.

– Wo bist du denn her?

– Aus Madrid. (Er hatte sich an diese Antwort gewöhnt,

obgleich er innerlich immer noch an Segovia hing. Im Augenblick war seine Mutter in Segovia, von der er seit Jahren nichts mehr gehört hatte.)

Die Haustür ging auf, und man sah eine hübsche Frau mit üppigem Haar hereinkommen, die laut auf katalanisch zu schimpfen begann, ohne sich um Agustín zu kümmern.

– Der Hurensohn! Mich einfach sitzenlassen. Hatte er sonst nichts zu tun, als die Mauren zu bekehren? Aber ich hab's ja nicht anders verdient! So ist es, wenn man sich auf das Wort eines Mannes verläßt! Großmäuler! Alles Schweinehunde ...

– Nur mal nicht so laut, hier ist einer von ihnen ...

– Er soll sich zum Teufel scheren! Und wie es auf der Straße zugeht! Zum Kotzen! Die gestern noch eine Faust gemacht haben, heben jetzt den Arm, als hätten sie nie etwas anderes getan.

– Was sollen sie denn tun? fragte Agustín.

– Am Hafen verrecken wie die andern, aber mit Anstand! Sie wissen nicht, was sie erwartet ...

– Aber man sagt doch, daß sie sich einschiffen können ...

– In die andere Welt, ja. Sie kennen diese Señoritas nicht, die jetzt an die Macht kommen, aber ich kenne sie: dafür werde ich bezahlt. Oder besser, dafür wurde ich bezahlt. Nein, Señora: Es fliegt kein Flugzeug mehr, und es wird auch keins mehr fliegen; die reservierten Plätze haben keinen Wert mehr. Sie haben mir ihr schmutziges Geld zurückgegeben, das sowieso nichts mehr wert ist. Und jetzt sitze ich hier in Alicante, wo ich nichts verloren habe, während ich längst in Paris sein könnte. Nein, ich sage dir ja ... Hast du schon einmal so ein Pech gehabt?

Concha versuchte ihren Senf dazuzugeben.

– Hör zu, Mädchen ...

– Nichts Mädchen, das ist vorbei ...

– In ein paar Tagen kannst du nach Barcelona zurück.

– Auf Schusters Rappen?

– Du wirst schon jemanden finden, der dir hilft. Übrigens, ich stelle dir hier einen sehr liebenswerten Freund aus Madrid vor.

– Und du glaubst wohl, daß ich jetzt mit ihm schlafen werde?

– Warum nicht?

– Danach steht mir wirklich nicht der Kopf . . .

– Das geht vorbei. Trink einen Kaffee und einen kleinen Cognac. Der Herr bezahlt. Und wenn du willst und er einverstanden ist, werden wir ein großes Essen machen: Ich habe noch Vorräte im Wandschrank. Spielst du eine Partie mit?

– Um diese Zeit?

– Was liegt an der Zeit. Hast du etwa was Besseres zu tun?

Man spielte, man speiste groß: Sardinen, Thunfisch, Knackwurst, Schinken, Käse und Mandeltörtchen, alles aus dem Geheimschrank Conchas, die dafür nicht einmal aufzustehen brauchte; den Cognac holte sie hinter ihrem Bett hervor.

– So, Kinder, ich halte jetzt meine Siesta. Seid bitte so gut und verzieht euch. Geht rüber auf ihr Zimmer, dort könnt ihr tun, was ihr wollt. Socorro! schrie sie wie eine Verzweifelte, weck mich nicht vor sieben Uhr, selbst wenn die Welt untergeht. Durch die Straßen fuhren lärmend italienische Panzer; in der Ferne hörte man marschierende Truppen. Zwei Jagdflugzeuge flogen tief über die Dächer hinweg. Socorro sagte:

– Sie marschieren ein, über den Paseo de los Mártires.

Agustín bemerkte den wilden Ton, mit dem sie das letzte Wort aussprach. Er schaute nach der Dienstmagd hin und sah, daß sie weinte.

12 Ihr Sohn, erklärte das Mädchen. Komm herein.

Das Zimmer ging auf die Straße, aber die Jalousien verhinderten den Ausblick.

– Haben wir uns nicht schon einmal gesehen?

– Ich glaube nicht, sagte Agustín.

– Ich meine doch. Bist du nicht in Barcelona gewesen?

– Sehr selten. Und du, warst du in Madrid?

– Nein, nie.

– Wie kommt es, daß du hier bist?

– Das ist eine lange Geschichte.

– Die Frau zog sich ohne Hast aus.

– Und du?

Agustín legte seine Jacke ab. Er schämte sich wegen seines schmutzigen Hemdes, das er in eine Ecke warf.

– Glaubst du, ich könnte das Dienstmädchen bitten, daß sie mir ein anderes kauft?

– Alle Läden sind geschlossen. Wo kommst du denn her?

– Von dort.

– Republikaner?

– Man sagt es. Offen gestanden, mir ist es völlig egal.

Die Frau legte sich ins Bett, Agustín legte sich zu ihr. Sie taten es miteinander, die Frau verstand ihren Beruf. Sie blieben ruhig liegen, ruhten sich aus. In der Ferne hörten sie Soldaten.

– Wie heißt du denn? fragte der Mann.

– Tula. Und du?

– Agustín.

– Agustín?

– Ja.

– Hast du nicht eine Zeitlang in Saragossa gewohnt?

– Ja.

– Ich hab doch gleich gewußt, daß ich dich kenne.

– Von Saragossa her?

– Nein.

– Also?

Tula stand auf, warf ihren Morgenrock über die Schultern, setzte sich ihm gegenüber aufs Bett und sagte:

– Dann bist du also Agustín. Der heilige Agustín!

Sie begann zu lachen.

– Wer hätte das gedacht? Ich kenne dich besser als du selber. Weißt du, wer meine beste Freundin ist? Und jetzt habe ich ihr Hörner aufgesetzt! Wenn ich es vorher gewußt hätte, hätte ich nicht mit dir geschlafen, da kannst du sicher sein.

Agustín tat alles, damit sie den Namen nicht aussprach.

– Wie hast du mich erkannt?

– Durch das Foto. Ich habe mir gleich gesagt: Das Gesicht kommt dir doch bekannt vor. Aber ich suchte in meinen persönlichen Erinnerungen.

– Welches Foto?

– Das »Hochzeitsbild«.

– Wo ist sie?

– Sie? In Paris.

– Geht es ihr gut?

– Sehr gut, aber sie kann dich nicht vergessen. Sie ist verbohrt. Du kannst dir nicht vorstellen, welche Mühe es mich kostete, sie herumzukriegen.

– Zu was?

Tula bereute, aber zu spät.

– Zu nichts.

– Ich wußte es schon, sagte Agustín. Ein Freund hatte es mir gesagt.

– Wer?

– Du kennst ihn bestimmt: ein Valencianer, Alberto Chulia.

Tula platzte los:

– Ach, dieser Schweinehund! Seinetwegen bin ich hier...

– Nicht möglich.

– Wenn ich's dir sage; nur seinetwegen...

– Wie denn das?

Gegen Mitte Dezember, als die Rebellen die Front von Katalonien durchbrachen, ging Chulia nach Mittelspanien. Er flog von Granollers nach Albacete und nahm Tula mit, mit der er sich wunderbar verstand. Die Katalanin amüsierte sich über die Phantasie des Erfinders, den sie für ein Orakel hielt, und ohne daß Liebe im Spiel war, behagte ihr die Gesellschaft eines Mannes, der sie respektierte; sie bildete keine Ausnahme, denn Chulia hatte die Liebe zu allen Menschen im Blut. Außerdem, das muß gesagt werden, erwies man ihm auch jede Art von Gefälligkeit, denn er genierte sich nicht zu bitten und gewährte selber alles, was in seiner Macht oder in der Macht der anderen stand.

Er fuhr nach Murcia und nach Lorca, um das Bewässerungsproblem näher zu untersuchen; seine Aufforstungsleidenschaft war so groß, daß man ihn schießlich im Landwirtschaftsministerium ernst nahm. Er sah das Projekt des Wasserforschungszentrums schon verwirklicht, vom Süden der Provinz Castellón bis zur Provinz Almeria, die Äcker schon fruchtbar. Was die Ingenieure erst in Jahrzehnten verwirklichen zu können glaubten, wollte er in zwei Jahren tun, und der Plan, den die Republik mit aller notwendigen Sorgfalt aufgestellt hatte, war schon der seine. Wehe dem, der daran zweifelte! Die loyal gebliebenen Gebiete könnten hier alle für den Widerstand erforderlichen Getreide, Futtermittel und Gemüse herausholen. Chulia war in seinen eigenen Augen der bedeutendste Mann der Regierung geworden. Er stellte Tula als seine Frau vor, und Tula spielte ihre Rolle gut.

Als die Regierung der Republik nach dem Verlust Kataloniens wieder nach Madrid zurückkehrte, um sich einige Tage später in Alicante niederzulassen, hatte Chulia eine Unterredung mit dem Innenminister; sie unterhielten sich über einen Plan, den der Valencianer in einer Sekunde ausgeheckt hatte: da er ein günstiges Feld vorfand und darüber hinaus unbegrenztes Vertrauen zu sich hatte, wurden sich die beiden Gesprächspartner sofort einig. Es handelte sich um nichts weniger als um den Aufstand der marokkanischen Mauren. Tula wollte ihn begleiten, aber es bestand keine Möglichkeit, eine Flugkarte für sie zu bekommen; Alberto versicherte ihr, daß er in einigen Tagen wiederkommen würde. Er tat es nicht, telegrafierte ihr jedoch, sie solle sich mit ihm in Casablanca treffen. Aber in diesen Tagen gab es keine freien Plätze mehr im Flugzeug.

– Ich habe vergessen, dir mein Beileid auszusprechen.

– Mir?

An dem Ton seiner Stimme merkte Tula, daß Agustín nicht wußte, daß seine Mutter tot war. Denn wie immer war es Chulia, unter den tausend Dingen, die er zu tun versprach (»Laß mich nur machen, nichts einfacher als das: Sie können darauf zählen«), gelungen, Nachrichten über den Sohn Remedios' zu bekommen – Gott weiß wie –, und so erfuhren die beiden Frauen von dem Ableben Doña Camilas, die sich in Angst und Sorge verzehrte, weil sie nichts von Agustín wußte; sie erfuhren auch, daß es dem Jungen gutging und daß er so lange, bis »alles« zu Ende war und man ihn seinem Vater zurückgeben konnte, bei einem Neffen der Verstorbenen lebte, der selber eine ganze Schar Kinder hatte.

– Was für Beileid denn?

– Weißt du nicht Bescheid?

– Aber was denn?

– Dann mach dich auf eine schlechte Nachricht gefaßt. Agustín wappnete sich und spannte die Muskeln seiner Brust.

– Sag es.

– Deine Mutter.

– Wann?

– Ich weiß es nicht genau, aber es werden schon gut sechs Monate her sein.

– Woher weißt du es?

Sie sagte es ihm. Agustín bemühte sich, seine Tränen zurückzuhalten. Er fand es absurd, in der Situation, in der er war, zu weinen, sich von Schluchzern übermannen zu lassen, aber der Schlag war zu hart, er konnte sich noch so anstrengen und die Zähne aufeinanderbeißen, die Tränen liefen unaufhaltsam. Seine Mutter! Seine Mutter tot. Fern von ihm war sie gestorben, auf dem Rücken liegend, die kalten Hände gefaltet, durchsichtig in ihrem Sarg. Sie, sie, für die er ... Hier war die Geschichte zu Ende. Wo mochte wohl sein Vater sein? Remedios war in Paris, der Kleine in Segovia, er in Alicante mit einer Hure, die ihm gerade erzählt hatte, daß seine Mutter gestorben war. Er sah sie so, wie er sie noch in Erinnerung hatte, schwarz gekleidet, den Kleinen auf dem Arm. Alt, grauhaarig, mit schwammigem Fleisch und diesem vertrauensseeligen Blick, den er, Agustín, mehr als alles auf der Welt liebte. Gewiß, Angelita lebte noch und seine Tochter, aber sie zählten nicht, sie waren etwas, das außerhalb von ihm war, nicht in ihm wurzelte. Welcher Spatenstich zerstörte mit einem Schlag die Nabelschnur, die ihn immer mit seiner Mutter verbunden hatte? Jetzt war er allein, allein vor dem ungeheuren Loch, in das seine Mutter für immer hinabstürzte. Seine Mutter, die immer kleiner wurde, je tiefer sie in die Eingeweide der Erde eindrang, sie war jetzt nicht größer als eine Strohpuppe, eine Kinderpuppe, bis sie schließlich in der Finsternis des Brunnens verschwand. Er hörte nicht mehr auf zu weinen, er ließ sich von dem ungeheuren Stroms seines Kummers tragen, wollte sich auch nicht an die wenigen Trostworte klammern, die Tula, wortkarg, aus Pflichtgefühl sagte. Für sie war die Lage ganz anders, nachdem sie die Hoffnung auf das letzte Flugzeug verloren hatte; sie mußte auf schnellstem Wege nach Barcelona zurückkehren, bevor man ihr ihre Wohnung wegnahm. Um das Geld machte sie sich keine Sorgen, wenigstens versuchte sie sich zu überzeugen, daß sie sich keine Sorgen darum zu machen brauchte, da sie sicher war, daß die Wertpapiere, die sie auf den Rat ihres Bankiers Montaner hin gekauft hatte, mindestens noch den Kaufpreis wert waren. Zum anderen war die Angelegenheit mit ihrem Mann und ihrer Schwiegermutter geregelt: Chulia, dem sie ihre Geschichte erzählt hatte, hatte auch prompt eine Lösung gefunden, und jetzt, nach Wiederherstellung der »Ordnung«, würde sie in den Besitz der Erbschaft kommen, die ihr von Rechts wegen zustand. Dort hatte sie festen Boden unter den Füßen.

– Remedios ist mit der Vorstellung nach Paris gegangen, den Kleinen aus Segovia nachkommen zu lassen ...

Remedios ... Was stand jetzt, wo seine Mutter tot war, noch zwischen ihnen? Agustín merkte, daß er phantasierte: es ging nicht um seine Mutter. Und doch! Alles in ihm war Verwirrung und Schmerz: die Gewißheit, sie nicht mehr wiederzusehen, nachdem er vor einigen Stunden noch seine Reiseroute festgelegt hatte: von Ibi nach Madrid, von dort nach Segovia, um sie wiederzusehen. Wenn nur Remedios da wäre, um ihn zu trösten!

Er bat um Einzelheiten, die Tula ihm nicht geben konnte. Sie wußte auch nicht mehr. Agustín war allein und Remedios in Paris. Eine wahnsinnige Lust packte ihn, mit ihr zusammenzusein.

– Meinst du, ich soll nach Paris fahren?

– Na klar, es wäre allmählich an der Zeit.

– Hast du ihre Adresse?

– Natürlich. Ihr seid Idioten gewesen.

Ja, jetzt war leicht reden, nachdem so viele Jahre vergangen waren. Wie viele? Fünf, sechs, sieben? – und seine Mutter war tot.

Tula ließ ihn allein und ging zu Concha, um sich mit ihr zu unterhalten. Agustín legte sich aufs Bett und weinte bis zum Abend.

13 Entgegen Conchas Meinung verlief die Nacht ruhig. In der Ferne Militärmusik, Truppen auf dem Paseo de Méndez Núñez und Patrouillen. Seit nahezu drei Jahren hatte sie kein Radio mehr, um nicht ins Gerede zu kommen und weil die Kriegsberichte sie langweilten. Im August 1936 war eine Röhre ausgebrannt, und sie hatte sie nicht reparieren lassen. Jetzt wäre es was anderes.

Der Gedanke, nach Paris zu fahren, Remedios wiederzufinden, lag wie ein Felsblock in Agustíns Kopf und ließ nur noch Platz für das Bild seiner Mutter. Er hörte, wie sie ihm den Rat gab, es zu tun. Der Krieg war aus und sie begraben, jetzt mußte er ein neues Leben beginnen! Was würde er in Paris tun? Er sprach nicht Französisch. Französisch? Ich verstehe es. Ich kann es übersetzen. (Einigermaßen. Er war jetzt in der Hälfte seines Lebens angekommen, er hatte nur noch die Hälfte vor sich und Remedios.) Es mochte gegen zwei Uhr morgens sein, als eine Patrouille der Falange heftig an der Tür klingelte. Man durchsuchte die Hotels, die Pensionen und die Freudenhäuser. Agustín hatte keinen Ausweis bei sich. Aber seine roten Augen und seine Niedergeschlagenheit zogen die Aufmerksamkeit des Bürschchens an, das den Chef spielte.

– Meine Mutter ist gestorben.

– Deine Mutter? fragte er ironisch. Welche?

Der Señorito dachte an die Republik. Agustín, in seinem Innersten verletzt, fuhr auf.

– Haben Sie wenigstens etwas Respekt.

– Den Respekt werden wir dir jetzt beibringen. Was tust du hier in Alicante? Wo kommst du her?

Agustín hatte keinen Grund, zu lügen. Sie führten ihn ab, stolz auf ihren Fang. Tula protestierte:

– Sei du bloß ruhig, sonst geht's dir noch schlimmer ...

Er war der erste, den sie verhafteten, und die jungen Falangisten waren glücklich.

– Wohin wollen wir ihn bringen?

– Ins Lager de los Almendros, dort kommen sie alle hin.

Sie waren zu fünft, zwischen zwanzig und dreißig Jahren. Sie gingen zum Hafen hinunter; überall waren italienische Truppen. Sie überquerten die Calle de San Fernando, und bevor sie auf dem Paseo de los Mártires ankamen, zog einer von ihnen unter dem schwachen Licht eines Mondes, der halb von Wolken verdeckt war, die über seine Helligkeit hinweghuschten, seine Pistole und schoß Agustín eine Kugel ins Kreuz.

– Pah! Für einen lohnt es sich nicht, daß wir den Weg machen.

Agustín sagte nichts. Ein anderer gab ihm den Fangschuß, und sie gingen wieder zurück auf die Suche nach neuen Opfern.

14 Mich kriegen sie nicht mehr dran, sagte El Tellina bei Luis Mascarós, mir reichts allmählich. Ich hab jetzt endlich begriffen. Republikaner, gut, aber hier drinnen, weil ich eben so geboren bin; aber kein Wort davon gepfiffen. Ich weiß jetzt Bescheid. Was war ich doch für ein Idiot. Mit denen, die jetzt an der Macht sind, wird alles kinderleicht sein. Ich werde jetzt aus dem Dreck herauskommen, vor allem weil du mir helfen wirst: Hier kennt mich keiner, und du bist einer der Ihren.

– Na ja, nicht so, wie du meinst . . .

– Aber wir verstehen uns. Außerdem, wer kann mir etwas nachsagen? Mal ganz abgesehen davon, daß in Valencia alle Gerichtsakten verbrannt wurden. Und nun hör mir mal gut zu, wenn du nicht willst, daß es dir übel ergeht, dann hast du mich während des ganzen Krieges hier versteckt. Nenn mich . . . Jaime Mascarós; ja, Mann, genau wie du, ich bin dein Vetter, egal aus welchem Dorf, und natürlich auf der richtigen Seite. Damit sie mich nicht zu fassen kriegten, hast du mich vom ersten Tag an versteckt. Komm, wir gehen gleich zum Gobierno Civil, oder was weiß ich: In einer Stunde wirst du mich in Uniform sehen ... Keiner kennt mich, und in drei Tagen bin ich in Barcelona.

Er ließ sich dort nieder, und nach fünf Jahren war er Millionär. Er nennt sich Jaime Colomer; groß und klein grüßt ihn sehr ehrerbietig. El Tellina ist für die, die ihn kannten, am 1. April 1939 in Alicante gestorben.

In Madrid machte er einige Geschäfte mit einem gewissen José María Alfaro, und es kam ihm natürlich nicht in den Sinn, ihn mit jenem schweigsamen jungen Mann in Verbindung zu bringen, mit dem er von Cuenca nach Alicante marschiert war. Don José María hatte ein Büro an der Gran Vía; das Wochenende pflegte er in Gesellschaft seines »Enkels« zu verbringen, eines hoffnungsvollen jungen Mannes, der von den Jesuiten erzogen wurde und den gleichen Namen trug wie er.

Mexico, April/Mai 53